Bill Thrall · Bruce McNicol · John Lynch

DAS CAFÉ

Jeder braucht einen Ort, an dem er echt sein kann

Deutsch von Antje Balters

Gerth Medien

MIX
Papier aus verantwortungsvollen Quellen
FSC® C014496

Verlagsgruppe Random House FSC-DEU-0100
Das für dieses Buch verwendete FSC®-zertifizierte Papier *Super Snowbright*
liefert Hellefoss AS, Hokksund, Norwegen.

Die amerikanische Originalausgabe
erschien im Verlag Windblown Media, Newbury Park, CA 91320, USA,
unter dem Titel „Bo's Café".

1. Auflage September 2010
2. Auflage November 2010
Bestell-Nr. 816 562
ISBN 978-3-86591-562-7
Umschlaggestaltung: Stefan Händler, www.sxc.hu
Umschlagfoto: pixelio.de
Satz: Typostudio Rücker
Druck und Verarbeitung: GGP Media GmbH, Pößneck
Printed in Germany

Das *Fenton's*

(Mittwochabend, 11. März)

„Die lassen einen einfach nicht in Ruhe, was?"

Er sitzt direkt neben mir – ein Typ ungefähr im Alter meines Vaters, mit einem großen Glas zerstoßenem Eis vor sich. Auf seinem Barhocker kippelnd stemmt er einen seiner in Flip-Flops steckenden Füße an den Tresen und schaut hinauf zu dem winzigen Fernseher, der oben an der Decke der Bar hängt.

Am Tresen sind mindestens ein Dutzend freier Plätze, und da muss sich der Typ ausgerechnet direkt neben mich setzen! Ich stehe auf und rücke ein paar Hocker von ihm weg. Dann sehe ich ihn gerade lange genug von der Seite an, um ihn abchecken zu können. Er sieht etwas angegammelt aus mit seiner alten Baseballkappe, zerschlissenen Jeans und einem schrillen Hawaii-Hemd, so als wäre er schon mit Jimmy Buffet auf Tournee gewesen. Alte Knacker wie ihn gibt es überall in Kalifornien. Man könnte fast meinen, sie würden vom Tourismusministerium systematisch an strategisch wichtigen Stellen platziert.

„Manchmal ist das schwer zu verstehen, was?", sagt er, den Blick fest auf den kleinen Fernseher geheftet.

Redet der Typ mit mir? Ich glaube, der meint mich. „Eigentlich gucke ich das Spiel gar nicht", sage ich.

Immer noch den Blick auf den Fernseher gerichtet, den Mund voller Eis, sagt er: „Ich meine auch nicht das Spiel."

Einfach nichts sagen. Dann merkt er schon, dass er mich in Ruhe lassen soll.

„Sie sind kein Stammgast hier, oder?“

Ich sehe zu ihm hin. „Nein.“

„Nein ...“, wiederholt er.

„Nehmen Sie's nicht persönlich, aber ich hätte echt gern meine Ruhe.“

Er hebt beschwichtigend die Hand. „Hey – lass dich von mir nicht stören, Kumpel. Mach du einfach dein Ding. Tu einfach so, als wär ich gar nicht da.“

Es folgt eine kleine Pause, aber dann fängt er wieder an. „Tja, ich hab mein Eis. 'n großes Glas mit Eis. Geht doch nichts über reines natürliches H_2O. Hab ich recht?“

Merkt der Typ eigentlich gar nichts? Ich starre jetzt stur vor mich hin auf den Tresen, weil ich unbedingt will, dass er Ruhe gibt.

„Kalt, sauber, kein Nachgeschmack – schlicht und einfach das Getränk, das Gott gemacht hat. *Aqua.* El agua. Das heißt ‚das Wasser‘ auf Spanisch. Die Spanier machen immer eine Riesensache aus dem bestimmten Artikel, nicht?“ Er schwenkt sein Glas ein bisschen und schaut dann hindurch. „'ne Menge Leute meinen, dass *el agua* einfach nur ‚Wasser‘ heißt, aber das stimmt gar nicht. Es heißt ‚das Wasser‘!“

Er sieht wieder zu mir herüber. „Ups. Tschuldigung. Ich nerve Sie, was? Also, wie gesagt, tun Sie einfach so, als wäre ich gar nicht da.“

Es vergehen kaum 20 Sekunden, da geht es schon wieder los.

„Also, um ehrlich zu sein, ist es gar nicht so sehr das Wasser, das ich mag. Es ist das Eis. Man sagt ja, dass es schlecht für die Zähne ist, aber ich mag es einfach. Ich mag das Gefühl, drauf zu kauen – auf dem Eis, meine ich.“

Eigentlich sollte ich ja auch gar nicht hier sein, und das habe ich jetzt davon. Ich sollte zu Hause sein und nach dem Abendessen mit meiner Frau und meiner Tochter zusammen die Nachrichten gucken. Stattdessen sitze ich hier in einer Bar und höre zu, wie irgendein einsamer alter Hippie Eis zerkaut.

„Hier", das ist ein heruntergekommenes Lokal im Osten von Culver City, das schon häufiger den Besitzer gewechselt hat als ein Kantinentablett. Zurzeit heißt es *Fenton's Grill*. Auf der Neonbeleuchtung an der Fassade geht das *Gr* von *Grill* immer an und aus, sodass sich der Schriftzug ab und zu *Fenton's ill* („ill" = krank) liest. So, wie es in dem Laden aussieht, ist unschwer zu erkennen, warum.

Als ich ein Jugendlicher war, hieß das *Fenton's* noch nicht *Fenton's*, sondern *Petrazello's* und war ein nettes kleines Stadtteilrestaurant – sauber, gemütlich und einigermaßen bezahlbar. Damals fühlte ich mich auch nach Einbruch der Dunkelheit noch sicher, wenn ich dorthin ging. Es war der Ort, wo das Leben pulsierte, im Herzen des Wohnviertels meiner Kindheit. Dorthin gingen die Fußballmannschaften nach ihren Spielen und verschlangen Unmengen von Pizza. Pärchen, die offiziell miteinander zum Tanzen verabredet waren, trafen sich zuvor hier und saßen dann schick zurechtgemacht und ein bisschen steif und linkisch an den Tischen mit den weißen Leinentischdecken.

Auch ich war einmal einer von ihnen gewesen, hatte als schwitzender Abschlussklassenschüler in einem schlecht sitzenden Anzug der umwerfenden Brenda Magnusson gegenübergesessen, kurz vor dem Ball, auf dem die ganze Welt erfahren sollte, dass ich nicht tanzen konnte.

An anderen Abenden verwandelte sich das Lokal in eine laute, verqualmte Höhle, in der sich Ehemänner um den Fernseher an der Bar drängten und die *Los Angeles Dodgers* entweder bejubelten oder beschimpften. Die Frauen saßen derweil ganz in der Nähe und bejubelten oder beschimpften ihre Männer.

Der alte Petrazello war immer da, Tag und Nacht, begrüßte die Leute oder stellte an Abenden, an denen besonders viel los war, die Tische so eng, dass es die Feuerwehr gerade noch mit einem zugedrückten Auge durchgehen lassen konnte. Nie schien es irgendjemandem etwas auszumachen, dass es dort dermaßen überfüllt war. Bei *Petrazello* hatte es anscheinend auch nie jemand eilig. Man saß mit vielen vertrauten Gesichtern zusammen in einem Raum, Freunde der eigenen Eltern kamen am Tisch vorbei, wuschelten einem durchs Haar, riefen einen beim Spitznamen und machten einem Komplimente für den tollen Pass beim letzten Heimspiel.

Der alte Petrazello hatte immer Süßigkeiten für die Kinder in seiner Schürzentasche. Gute Süßigkeiten, nicht die billigen Pfefferminzdrops, die es für eine Spende für die Seenotrettung gab.

Und der alte Petrazello lächelte immer, sodass man den Eindruck hatte, er betrieb das Lokal nicht, um Geld zu verdienen, sondern weil es ihm solchen Spaß machte, wirklich jeden aus der Gegend zu kennen.

Aber das war damals. Und das hier ist jetzt.

An die einst ansehnlichen, von einer Grünanlage umgebenen, frei stehenden Gebäude mit ein paar wenigen Parkplätzen davor wurden noch weitere Gebäude billigster Machart angebaut, um eine Art Einkaufspassage daraus zu machen, und die Grünanlage wurde zugunsten eines großen Parkplatzes komplett asphaltiert.

Das *Fenton's* ist jetzt auch eigentlich kein Restaurant mehr, sondern eher eine Bar. Der Fernseher hängt immer noch an derselben Stelle wie damals – wenn man nach der verbogenen Antenne geht, könnte es sogar immer noch derselbe sein. Die Beleuchtung ist eine seltsame Mischung aus Grell und Dämmrig. Ich habe keine Ahnung, wie dieser Effekt erreicht wird, aber er kann jedenfalls nicht über die Tatsache hinwegtäuschen, dass auf dem Fußboden immer noch dasselbe triste grüne Linoleum liegt, an das ich mich von damals erinnere. Auf dem Tresen – der inzwischen aus so einem Kunststoffzeug und nicht mehr aus Holz ist – stehen in gleichmäßigen Abständen nicht zueinanderpassende Plastikschälchen mit Erdnussen. Auf einem der Schälchen sind Smileys abgebildet, auf einem anderen steht: „Besuchen Sie Arizona!"

Der „Grill"-Bereich des Lokals besteht aus ein paar wackeligen Tischen mit Plastikvasen darauf, in denen künstliche Blumen stecken. Deshalb habe ich mich auch für den Barbereich entschieden.

Das *Fenton's* ist ungefähr 10 Kilometer von meinem Arbeitsplatz entfernt. Nach kalifornischem Maßstab ist das nicht weit, aber ich war erst vor Kurzem seit sehr langer Zeit das erste Mal wieder hier. Wahrscheinlich hat es so lange gedauert, weil es einfach übel ist zu sehen, was aus der Welt meiner Kindheit geworden ist. Die Gegend, in der ich groß geworden bin, ist richtig heruntergekommen – eine der vielen ehemaligen Mittelschichtgegenden, die den Schnellkreditbüros und Pornoshops zum Opfer gefallen sind. Wenn ich nicht auf Schnellstraßen und Autobahnen nach Santa Monica zur Arbeit fahre, sondern die ganz normale Route durch die Vororte nehme, verändert sich die Gegend rasch von Häusern mit gepflegten Vorgärten und Wohnblocks zu einer Art Fließband blinkender Neonreklamen.

Aber jetzt bin ich zum ersten Mal wirklich in dieser Kaschemme hier. Zwei Mal habe ich es nur bis auf den Parkplatz geschafft und bin gar nicht erst aus dem Auto ausgestiegen. Ich habe einfach nur dagesessen, wütend, trotzig und in einem unglaublichen inneren Aufruhr. Der ständige Streit zu Hause und die Konflikte bei der Arbeit, das alles ratterte durch meinen Kopf, und ich hatte dieses schreckliche Gefühl, alldem gar nicht weit genug entfliehen zu können. Irgendwas stimmt nicht.

Irgendwas läuft nicht rund, wo doch eigentlich alles bestens laufen müsste. Ich weiß nicht so genau, wie ich beschreiben soll, was ich empfinde. Es ist, als ob ich am einarmigen Banditen meines Lebens stehe, drei Kirschen in einer Reihe auftauchen, aber der Automat kein Geld ausspuckt. Man sitzt einfach da, starrt das Gerät ungläubig an und hofft, dass doch noch etwas passiert.

Jetzt bin ich schon mal hier, dachte ich, *und ich habe Hunger, da kann ich doch eigentlich auch mal nachschauen, wie tief das Lokal gesunken ist.*

Alles, was auf der Speisekarte steht, sieht ein bisschen unheimlich aus. Jedenfalls ist das hier definitiv kein Lokal, wo man die Frikadellen riskieren sollte.

Der Mann hinterm Tresen ist ungeduldig, obwohl außer mir nur ein paar wenige Gäste da sind.

„Ich nehme einen *Manhattan.*"

Warum habe ich das jetzt gesagt? Ich weiß noch nicht mal so genau, was ein *Manhattan* eigentlich ist. Ich glaube, mein Vater hat immer *Manhattans* getrunken. Irgendwas an der künstlichen Holzvertäfelung im *Fenton's* legt nahe, dass ein *Manhattan* ein angemessener Drink für jemanden sein könnte, der möglichst nicht auffallen will.

Etwa ein halbes Dutzend Gäste sind in gedämpfte Gespräche vertieft. Der Gastraum wirkt verqualmt, obwohl ich weiß, dass das wegen des Rauchverbotes in Kalifornien eigentlich nicht sein kann. Es ist, als ob all der Rauch vergangener Jahre immer noch in der Luft wabert, aber vielleicht ist es ja auch das alte Fett vom „Grill". Die Oberfläche des Tresens fühlt sich jedenfalls an, als wäre sie komplett von einem Fettfilm überzogen.

Mein Manhattan kommt, und mir ist schnell klar, wieso ich noch nie einen bestellt habe. Er schmeckt wie Butangas mit einem Schuss Sirup. Ich bitte um ein Glas Wasser und schaue mir unbeteiligt die Sportzusammenfassung im Fernsehen an.

Und in dem Augenblick setzt sich der ungepflegte Typ neben mich ... glaube ich jedenfalls.

Okay, was kann ich sagen, ohne fies rüberzukommen, damit er kapiert, was los ist? Wieso gehen Typen wie er in Bars und zwingen völlig Fremden Gespräche auf?

„Gestern Abend hat sie dich echt geschafft, stimmt's?"

„Was?" Mein Kopf schnellt in seine Richtung.

„Na, gestern Abend."

Jetzt reicht's aber. „*Wer* soll mich geschafft haben? Wovon reden Sie überhaupt?"

„Deine Frau", sagt er. „Du wusstest natürlich, dass sie wie immer recht hatte, konntest es aber unmöglich zugeben. Und was hättest du dann auch tun sollen? Sagen, dass es dir leidtut, und dann nächste Woche wieder das Gleiche machen? Ich kann gut nachvollziehen, wieso du trinkst."

„Ich trinke *nicht!*" Das schreie ich fast. „Jedenfalls bin ich kein Trinker." Ich lege Kleingeld auf den Tresen und stehe auf.

„Ja, klar ... es gibt ja auch jede Menge Kerle, die in eine Bar kommen und einen hochprozentigen Drink bestellen, dessen Name ihnen offensichtlich geläufig ist, weil sie *keine* Trinker sind. Hör mal, Sportsfreund, du bist mir doch absolut keine Erklärung schuldig. Die meisten Leute wollen nicht auf das angesprochen werden, was ihnen zusetzt. Tu einfach so, als wäre ich gar nicht da."

Der Typ nennt mich „Kumpel" und „Sportsfreund". Was wohl als Nächstes kommt? „Alter" vielleicht?

„Deine Frau", sagt er rundheraus. „Der Streit. Der Grund, weshalb du überhaupt nach der Arbeit hierhergekommen bist, statt nach Hause zu fahren. Schließlich ist es eine ganz schön weite Strecke von Manhattan Beach bis hierher."

Ich drehe mich wieder zu ihm hin. „Was haben Sie gesagt?"

„Jetzt hab ich dich aber erwischt, was?", sagt er grinsend. „Ganz schön schwer, aufzustehen und zu gehen, wenn plötzlich ein völlig Unbekannter Details aus deinem Leben raushaut. Hab ich recht?"

Er kommt zu mir herüber und legt mir die Hand auf die Schulter, als ob er einem guten alten Freund einen Witz erzählen will. Mit einer einzigen Bewegung stoße ich seine Hand weg und trete einen Schritt zurück. „Verziehen Sie sich. Ich kenne Sie nicht!"

Einen Moment lang ist der ganze Raum wie erstarrt und meine Worte hängen in der Luft. Er hebt die Hände, die Handflächen mir zugewandt. „Ganz ruhig, Partner. Immer mit der Ruhe. Ich rede doch nur."

Als ich gerade an der Tür angekommen bin, ruft er mir nach: „Du stehst einfach auf und gehst? Du bist zum dritten Mal in ebenso vielen Monaten hier, kommst endlich in den Laden hier reingefallen. Du erzählst mir, dass dir irgendein Typ ziemlich exakte Einzelheiten aus deinem Leben präsentiert, jemand, der sich für dich und deine Probleme wirklich interessiert ... *und du gehst?*"

„Was?" Ich drehe mich an der Tür noch einmal zu ihm um. „Was sagen Sie da?"

„Hör mal, Alter, du strapazierst meine Stimme", sagt er. „Wenn du reden willst, komm wieder her und setz dich zu deinem nicht alkoholischen *Manhattan.*"

Ich gehe zum Tresen zurück. Was mache ich hier eigentlich? Wieso rede ich mit diesem Irren? Ich will mit niemandem reden. Ich setze mich wieder vor mein leicht entzündliches Getränk.

„– und was ist, wenn er dir sagen könnte, warum du so fertig bist?"

„Sagen Sie mal, wer sind Sie eigentlich, Mister?"

„Ich habe nur gedacht, dass du vielleicht gerade etwas in dieser Richtung denkst. Vielleicht passt ja auch Folgendes: Es ist, als würdest du in einem dunklen Zimmer herumstolpern und dauernd gegen irgendwelche Möbel stoßen. Na, wie bin ich? Könnte da vielleicht was dran sein?"

Ich starre ihn ausdruckslos an.

„Ich nehme dein Schweigen mal als Ja, okay?" Seine Stimme wird leiser und tiefer. „Nach vielen üblen Erfahrungen hast du gelernt, dir den Weg zu merken, wie du den Schmerzen ausweichen kannst. Du glaubst, dass du endlich den Bogen raushast, wie du dich im Dunkeln durch das Zimmer bewegen musst. Aber dann werden die Möbel am nächsten Tag, in der nächsten Woche oder im nächsten Monat umgestellt, während du schläfst, und du rammst wieder volle Pulle mit dem Schienbein gegen den Tisch.

Und jedes Mal, mit jedem neuen blauen Fleck, verlierst du ein bisschen mehr die Hoffnung und das Gefühl, dass das alles einen Sinn und Zweck hat. Du reagierst eigentlich nur noch auf den Schmerz. Du triffst Entscheidungen danach, was am wenigsten wehtut. Du weichst Dingen aus, von denen du weißt, dass du dich eigentlich damit auseinandersetzen müsstest. Du vermeidest den Umgang mit Menschen, von denen du glaubst, dass sie diejenigen sind, die dauernd deine Möbel verschieben, und irgendwann sind das ziemlich viele, und es werden immer mehr.

Und das Schlimmste daran ist, dass du das Gefühl hast, alle sehen, wie du herumstolperst. Es ist, als könnten alle anderen die Möbel im Dunkeln sehen, nur du nicht. Das würden sie natürlich nie im Leben zugeben, aber du bist dir ziemlich sicher, dass es so ist."

Er sieht mich an, aber ich habe vergessen, was ich ihm entgegnen wollte. Er schaut wieder zu dem Fernseher hinauf. „Und, bin ich gut, Steven?"

„Woher kennen Sie meinen Namen?"

Er ignoriert meine Frage einfach. „Sie wollen es dir sagen, weißt du?"

„Wer will was sagen?“

Er trommelt mit den Fingerspitzen auf dem Tresen. „Deine Freunde, deine Familie, deine Kollegen. Und Tatsache ist, dass manche von ihnen es sogar schon versucht haben. Sie möchten dir helfen, aber du glaubst nicht, dass sie dir helfen können. Kommt dir das irgendwie bekannt vor, Steven?“

Ich richte mich auf meinem Barhocker auf und stoße dabei fast mein Wasserglas um. „Also, ich weiß nicht, für wen Sie mich halten. Ich kenne Sie jedenfalls nicht. Und jetzt hören Sie auf mit dem blöden Spiel, Kumpel, und sagen Sie mir lieber, woher Sie *mich* kennen.“

Keine Reaktion. Ich nehme mein Wasserglas und rutsche ein bisschen näher an ihn heran. „Wollen Sie, dass ich den Geschäftsführer rufe? Oder möchten Sie, dass ich das Glas Wasser hier über Ihnen ausleere, bevor ich Sie rauswerfe?“

Seine Stimme wird jetzt leiser. „Klar, das könntest du natürlich machen. Und dann könntest du nach Hause fahren und so tun, als wäre das alles hier nicht passiert. Du könntest ganz normal und wie immer weitermachen und so tun, als hättest du nur gerade eine besonders schlechte Woche oder eine Pechsträhne. Aber du wirst wiederkommen. Wenn nicht hierher, dann woanders hin.“

Er macht eine Pause.

„Und es wird sich auch nichts daran ändern, wenn nicht irgendjemand in deinem Zimmer das Licht anmacht. Das Leben wird immer schmerzlicher werden, verwirrender und dunkler. Kipp ruhig dein Eiswasser über mir aus, wenn du willst. Und von mir aus schmeiß mich auch raus, wenn du dich dann besser fühlst ...“

Der Mann nimmt das Glas in die Hand und schüttet sich ein paar Eisstücke in den Mund.

„Ach ja, übrigens, vielleicht solltest du das Namensschildchen von deinem Hemd abmachen, wenn du nicht von Unbekannten mit Namen angesprochen werden willst, Steven ... nur so'n Gedanke."

Ich blicke an mir herunter und sehe den kleinen Aufkleber mit meinem Namen, den ich schon den ganzen Tag seit dem Auswärtsmeeting am Hemd trage. *Was bin ich für ein Idiot!* Da hätte ich mir ebenso gut ein Schild um den Hals hängen können mit der Aufschrift: „Bitte sprich mich an, ich bin einsam." Ich reiße den Aufkleber ab.

Wir sind jetzt beide still, und es ist nichts zu hören außer dem widerlichen Krachen von Zähnen auf Eis in seinem Mund.

„Also gut", sage ich. „Ich hätte nicht so heftig reagieren sollen. Ich ... ich bin nicht besonders gut drauf, und dann fängt plötzlich irgendein Fremder an, Sachen über mich vom Stapel zu lassen, und ich weiß nicht, was das soll. Vielleicht ist das alles ein Scherz, zu dem Sie jemand angestiftet hat, aber ich möchte, dass Sie jetzt damit aufhören. Was halten Sie davon, wenn wir noch mal ganz von vorn anfangen und Sie mir sagen, woher Sie mich kennen?"

Er schüttelt den Kopf. „Oh nein, so machen wir das nicht. Dann rufe ich den Geschäftsführer und dann finden wir erst mal heraus, wieso ein völlig Fremder meinen Namen wissen will!"

Ich lache leise. „Das hab ich verdient, was?"

„Ja, hast du. Steven", sagt er, „würde es dir weiterhelfen zu wissen, dass ich auch hier aus der Gegend stamme? Ich kann mich noch genau daran erinnern, als der Laden hier noch *Petrazello's* hieß. Meine Güte, haben die gute Pizza gemacht! Diese Soße ... die hatte so eine gewisse Süße, erinnerst du dich? Keiner wusste, ob das Zimt war oder was."

„Das hatte ich total vergessen."

„Solche Pizzasoße kriegt man nirgends mehr. Sie ist zusammen mit dem alten Petrazello gestorben." Dann lächelt er freundlich und sieht mir in die Augen, als ob er dort etwas sucht. „Vielleicht würde es dir ja auch helfen, wenn ich dir sage, dass ich deinen Vater gekannt habe."

„Ach, wirklich? Wieso haben Sie denn das nicht gleich gesagt?"

„Ich habe dich schon früher hier gesehen", sagt er. „Da hast du draußen auf dem Parkplatz im Wagen gesessen."

„Und woher haben Sie gewusst, dass ich es bin?"

„Dein Vater hat mir von dem Wagen erzählt. Ich weiß nicht, ob du es bemerkt hast, Steven, aber hier in der Gegend fahren nicht so viele neueste Modelle des Mercedes SL herum."

„Sie kennen also meinen Vater ..."

Er nickt. „Als du noch klein warst, waren wir ziemlich eng befreundet und haben viel zusammen gemacht. Dann ging es bei mir beruflich so richtig los, und da haben wir uns vor ein paar Jahren irgendwie aus den Augen verloren. Jedenfalls gibt er richtig mit dir an. Ich habe dich immer ein bisschen im Auge behalten und mitverfolgt, wie dein Leben in den letzten Jahren so gelaufen ist. Und das war auch der Grund, weshalb ich so sicher war, dass du es bist, als du heute hier reingeschneit kamst. Ich kam gerade aus dem Elektronikmarkt nebenan und habe gedacht: *Wie cool ist das denn? Ich kenne den Jungen da, aber er kennt mich nicht. Daraus machen wir uns jetzt mal einen kleinen Spaß.*"

„Ach, und daher haben Sie auch von Manhattan Beach gewusst?"

„Ja."

„Sie können also doch nicht Gedanken lesen?"

„Nein, nicht wirklich. Aber irgendwie war ich doch die ganze Zeit ziemlich nah dran, oder?"

„Ja, stimmt."

„Eigentlich komisch, dass er dir nicht von mir erzählt hat."

„Finde ich auch."

Wieder schweigen wir beide und schauen zu dem Fernseher hoch. Schließlich lachen wir. „Erzählen Sie jetzt meinem Vater, dass ich einem seiner Freunde Prügel angedroht habe?"

„Nein, das kann ruhig unser kleines Geheimnis bleiben."

„Dann erklären Sie doch mal bitte Folgendes." Ich schaue vom Fernseher weg. „Sie haben vor ein paar Minuten ein paar Sachen gesagt, die nicht mal mein Vater gewusst hätte. Was war da los?"

Er wirft mir von der Seite einen Blick zu. „Welche Sachen meinst du?"

„Na ja, der Streit mit meiner Frau und ... diese ganze Sache mit dem Im-Dunkeln-gegen-Möbel-Stoßen."

„Ach so, solche kleinen Geschichten und Vergleiche hole ich mir meistens aus dem Internet. Oder aus Talkshows."

„Das ist doch Quatsch." Ich schüttle den Kopf. „Woher wussten Sie all diese Sachen über mich? Eigentlich halte ich die nämlich immer ganz gut unter Verschluss."

„Vielleicht ja nicht so gut, wie du glaubst." Diese letzte Aussage lässt er eine Weile einfach im Raum stehen. Ich weiß nicht so genau, was ich jetzt sagen soll. Mag ja sein, dass der Typ ein Freund meines Vaters ist, aber er ist trotzdem ziemlich ... nervtötend.

Jetzt dreht er sich auf seinem Barhocker vom Tresen weg und springt auf wie ein kleines Kind. „Kommst du mal kurz mit nach draußen? Ich will dir was zeigen."

Er macht ein paar Schritte zur Tür und dreht sich dann noch einmal zu mir um. „Komm schon, es wird dir schon keiner deinen Drink wegnehmen."

Also folge ich dem „Flip-Flop" seiner Schritte hinaus auf den Parkplatz. Dort steht direkt neben meinem Wagen ein kirschrotes Oldtimer-Cabrio.

Er lehnt sich gegen den Kofferraum. „Nett, was? Buick Electra – 1970er-Baujahr. Ist nur ungefähr zehntausend Kilometer gelaufen, kann also noch gute zweihunderttausend machen. Ein 455er mit acht Zylindern, 370 PS hat der Schlitten. Ich hab das ganze Teil von Grund auf restauriert." Liebevoll schaut er sein Auto an. „Die Polsterung, die Türbespannung und die gesamte Lenkung stammen von einem Electra, der mal Cary Grant gehört hat."

Als er meinen verständnislosen Blick sieht, sagt er: „Das war ein Schauspieler ... in den 40er und 50er-Jahren, lange bevor Brad Pitt geboren wurde. Jedenfalls muss man ein bisschen von innen am Griff von der Beifahrertür ruckeln, wenn man einsteigen will, und er verbraucht sehr viel Öl. Aber wenn man mal so richtig Spaß haben will, dann gibt es nichts Besseres, als mit dem Sahneschnittchen hier zu fahren! Du kannst dich gern mal reinsetzen, wenn du möchtest."

Ein wirklich beeindruckendes Fahrzeug, besonders der Kofferraum, der fast die halbe Länge des gesamten Wagens ausmacht. Man könnte mit einem Kleinwagen hineinfahren und hätte dann immer noch Platz für Einkäufe. Das Auto sieht aus wie eine glänzende Schatulle mit Weißwandreifen. Keine großen Flossen oder sonst irgendwelcher Schnickschnack bei Detroits letztem Versuch, ein Auto zu bauen, das problemlos eine ganze Fahrspur komplett ausfüllen kann.

Ich schüttle den Kopf. „Danke. Ich kann alles gut von hier aus sehen."

Er steigt in den Wagen, lässt den Motor an und legt den Gang ein. „Wie du willst. Vielleicht treffen wir uns ja mal wieder. War jedenfalls nett, dich kennenzulernen."

„Moment noch!", schreie ich.

Er nimmt den Gang wieder heraus und lässt den Motor im Leerlauf weiterlaufen.

„Hör mal, Steven, das meiste von dem, was du hier heute Abend gesucht hast, findest du nicht, solange *du* nicht die Bedingungen dafür schaffst. So läuft das nun mal. Vielleicht bist du aus einem bestimmten Grund hergekommen, aber vielleicht bist du ja auch her*geführt* worden." Er blinzelt mich an. „Was, wenn Gott dich hergeführt hat, um einen alten Knaben mit einem Buick Electra kennenzulernen, der vielleicht schon ein kleines Stück Weg mehr hinter sich hat als du? Ich glaube nicht an Zufälle. Vielleicht ist das alles nur ein kleiner Gag, in den Gott uns hat reinstolpern lassen, aber vielleicht hat er uns ja auch beide absichtlich hierhergeführt."

Er greift in seine Brieftasche und kramt darin herum. „Ich heiße Andy. Hier ist meine Karte."

Ich nehme sie. Es steht nichts darauf außer seinem Namen – Andy Monroe – und einer E-Mail-Adresse. „Wenn du mal eine Fahrt in diesem Prachtstück machen möchtest, dann schreib mir einfach 'ne Mail, ja?"

Er legt den Rückwärtsgang ein, lächelt mich an und setzt eine Sonnenbrille auf, als wäre es Mittag. Sein riesiger Buick Electra mit den weißen Polstern und den Weißwandreifen brummt langsam vom Parkplatz. Als ich wieder aufblicke, nachdem ich die Visitenkarte in meiner Brieftasche verstaut habe, ist er schon in der kühlen Frühlingsabendluft auf dem Colorado Boulevard verschwunden.

„Du kapierst es wirklich nicht, oder?“

(Mittwoch, 11. März, später Abend)

Als ich mich schließlich auf dem Küstenhighway zur bewachten Wohngegend von Manhattan Beach durchgekämpft habe, ist es schon nach 23:00 Uhr. Unsere gut beleuchtete Wohnstraße kommt mir noch ruhiger, sicherer und eleganter vor, nachdem ich gerade durch so viele Straßen mit schäbigen, unkrautumwucherten Mietskasernen gefahren bin, von denen die Gegend um das *Fenton's* beherrscht ist.

Ich biege in unsere breite Auffahrt, mache den Wagen aus und bewundere unser Haus. Die Landschaftsgärtner, die die Bodenbeleuchtung im Eingangsbereich verbessern sollten, haben ihre Sache wirklich gut gemacht. Ich sehe es jetzt zum ersten Mal bei Dunkelheit.

Im Haus ist noch alles hell erleuchtet. Das ist nicht gut, denn es bedeutet, dass Lindsey noch auf ist und wahrscheinlich gerade dabei, die heutige Version ihrer Missbilligungspredigt zu proben.

Das brauche ich nicht auch noch. Nicht heute Abend.

Ich bleibe einfach noch eine Weile im Wagen sitzen und trommle mit den Fingern auf dem Armaturenbrett in der Hoffnung, dass das Licht doch noch ausgeht.

Das war doch nicht immer so. Jedenfalls war es nicht so schwer wie jetzt. Ich habe mich eigentlich immer darauf gefreut, abends nach Hause zu kommen, und wir haben auch im Laufe des Tages miteinander telefoniert. Wenn ich dann nach Hause kam, war es immer schön und hat Spaß gemacht. Dann habe ich eine Flasche Wein geöffnet und wir haben über alles Mögliche geredet.

Ich trommle weiter.

Und wieso hat sie eigentlich das Recht, enttäuscht zu sein? Ich tue doch alles für sie. Ich würde auch manchmal lieber nicht so viel arbeiten. Wenn jemand Grund hätte, sich zu beklagen, dann doch wohl ich.

Zehn Minuten später raffe ich mich schließlich auf, steige aus und gehe ins Haus. Lindsey steht in der Küche an der Spüle und dreht sich nicht einmal zu mir um, als ich sie mit „Hallo" begrüße.

Meine Frau ist eine auffallend attraktive Person. Sie hat dunkelbraune Augen, und ihr Haar hat exakt denselben Farbton. Sie hat eine tolle Figur und kleidet sich so, dass man merkt: Sie weiß es auch. Ihr Selbstbewusstsein war einer der Punkte, die mich so an ihr fasziniert haben, aber wenn wir uns in die Haare bekommen, dann ist es genau das, was ich am wenigsten an ihr leiden kann.

„Ich habe dich heute drei Mal im Büro angerufen und zwei Mal auf dem Handy", platzt sie heraus, immer noch mit dem Rücken zu mir, so als ob sie hofft, dass dieser Überraschungsangriff mir ein Geständnis entlocken wird. „Du solltest sie heute von der Schule abholen, Steven. Ihr wolltet etwas zusammen unternehmen, das war der Plan. Du wolltest ein bisschen Zeit mit deiner Tochter verbringen, erinnerst du dich? Nur du und sie."

„Mist!" Ich gehe zur Treppe. „Das habe ich total verschwitzt."

Sie lässt mich halb nach oben gehen, bevor sie sagt: „Sie schläft schon. Komm wieder runter. Du weckst sie nur auf." Dann dreht sie sich ganz zu mir um und lässt mich ihre ganze Verachtung spüren. „Sie hat nach dem Unterricht über eine

Stunde vor der Schule auf dich gewartet, Steven. Überall um sie her waren Eltern, die ihre Kinder abgeholt und sich Sorgen um Jennifer gemacht haben. ‚Ist alles in Ordnung. Sollen wir dich mitnehmen?' ‚Nein', hat sie immer wieder gesagt. ‚Mein Papa holt mich ab.'"

„Okay, okay. Ich hab's ja kapiert." Wenn ich meine Frau jetzt nicht bremse, dann lässt sie überhaupt nicht wieder locker.

„Sie ist nur einmal elf Jahre alt", fährt sie fort. „So ist das. Diese Zeit ist jetzt, und sie kommt nicht wieder. Wenn du ihr etwas versprichst, dann kannst du nicht einfach ..."

„Fang jetzt nicht wieder damit an", sage ich. „Ich habe einen Fehler gemacht. Ich habe es vergessen. Ich hab's vermasselt, okay? Ich rede später mit ihr."

„Ja klar, später." Sie nickt sarkastisch. „Welches Später soll das denn wohl sein, Steven?"

„Jetzt komm mal nicht so von oben herab, Lindsey. Du weißt ganz genau, was ich meine."

„Nein, weiß ich nicht", sagt sie, während sie ins Wohnzimmer geht und dort Zeitschriften zurechtrückt, die eigentlich schon völlig gerade und geordnet daliegen. „Ist es dasselbe ‚Später' wie bei all den anderen Versprechen, die du gibst und nicht hältst? Oder ist es ein anderes? Da bin ich jetzt aber mal wirklich neugierig."

„Hör auf damit!", sage ich und werde lauter. „Ich kann das jetzt wirklich nicht gebrauchen."

„Psst. Du weckst sie noch auf, und sie muss das hier ja nicht unbedingt mitkriegen."

„Na super!", sage ich noch lauter und lasse geräuschvoll meinen Aktenkoffer auf den Boden fallen. „Echt klasse. Erst kräftig austeilen und mir dann sagen, dass ich still sein soll. Wirklich ganz toll."

Sie wendet sich ab und sagt dann eher flüsternd zu sich selbst als zu mir: „Ich kann das so nicht mehr."

„Was kannst du nicht mehr?"

„Das hier." Sie macht eine ausladende Geste, die den ganzen Raum einschließt. „All das hier. Alles." Sie behält die Geste noch ein wenig bei, lässt dann die Schultern hängen und seufzt. „Ich kann dich nicht dauernd decken und entschuldigen, Steven. Jennifer liebt dich. Du bist ihr Vater. Aber so langsam traut sie dir nicht mehr. Sie verlässt sich nicht mehr rückhaltlos auf dich und dein Wort. Und das will ich nicht. Ich will nicht, dass meine Tochter so aufwächst. Sie hat etwas Besseres verdient, Steven."

„Jetzt werd aber mal nicht melodramatisch, Lindsey."

„Du kapierst es nicht, Steven, oder? Es ist immer dasselbe Muster: Du bist sauer und unzufrieden mit deinem Leben und lässt es an mir, an uns aus. Ich bewege mich in deiner Gegenwart permanent wie auf rohen Eiern, und das ist etwas, das ich noch nie bei jemandem gemacht habe. Ich hab noch nicht mal gewusst, was das bedeutet. Und inzwischen habe ich das Gefühl, ich tue um Jennifers willen nichts anderes mehr, wenn du zu Hause bist."

Sie hält kurz inne, als ob sie abwägt, was es sie kosten wird, das Nächste zu sagen. „Weißt du was? Eigentlich bin ich ganz zufrieden mit meinem Leben, aber nur so lange, bis du mit all deinem Ärger hier reinkommst."

„Da haben wir's ja wieder", murmele ich.

„Du bist so unzufrieden mit deinem Leben", sagt sie und rückt dabei wieder irgendwelche Sachen gerade, „dass du den Gedanken nicht ertragen kannst, dass es anderen nicht so geht. Du kannst den Gedanken nicht ertragen, dass das möglicherweise etwas mit dir selbst zu tun haben könnte. Also zerpflückst du jeden und alles und kannst dann anschließend gar nicht verstehen, wieso alles um dich herum so kaputt ist."

„Das ist nicht fair", schieße ich zurück.

„Da hast du ganz recht. Das ist nicht fair. Genau so sieht es aus.“

Sie rennt zur Haustür und spielt mir noch einmal vor, was sie gerade gesagt hat. „Du kommst herein und bist über irgendwas unglücklich oder sauer.“ Sie rennt zurück zum Sofa. „Dann versuche ich mit dir darüber zu reden. Du wirst immer lauter und immer gemeiner.“ Sie macht einen Schritt in Richtung Küche. „Und dann, wenn ich es nicht mehr aushalten kann oder du mir genug Angst gemacht hast, dann verlasse ich den Raum.“ Sie geht mit ausgestreckten Armen wieder in die Mitte des Wohnzimmers zurück. „Und irgendwie bildest du dir dann ein, du hättest gewonnen.“

Ich versuche darauf zu antworten, aber sie hält mich auf, indem sie eine Hand hebt. „Weißt du was?“ Sie schüttelt langsam den Kopf mit einem gezwungenen Lächeln, das allerdings eher wie eine Grimasse wirkt. „Früher konnte ich mich mit dir auseinandersetzen und dabei auch im Ring bleiben, aber irgendetwas in meinem Innern ist verloren gegangen. Ich habe mein Selbstvertrauen verloren. Ich habe die Person verloren, die ich einmal war. Ich erkenne mich selbst nicht mehr wieder. Du hast gewonnen, Steven. Du hast mich besiegt, und ich liege am Boden, und jetzt kann ich dir nicht mehr helfen.“

„Jetzt hör doch mal“, sage ich und versuche, ruhiger zu werden. „Ich weiß gar nicht, wovon du eigentlich redest. Ich hab das mit der Kleinen vermasselt, okay?“ Ich gehe ins Wohnzimmer. „Ist es das, was du hören willst? Ich hab’s vermasselt. Ich mache es wieder gut. Wir finden sicher irgendwann diese Woche noch einmal Zeit. Es tut mir leid, okay?“

Sie kommt langsam zu mir herüber und bleibt direkt vor mir stehen. „Nein, es ist nicht okay. Denn weißt du was, Steven, diesmal funktioniert das so nicht. Ich bin fertig, fix und fertig. Ich habe den ganzen Abend hier gesessen und gewartet und gewartet und gewartet ... wieder mal. Und irgendwann, so gegen halb neun, habe ich gemerkt, dass ich glaube, mit dir stimmt was nicht. Und ich weiß nicht, was es ist. Ich weiß nicht, ob du eine Affäre hast oder ob der Mann, den ich zu kennen geglaubt habe, einfach ein Schwindler war. Ich bin fertig, Steven, wirklich fertig."

„Warum tust du das?", frage ich. Ich hasse es, wenn sie die „Affäre"-Karte zieht. „Warum beschuldigst du mich immer, ich hätte eine Affäre? Du machst das andauernd. Weißt du, dass du mich damit richtig wütend machst? Jedenfalls hast du es auch jetzt wieder geschafft. Ich bin wütend!"

Sie dreht sich mit einem verzweifelten Ausdruck ganz zu mir um. „Du kapierst es wirklich nicht, oder? Du bist so sehr mit deiner arroganten kleinen Welt beschäftigt, dass du gar nicht mehr merkst, was hier eigentlich läuft, oder?"

„*Meine* kleine Welt?", schreie ich. „Oh, dann entschuldige bitte. Meinst du damit vielleicht die kleine Welt, die es dir ermöglicht, den halben Tag im Fitnessstudio zu verbringen oder mit deinen Freundinnen in angesagten Lounges zu tratschen, und zwar mit meinem Geld? Meinst du diese kleine arrogante Welt?"

„Siehst du, jetzt geht es wieder los. Du glaubst, dass es nur ums Materielle geht. Du glaubst, dass alle herumlaufen und sich tief vor dir verneigen sollten für all das, was du leistest."

Sie rennt wieder in die Küche und ruft von da aus: „Du bist so blind, Steven. Jennifer wird sich später nicht an die Sachen erinnern, die sie gekriegt hat."

Sie kommt zielstrebig wieder aus der Küche zurück und wartet dramatisch einen Moment lang, bevor sie sagt: „Sie wird sich daran erinnern, dass du nicht da warst. Und dass du, selbst wenn du da warst, nicht da warst. Daran wird sie sich erinnern."

„Das ist doch Scheiße, Lindsey!", brülle ich.

„Wir wünschen uns gar nichts mehr als dich, genau so, wie du bist, *dich* als Mensch. Und mit all deinem Können und deinem Zauber bist du völlig unfähig, genau das deiner Frau und deiner Tochter zu geben."

„Halt den Mund, Lindsey. Halt den Mund!"

„Jetzt machst du es doch schon wieder. Du wirst wütend, und dann wirst du laut, und dann wirst du blöd. Wütend und blöd. Wütend und blöd."

„Lass das!" Ich mache einen Schritt auf sie zu.

„Was soll ich lassen?"

„Hör auf! Du weißt genau, was ich meine."

„Weißt du eigentlich, dass alles, was du so superwichtig findest, uns beiden absolut nichts bedeutet? Deine ganze Geschäftigkeit im Büro, all dein Tollsein? Nichts. Null. Nada."

Und in dem Augenblick ticke ich aus. Ich brülle und greife nach der Blumenvase, die auf dem Esstisch steht. Dabei stoße ich ihr richtig heftig gegen die Schulter. Ich schwinge die Vase wie ein Diskuswerfer, und die Blumen und das Wasser werden quer durch den Raum geschleudert. Dann rutscht mir die Vase aus den Händen und zerschellt im Treppenaufgang.

Einen Moment lang schauen wir beide nur auf das Zimmer, das nass ist und übersät mit Blumen und Glasscherben. Ich atme schwer und habe die Hände an meinen Seiten zu Fäusten geballt.

„Manchmal", knurre ich zwischen zusammengebissenen Zähnen, „kann ich dich wirklich überhaupt nicht ausstehen, Lindsey!"

Sie schluckt. „Du führst dich auf wie ein Wahnsinniger, Steven." Ihre Stimme ist beherrscht.

Ich trete direkt vor sie und brülle, so laut ich kann: „Halt einfach den Mund! Halt deine blöde, hässliche Fresse!"

Sie versucht wegzugehen, aber fast ohne es zu wollen, versperre ich ihr den Weg.

„Geh weg“, sagt sie ganz ruhig. „Bleib mir vom Leib.“

„Nein! Ich hasse das hier!“ Mein ganzer Körper schreit. Ich kann mich nicht beruhigen. „Hörst du? Ich hasse dich! Verstehst du mich?“

Lindsey rennt die Treppe hinauf. Ich laufe ihr hinterher, ohne eigentlich zu wissen, warum. Als ich ins Schlafzimmer komme, steht sie vor dem Kleiderschrank.

„Geh weg!“, schreit sie. „Geh weg von mir, Steven, oder ich rufe die Polizei.“

„Hör auf damit!“, brülle ich. „Rede einfach mit mir. Ich tu doch gar nichts, und ich werde auch nichts tun.“

Sie rennt ins Bad.

„Geh da nicht rein, Lindsey!“, schreie ich. „Ich warne dich, mach die Tür nicht ...“

Bevor sie die Tür von innen schließen kann, renne ich hin und werfe mich mit meinem vollen Gewicht dagegen. Die Tür fliegt krachend auf und wirft sie auf der anderen Seite zu Boden.

Sie kreischt: „Oh Gott! Ich glaube, meine Nase ist gebrochen! Du hast mir die Nase gebrochen! Geh weg von der Tür. Geh weg!“

Ich lasse die Tür los, sie knallt sie von innen zu und schließt sich ein. Sie weint, stöhnt und schreit gleichzeitig.

Was mache ich hier eigentlich?

„Okay, Lindsey, beruhige dich. Lass uns vernünftig miteinander reden.“

Sie schluchzt auf der anderen Seite der Tür. „Ich habe Angst vor dir, Steven. Bitte lass mich jetzt in Ruhe und geh.“

„Ich hab doch gar nichts getan.“

„Doch, du hast mich verletzt! Ich blute!“

Ich lehne meine Stirn gegen die Tür. Sie schluchzt immer noch. „Nun komm schon, Lindsey. Das war ein Unfall. Es tut mir leid. Mach jetzt die Tür auf.“

Nach einer Weile sagt sie ganz ruhig: „Steven?" Sie hat aufgehört zu weinen.

„Ja?"

Sie wartet ein paar Sekunden, bevor sie ganz langsam weiterspricht: „Ich gehe mit Jennifer hier weg."

„Was soll das heißen? Wohin denn? Wohin willst du denn?"

„Zu meiner Mutter. Mach jetzt bitte die Tür frei und geh nach unten. Machst du das?"

Ich hasse das alles hier. Wenn sie geht, dann geht alles den Bach runter. Aber ich kann sie nicht aufhalten. Sie hat so schon Angst.

„Blutest du wirklich. Lindsey? Ist alles in Ordnung?"

„Es kommt alles in Ordnung, wenn du jetzt einfach von der Tür weggehst."

„Also gut, Lindsey. Ich gehe jetzt nach unten. Ich gehe jetzt sofort nach unten."

Ich drehe mich um und finde wie benebelt den Weg die Treppe hinunter zu einem Sessel am anderen Ende des Wohnzimmers. Ich sitze völlig benommen da und zittere am ganzen Körper. Meine Gedanken rasen. *Wie konnte das passieren? Ich muss das wieder in Ordnung bringen ... aber ich habe keine Ahnung, wie. Was muss Jennifer durchmachen? Sie hat mit Sicherheit das meiste mitgekriegt. Was wird Lindsey ihr wohl sagen?*

Kurz darauf kommen Lindsey und Jennifer die Treppe herunter, jede mit einer kleinen Reisetasche in der Hand.

„Ruf mich an, wenn ihr bei deiner Mutter angekommen seid, ja?"

Lindsey antwortet nicht. Jennifer sieht mich an und wirkt völlig durcheinander. Sie kommt einen Schritt auf mich zu, so als ob sie etwas sagen will, aber es kommt nichts heraus. Dann bemerkt sie die zerbrochene Vase und die verstreuten Blumen als Beweis für das, was sie gerade von ihrem Zimmer aus mitgehört hat. Sie wendet sich mir noch einmal zu und hat Angst im Blick.

„Ist schon gut, mein Schatz. Deine Mutter und ich haben gerade ein paar Probleme. Aber ... alles wird wieder gut. Wir sehen uns morgen. Wir brauchen jetzt nur alle erst einmal ein bisschen Ruhe. Alles wird gut."

Keine Reaktion. Nur das Geräusch der Haustür, die hinter den beiden ins Schloss fällt.

„Da haben die in Detroit wirklich gezaubert!“

(Donnerstagmorgen, 12. März)

Als ich das nächste Mal auf meine Uhr schaue, ist es 3:00 Uhr. Ich habe die vergangenen paar Stunden dagelegen, an die Decke gestarrt und in Gedanken noch einmal alles wiederholt, was Lindsey und ich gesagt haben. Dann habe ich noch einmal die Szene durchgespielt, als meine Frau und meine Tochter zur Tür hinausgingen. Ich bin fix und fertig. Ich habe das Chaos im Wohnzimmer beseitigt, aufgeräumt und gewischt. Jetzt kann ich nicht einschlafen, aber klar denken kann ich ebenso wenig. Lindsey hat sich nicht von ihrer Mutter aus gemeldet, und ich kann dort so spät auch nicht mehr anrufen. Ich muss also noch ein paar Stunden warten, mir alles noch einmal durch den Kopf gehen lassen und kapieren, was da eigentlich passiert ist.

Es ist viel zu still hier im Dunkeln. Mein Kopf brummt, und in der vergangenen Stunde habe ich nichts anderes hören können als nur immer wieder Andys Stimme vom Abend, wie er sagt: *„Du kannst natürlich so weitermachen wie bisher ... Aber du wirst wiederkommen ... Und es wird sich nichts ändern, bevor du nicht jemanden in deinem Zimmer das Licht anmachen lässt. Das Leben wird immer schmerzlicher werden, immer verwirrender und immer dunkler.“*

Es kommt mir vor, als ob der vergangene Abend im *Fenton's* schon Monate zurückliegt. War Andy echt? Kennt der Typ meinen Vater wirklich, oder ist er nur ein unheimlicher alter Stalker?

Ich greife nach meiner Brieftasche, um nach seiner Karte zu suchen. *Mal sehen, was Google über dich zu sagen hat, Andy Monroe.*

Ich setze mich an den Computer und tippe „Andy Monroe" ein. Es gibt einen Sänger namens Andy Monroe, der die ersten Seiten mit Einträgen beherrscht. Ich bin ziemlich sicher, dass er das nicht ist. Außerdem gibt es einen Dramatiker ... einen Tiefseetaucher ... und einen Bullenreiter.

Auf Seite 8 finde ich dann einen Artikel. „*Langston*-Gruppe: Finanzchef Andy Monroe entlassen". Der Artikel ist von 2003 und beschreibt einen offenbar ungeheuer erfolgreichen 48-Jährigen, der auf Wunsch seiner Firma „wegen persönlicher Indiskretion seinen Posten zur Verfügung stellt".

So, so. Ob du das bist, Andy-Boy?

Er hatte ja gestern Abend erwähnt, dass es beruflich irgendwann so richtig losgegangen und er dann auf der Überholspur unterwegs gewesen sei. Also, viel schneller als die *Langston*-Gruppe konnte eine Überholspur auch kaum sein. Diese Typen beherrschten die Finanzwelt der gesamten Südküste, seit ich ein Junge war. Vielleicht ist also unser Flip-Flops tragender Freund tatsächlich mal eine große Nummer gewesen, bis „persönliche Indiskretion" ihm das Genick gebrochen hat.

Aber woher kennt so ein Typ meinen Vater?

Ich überlege kurz, ob ich ihn anrufen soll, aber mir ist schnell klar, dass es im Moment besser ist, wenn er keine von seinen undezenten Fragen stellt. Am besten erwähne ich es gar nicht.

Stattdessen schnüffle ich noch ein bisschen weiter und finde immer mehr Artikel, manche davon mit einem grobkörnigen Foto von einem wesentlich jünger aussehenden Andy. Verschiedene Einträge verraten Einzelheiten über Andys Heldentaten in der Finanzwelt, aber mit dieser „Indiskretion" im Jahre 2003 hört alles abrupt auf. Es ist, als würde der Andy Monroe der Finanzwelt danach nicht mehr existieren. Und ich kann absolut nichts finden, was eine Verbindung zwischen ihm und meinem Vater herstellen würde.

Ich beschließe, ein paar Kartons mit Familienfotos aus der Garage zu holen. Wenn der Kerl wirklich die Wahrheit sagt, dann muss es irgendwo in meinem Leben Hinweise dafür geben. Außerdem habe ich sonst nichts zu tun.

Ich koche mir eine Kanne Kaffee, und kurz darauf sitze ich am Küchentisch, auf dem ich die Fotos vor mir ausgebreitet habe. Dabei vergesse ich beinahe, wonach ich eigentlich suche. Es ist schon so lange her, dass ich Bilder aus meiner Kindheit angeschaut habe. Fast macht es mir Spaß. Aber von Andy keine Spur. Eine Dreiviertelstunde später packe ich die Fotos wieder in die Schuhkartons.

Und da entdecke ich es – ein Bild von mir und meinem Vater auf einer Angeltour. Ich kann darauf nicht älter als 8 Jahre sein. Mein Vater hat mich damals oft auf halbtägige Angeltouren von San Pedro aus mitgenommen. Bei diesen Ausflügen waren dann auch meistens seine Kumpels dabei – drei oder vier Typen, die immer wieder auf den Fotos zu sehen sind. Ihre Familien kannten wir gar nicht so gut. Es waren ganz normale Männer, die in derselben Gegend aufgewachsen und nie von dort weggekommen waren. Sie unternahmen oft Dinge miteinander, die ihnen Spaß machten: Bowling, Angeln oder einfach im *Petrazello's* sitzen und Karten spielen. Meistens war auch ein bulliger Typ mit Bart dabei. Ich glaube, er hieß Stan. Er war Maschinist oder etwas in der Richtung. Jedenfalls erinnere ich mich noch genau an seine großen, fleischigen Hände, die immer schwärzlich verfärbt vom Schmieröl waren. Dann war da noch Mr Ketchum, der Vertreter für irgendwas war. Er und seine Frau unternahmen viel mit meinen Eltern zusammen. An die anderen kann ich mich nicht mehr so genau erinnern.

Auf dem Foto, das ich jetzt in der Hand halte, habe ich einen etwa einen Meter langen Fisch auf meinen ausgestreckten Armen liegen. Mein Vater hat mir den Arm um die Schultern gelegt und lächelt, und hinter uns stehen die Jungs: Stan, Mr Ketchum, ein großer Typ mit Kappe. Und *er* – Andy. Er ist jünger und dünner, aber er ist es eindeutig.

Er hat dasselbe unverschämte Lächeln, das besagt: *Genau, Junge, das bin ich. Andy. Du hast doch sicher geglaubt, ich hätte mir das alles nur ausgedacht, oder? Aber ich habe dir sogar geholfen, deine Trophäe an Land zu bringen, mein Freund. Ich bin noch auf einigen anderen Fotos zu sehen.*

Völlig verblüfft sitze ich da. Der Typ ist also tatsächlich ein Teil meiner Vergangenheit, und ich kann mich nicht an ihn erinnern. Ich muss laut lachen. *Fast hätte ich einen Freund der Familie verprügelt!*

Ich beschließe, ihm eine E-Mail zu schreiben.

Hey, Andy,

also, meine Frau und ich – na ja, wir haben gestern Abend irgendwie Zoff gehabt. Fazit: Ich glaube, mir würde eine Autofahrt an der frischen Luft ganz guttun, um mir über einige Dinge klar zu werden. Sorry, dass ich vorhin so reagiert habe.

Steven Kerner

Innerhalb einer Stunde, genau um 5:20 Uhr, bekomme ich folgende Antwort:

Steven,

ja, da haben die in Detroit wirklich gezaubert. Konntest den Gedanken an das Sahneschnittchen wohl doch nicht loswerden, was?
Bevor du mein Angebot annimmst, hier ein paar Dinge, die du wissen solltest:

1. *Ich rauche Zigarren. Wirklich gute Zigarren. Nie in geschlossenen Räumen, aber wenn ich mit dem Electra unterwegs bin, dann rauche ich. Ich bin nicht stolz drauf, aber so ist es nun mal.*
2. *Manchmal lasse ich beim Fahren Musik laufen. Manchmal auch richtig laut. Das wäre also ein weiterer Punkt.*
3. *Wir reden nicht über den Umzug der* Los Angeles Rams *nach St. Louis. Das ist immer noch ein wunder Punkt bei mir.*

Was hältst du davon, wenn wir uns nächsten Dienstag gegen 19:00 Uhr am Fenton's *treffen?*

Andy

Was? Das ist alles? Hat denn der Typ meine E-Mail nicht gekriegt? Nächsten Dienstag? Bis dahin sind es noch fünf Tage! Und er erwähnt nicht einmal etwas von dem, was ich ihm geschrieben habe. Der verarscht mich doch, oder? Kein Wunder, dass mein Vater nichts mehr mit ihm zu tun hat.

Marriott-Hotel, Zimmer 643

(Donnerstag, 12. März, Spätvormittag)

Um 8:30 Uhr telefonieren Lindsey und ich miteinander. Sie teilt mir mit, dass Jennifer ihre gewohnte Umgebung braucht und dass deswegen ich derjenige bin, der sich eine andere Bleibe suchen muss. Der Sturm hat sich also noch nicht gelegt.

Ich arbeite bis Mittag und verlasse dann unter einem Vorwand das Büro, um mir ein Hotel zwischen unserem Haus und dem Büro in Santa Monica zu suchen. Am Ende lande ich im *Marriott.* Ich fahre wieder nach Hause zurück, um ein paar Sachen zu holen, und als ich die Haustür öffne, fühlt sich alles sehr seltsam an, so als ob mein eigenes Zuhause sich nicht mehr ganz sicher ist, ob ich tatsächlich dort hingehöre. Das Ganze ist jedenfalls extrem demütigend. Was mache ich hier eigentlich – packe mitten an einem normalen Arbeitstag Kulturbeutel und Anzüge ein, um mich ein paar Kilometer entfernt in einem Hotel einzumieten?!

Ich ziehe meinen Anzug aus und Jeans und Pulli an. Bevor ich wieder zur Haustür gehe, zögere ich und frage mich, was ich wohl aufgebe, wenn ich mich wirklich auf das hier einlasse.

Es fühlt sich an, als wüsste wirklich jeder von meiner Situation. Unsere direkte Nachbarin Melanie Patton, eine übergewichtige Frau mit Haarnetz über der ondulierten Frisur, ist in ihrem Vorgarten dabei, die Sträucher zu gießen, als ich mit meinem Kleidersack das Haus wieder verlasse. Sie hat mich noch nie leiden können. Meiner Meinung nach drückt ihr Kleidungs- und Einrichtungsstil die Immobilienpreise in der Gegend. Sie späht über den Rand ihrer Sonnenbrille zu mir und wendet sich dann ab, als ob sie denkt: *Endlich.*

Der Mann am Empfang im *Marriott* starrt auf meinen Personalausweis. „Äh, die Adresse ist ja nur ein paar Kilometer von hier entfernt."

Ich nicke nur schwach und sage nichts. Er lächelt mich peinlich berührt an, als ob ihm plötzlich dämmert, dass er es vielleicht mit einem Mann zu tun hat, der sich vor der Polizei versteckt oder etwas Ähnliches. Er greift gleichzeitig nach meinem Ausweis, einem Stift und dem Anmeldeformular und legt alle drei mit einer lauten, irgendwie aufgescheuchten Bewegung auf den Empfangstresen. Ich murmele etwas von Verwandtenbesuch und kritzele, fast schon auf dem Weg zum Aufzug, meinen Namen auf das Formular.

Schon bald stelle ich fest, dass ein *Marriott*-Zimmer für Urlauber etwas völlig anderes ist als ein *Marriott*-Zimmer für Geschäftsleute. Meines hat ein Bett, eine „Arbeitsstation", einen kleinen Fernseher und einen schicken Blick auf die oberste Etage eines Parkhauses. Aber ich werde ja nicht lange bleiben. Ich öffne eine Büchse Erdnüsse aus der Minibar, streife meine Schuhe ab und lasse mich aufs Bett fallen, den Kopf an das Betthaupt gelehnt, und schaue das Ölbild mit einer Obstschale darauf an.

Sehr unruhig, Mr Marriott. Sehr unruhig.

Ich rufe sie nicht an. Sie wird mich anrufen, wenn es ihr schlecht genug geht und wenn sie merkt, dass eigentlich ich der Leidtragende bei der ganzen Angelegenheit bin. Ich greife nach der Fernbedienung und zappe gedankenlos durch die Programme, liege irgendwann im Dunkeln da und kämpfe gegen den nagenden Gedanken an, dass ich aufstehen, mir Schuhe anziehen und nach unten in die Halle gehen sollte, um mir dort einen großen Behälter Eis zu besorgen. Aber ich bin zu fertig, um auch nur etwas von alldem zu tun.

Ich glaube, genau das waren auch meine letzten Gedanken, bevor ich beim munteren Ton einer Kochshow eingeschlafen bin, mit einer halb leer gegessenen Büchse gemischter Nüsse auf der Brust.

Ein Felsvorsprung mit Blick nach Süden

(Dienstagabend, 17. März)

Tag 6. Ich wohne immer noch im *Marriott*. Zwei Mal habe ich mit Lindsey gesprochen. Alles sehr geschäftsmäßig und irgendwie auch kryptisch. Sie hat gesagt: „Ich brauche einfach Zeit, Steven. Ich rufe dich an, und dann können wir darüber reden, wie es weitergeht."

Ich bin ein paar Mal zu Hause gewesen, wenn sie beide nicht da waren, um meine Post zu holen und frische Sachen zum Anziehen. Einmal habe ich auch mit Jennifer telefoniert. Sie verhält sich, als ob ich auf Geschäftsreise bin, und tut so, als wäre alles ganz normal. Ich glaube, dieses Verdrängen, das hat sie von mir.

Ich stelle fest, wie schrecklich ich es finde, allein essen zu gehen. Das Schlimmste daran ist, dass man irgendwann nicht mehr weiß, wo man hingucken soll. Ich muss nächstes Mal unbedingt ein Buch mitnehmen. Dabei habe ich mich immer lustig gemacht über diese vergeistigten Strebertypen, die in der Öffentlichkeit Bücher lesen. Jetzt frage ich mich, was sie wohl lesen. Und jeder scheint einen anzustarren und über einen zu reden, so als würden die Leute ihre Kinder warnen: „Bobby, wenn du in der Schule nicht aufpasst, dann endest du wie der Mann da – ganz allein."

Ich habe beschlossen mit niemandem darüber zu reden, was passiert ist. Das braucht keiner zu wissen, und es wird ja auch nicht mehr lange so bleiben.

Er sitzt in dem Electra, als ich ankomme. Ich stelle meinen Mercedes ganz am Ende des Parkplatzes ab. Das hier ist nämlich eine Gegend, in der jemand ratzfatz deinen Wagen knackt. Ich steige aus, drücke auf die funkgesteuerte Türverriegelung und gehe zu seinem Wagen. An der Beifahrertür des Electra bleibe ich kurz stehen.

„Steig ein. Du musst den Griff von innen benutzen."

Er trägt wieder ein schrilles Hawaii-Hemd und dieselbe Baseballkappe wie bei unserer ersten Begegnung. Ich habe den Eindruck, dass seine Garderobe ziemlich begrenzt ist. Er setzt seine Sonnenbrille auf und lehnt sich zum Beifahrersitz hinüber, um mir auch eine zu geben. „Die wirst du brauchen."

„Die" ist ein klobiges Modell mit schwarzem Gestell und ebenso schwarzen Gläsern. Wie man da durch bei Tag, geschweige denn bei Dunkelheit etwas sehen soll, ist mir schleierhaft.

„Nein danke, ich komme auch so zurecht", sage ich, aber er drückt mir die Brille trotzdem in die Hand mit einem Blick, der besagt, dass er ein Nein nicht akzeptiert. Damit es endlich losgeht, setze ich die Brille auf.

Als ich Andys zufriedenes Grinsen sehe, überlege ich mir die Sache mit der Tour fast noch anders. Ich bin kein guter Mitfahrer. Ich fahre selbst sehr gern Auto, aber nicht mit anderen mit. Doch mir kommt momentan alles besser vor, als einen weiteren Abend in meiner Zelle 643 im *Marriott* herumzusitzen.

Ich möchte Andy sagen, dass ich weiß, was mit ihm passiert ist – dass ich alles über seine beruflichen Verfehlungen herausgefunden habe –, wenn er dann bloß mit seiner „Toller-Hecht"-Nummer aufhören würde. Ich überlege mir dann aber doch, mir meine Enthüllungen über ihn für später aufzuheben. Außerdem finde ich, er braucht von meinem Rauswurf zu Hause nichts zu erfahren, bis ich weiß, wie diese Fahrt so läuft.

Ich öffne die Beifahrertür mit dem inneren Griff und steige ein. Der Wagen ist riesig. Ich fühle mich, als ob ich auf einem gigantischen, rutschigen Sofa sitze. Mein Sitz reicht so weit nach hinten, dass meine Füße kaum noch den Boden berühren. Anscheinend wurden früher Autos für Riesen gebaut.

Als ich mich umdrehe, um mich anzuschnallen, merkt er das und sagt: „Der Gurt ist irgendwo im Sitz eingeklemmt. Viel Glück."

Da sind wir nun also ... zwei Männer, die nach Sonnenuntergang Sonnenbrillen tragen, mit Sicherheitsgurten angeschnallt, die keine Aufrollvorrichtung haben, und rumpeln mit einem Fahrzeug den Boulevard entlang, das geplant und gebaut wurde, bevor Kraftstoffsparen in den Köpfen der Designer auch nur einen Hauch von Bedeutung hatte.

Eine Weile fahren wir einfach so dahin und keiner von uns sagt etwas. Die Kombination von Wind in meinem Gesicht und dem tiefen Brummen des Electra 455 versetzt mich fast in eine Art Trance.

Andy übertönt den Motor mit der Frage: „Stört es dich, wenn ich rauche?"

„Würde das denn was ändern?"

„Wahrscheinlich nicht."

„Na, dann nur zu."

Mit offensichtlich langjährig eingeübtem Können zieht er ein altes Sturmfeuerzeug heraus, und als die Flamme im Wind flackert, zündet er sich eine Zigarre an, die er stolz eine *Padron 1924 Anniversario* nennt.

Irgendwann fahren wir für ein paar Minuten auf die 405 und dann hinauf in die Berge, mit Blick auf Marina del Rey, Venice und den Pazifik. Andy parkt den Wagen auf einem Felsvorsprung mit Blick in Richtung Süden. Von dort aus kann man den größten Teil der Tiefebene um Los Angeles überblicken. Nachdem wir eine Weile die Aussicht auf die Stadt genossen haben, nimmt er einen langen Zug aus seiner Zigarre und bläst einen beeindruckenden Rauchkringel in die stille Abendluft.

„Steven, wenn jetzt das Jahr 1972 wäre und wir hier mit heruntergelassenem Verdeck mit einem hübschen Mädchen säßen, und nehmen wir außerdem mal an, der Typ da neben uns würde peinlich berührt wieder nach unten fahren ...“

„Ich weiß nicht, Andy. Da war ich noch gar nicht geboren. Ich glaube, 1972 *kannten* sich meine Eltern noch nicht mal.“

Andy fasst sich ans Herz. „Autsch.“

Als ich so über die Stadt blicke, fällt mir auf, dass ich schon lange nicht mehr irgendwo einfach so gesessen und einen großartigen Ausblick genossen habe, einfach nur um des Ausblicks willen. Langsam entspanne ich mich ein wenig.

Irgendwann beendet er das Schweigen. „Und, Steven, was siehst du von hier oben aus?“

„Wie meinst du das?“, frage ich.

„Ich meine, was du siehst, wenn du da über die Stadt schaust?“

„Ich sehe Lichter, viele Lichter.“

Andy verdreht ein bisschen die Augen. „Das ist alles? Viele Lichter?“

„Ja. Worauf willst du denn hinaus?“

„Stell dir doch mal vor, was sich da in einem der vielen Häuser gerade abspielt. Erzähl mal.“

Das gefällt mir nicht. Das brauche ich echt nicht. Ich hab keine Lust auf das, was auch immer er damit vorhat.

„Na los, sag schon“, drängt er. „Unterhalte mich. Was ist heute Abend da unten in LA los?“

„Ich weiß es nicht“, sage ich. „Alles Mögliche. Manches Gute, manches nicht so Gute.“

Er wartet ein Weilchen, bevor er wieder etwas sagt. Sein Tonfall wirkt verändert; er spricht ein bisschen leiser und ein bisschen langsamer, so als ob er etwas sagen will, das für ihn sehr wichtig ist. „Ja, alles Mögliche. Streitende Ehepaare, wütende Kinder, die in ihren Zimmern vor sich hin schäumen und sich ihren Eltern nicht fügen wollen. Manche der Lichter da unten stammen von Autos, in denen einsame, traurige Jugendliche sitzen, die in der Gegend herumfahren, cool tun und auf der Suche sind nach ... irgendwas."

Andy schließt die Augen und reibt sie. „Es fängt schon an, wenn sie noch ganz jung sind, nicht? Ihnen wird wehgetan. Sie sind verletzt. Vielleicht werden sie schon ganz früh sehr heftig verletzt. Und wenn niemand aufpasst, lernen sie dann etwas, das sie ihr Leben lang nicht wieder loswerden. Sie lernen, ihr Inneres zu verbergen, um sich selbst zu schützen. Am Anfang merken sie noch nicht einmal, dass sie es tun, und irgendwann können sie dann gar nicht mehr anders, selbst wenn sie es möchten. Alle Menschen, die da unten herumlaufen oder herumfahren – verwirrt, wütend, verletzt, ängstlich und aufgebracht –, haben etwas gemeinsam."

Er hört auf zu reden, als ob er unbedingt will, dass ich jetzt die entscheidende Frage stelle. Widerwillig tue ich das dann auch: „Und was ist das?"

„Also", sagt er und legt seine Zigarre in einen überdimensionalen Aschenbecher, „sie haben gelernt, sich selbst zu schützen. Jetzt sind sie erwachsen, und sie entdecken ein schlimmes Geheimnis: *Sie können sich nicht selbst schützen.* Ja, es ist sogar so, dass sie selbst die allerletzte Person sind, die sie beschützen könnte."

Ich drehe mich zu ihm hin und sehe ihn an.

„Und am Ende können sie nur noch sich selbst vertrauen", fährt er fort. „Und all diese Menschen haben Leute in ihrem Umfeld, die ihnen dabei helfen könnten, das zu erkennen ...

wenn sie nur um Hilfe bitten würden. Aber ihre Angst hält sie davon ab, darum zu bitten. Also tanzen alle einen komplizierten Tanz umeinander herum. Eine gut gehütete und sogar gut gemeinte Verschwörung des Schweigens umgibt fast jedes Gespräch. Das Ungesagte ist lauter als das, was tatsächlich ausgesprochen wird. Freunde tanzen auf diese Weise jahrelang nach einer völlig verrückten Choreografie umeinander herum, um Wahrheiten nicht sagen zu müssen, die den anderen frei machen würden. Die Erinnerungen an gescheiterte Versuche, verletzte Gefühle und entfremdete Beziehungen verhindern, dass Licht ins Zimmer fällt und es dort hell wird."

Andy hält noch einmal inne, bevor er sagt: „Wir sind ein Volk von Menschen mit Spinat zwischen den Zähnen – und keiner sagt es uns."

Er verschränkt seine Hände hinter dem Kopf und lehnt sich in dem sofaähnlichen Sitz zurück. „Jedes Licht da unten steht für einen Menschen. Jedes Licht erzählt eine Geschichte. Und viele dieser Geschichten handeln von dem, was passiert, wenn wir versuchen, uns selbst zu schützen."

Ich brauche jetzt dringend einen Themenwechsel, deshalb öffne ich die Autotür und gehe ein paar Schritte vor auf den Felsvorsprung. Es ist so still, dass ich meine eigenen Schritte auf dem staubigen Untergrund hören kann. Ich drehe mich wieder zum Auto um und frage: „Was meinst du mit ‚sich selbst schützen'?", auch wenn ich weiß, dass ich dadurch einen weiteren Vortrag provoziere.

„Selbstschutz, weißt du, das ist diese Selbsttäuschung, bei der wir gar nicht merken, wie wir für andere rüberkommen, weil wir solche Angst haben, dass es uns jemand anders sagen könnte."

„Nenn mir doch mal ein Beispiel."

„Also, manche Arten und Formen von Selbstschutz sind ziemlich harmlos. Zum Beispiel zu lange zu reden, bevor man den anderen auch mal zu Wort kommen lässt. Oder zu viel von sich zu sprechen. Mann, das ist auch so eine Form, puh!" Ihn schaudert ein bisschen. „Aber es gibt viel krassere Formen von Selbstschutz, die auch viel mehr Schaden anrichten."

Andy zieht noch einmal tief an seiner Zigarre und stellt seinen Rückspiegel ein.

„Die findet man zum Beispiel bei Leuten, die völlig blind sind für die Zerstörung, die sie anrichten oder zulassen. Wie zum Beispiel bei der Hausfrau, der es zu peinlich ist, jemandem von den verborgenen Problemen in ihrer Ehe zu erzählen – und dass sie überlegt, einfach wegzugehen, um dem zu entfliehen. Sie ist davon überzeugt, dass sie mit ihrem Schmerz ganz allein fertig werden muss. Oder bei dem Schüler, der pornosüchtig ist, sich aber zu sehr schämt, um mit jemandem darüber zu reden. Also hüllt er sich jeden Tag ein bisschen mehr in die Dunkelheit, die ihn bis in seine Ehe verfolgen und auch die Familie in Mitleidenschaft ziehen wird, die er irgendwann gründen will."

Ich gehe ganz langsam zum Rand des Felsvorsprungs und überblicke von dort aus den gesamten Süden des Bundesstaates, während er redet. Andys Stimme ist wie eine Erzählerstimme im Hintergrund eines Filmes, und meine Augen sind wie die Kamera, die alles einfängt, was ich mir vorstelle, was in diesem Augenblick in den Häusern da unter mir passiert.

„Oder man findet es vielleicht bei einem Single, der so gern jemanden bei sich hätte, der aber gleichzeitig so viel Angst davor hat, abgewiesen zu werden, dass er jeden überfordert, der in seine Nähe kommt. Oder bei einem Vertreter, der so in seiner Verkäufermentalität gefangen ist, dass er sein wahres Selbst verbirgt vor denen, die er eigentlich beeindrucken möchte. Oder einer Lehrerin, die immer noch Narben von etwas zurückbehalten hat, das ihr einmal angetan worden ist, und die jetzt eine Fassade von völlig distanzierter Höflichkeit aufrechterhält – durch die sie allerdings auch unfähig ist, ihre Schüler wirklich zu erreichen. So viele Menschen! Wie viele von ihnen werden wohl jemals erleben, dass ihre eigentlichen Gaben und Fähigkeiten freigesetzt werden? Sie rennen immer wieder gegen dieselbe Wand, weil es niemanden gibt, der sie an ihren schwachen und wunden Stellen schützt. Und am Ende sind sie nur noch zynisch und verbittert."

Ich rufe zum Wagen zurück: „Wir haben in meiner Firma eine ganze Abteilung – kreative Entwicklung heißt sie. Sie haben alle das Talent, so richtig abzugehen, aber sie haben immer auch einen fatalen Makel, der nur auf einen Zusammenstoß mit dem Chef wartet."

„... und da sind all die Lichter, die absichtlich gelöscht werden, noch gar nicht inbegriffen. Sie sind überzeugt, dass, wenn andere ein Problem nicht sehen können, es dieses Problem vielleicht auch gar nicht gibt. Das sind die Bedauernswertesten von allen. Ganz im Verborgenen werden sie bei lebendigem Leib zerfressen. Erst dieses Verbergen sorgt nämlich dafür, dass ihre Probleme so viel Gewicht bekommen. Und auch Süchte bekommen auf diese Weise überhaupt erst ihre Macht. Und ganz langsam fängt dann dieses Problem an, ihr Leben zu beherrschen."

„Hast du dich auch schon mal mit solchen Sachen herumgequält, Andy?"

Ganz langsam sieht er mich an. „Jeder quält sich mit irgendwas, Steven, mit etwas, das uns zu demontieren droht. Gott schaut sich diese Szenen jeden Abend an, den ganzen Abend und die ganze Nacht, und zwar jede einzelne. Er ist der Einzige, der sie auch im Dunkeln sehen kann." Wieder macht er eine kurze Pause, und ich überlege, wie lange es wohl her ist, dass ich an Gott gedacht habe. „Es bricht ihm das Herz, schon lange bevor wir selbst die Folgen erkennen können."

Ich trete in den Boden. „Und das soll mir jetzt Mut machen?"

Er sieht mich direkt an. „Tut mir leid. Ich rede ziemlich viel, nicht?"

„Ja, tust du."

„Steven, lass mich dir eine Frage stellen. Was brauchen all diese Menschen?"

Ich trete von dem Felsvorsprung zurück und nehme die lächerliche Sonnenbrille ab. „Das ist so, als würdest du jemanden, der seine Hausschlüssel verloren hat, fragen, wo er sie denn verloren hat, findest du nicht?"

Er lächelt erst und fängt dann an zu lachen. „Das ist gut."

Ein Weilchen sagen wir beide nichts. Ich wünschte, ich hätte eine Jacke mitgenommen. Und ich wünschte, ich wüsste einen Weg, um das hier irgendwie zum Abschluss zu bringen. Das geht wirklich nicht in die Richtung, die ich mir wünsche. Ich hatte gedacht, dass er an dem ersten Abend vielleicht etwas bei mir beobachtet hat und dafür jetzt einen guten Rat für mich auf Lager haben könnte, aber mehr auch nicht.

Er ist ein netter Kerl. Aber vielleicht ist das ja auch schon alles. Als Freund meines Vaters bin ich ihm das hier wahrscheinlich schuldig, aber das war's dann auch.

Andy lehnt an der Fahrertür, als ob er sich auf eine weitere lange Abhandlung einstellt. Ich will ihm gerade sagen, dass ich wieder zurückmuss, als er leise, fast flüsternd weiterredet.

„Und, Steven, wieso konntest du neulich Abend nicht nach Hause gehen?"

Jetzt kommt meine Chance. „Tolle Frage, aber was hältst du davon, wenn wir jetzt zurückfahren und uns darüber ein anderes Mal Gedanken machen? Ich weiß zu schätzen, was du da versuchst, aber ich muss jetzt wirklich los."

Er scheint überrascht. „Ach, du möchtest zurück. Na gut." Er betrachtet seine Zigarre. „Ich habe die hier noch nicht mal halb geraucht. Du willst also zurück, ja? Wieder bergab ...?"

„Es wird langsam ziemlich kühl, und ..."

Er setzt sich sofort wieder richtig ans Lenkrad und fummelt mit dem Schlüssel herum. „Also gut. Zurück. Genau das machen wir." Er lässt den Wagen an, ich steige wieder ein und schnalle mich an.

Einen Moment lang sitzen wir noch bei laufendem Motor im Auto. Er sieht nach vorn, seine Hand immer noch am Zündschlüssel. Dann, als hätte er ganz plötzlich seine Meinung geändert, macht er den Wagen wieder aus, rückt seine Kappe zurecht und wendet sich mir zu. Er schaut mich unbehaglich lange einfach nur an.

Lass einfach den Wagen an!, denke ich.

„Du bist solche Fragen nicht gewohnt, was, Steven?"

Ich erwidere seinen Blick und versuche, ernst zu gucken. „Nein, das ist es nicht ... ich muss einfach zurück."

„Wenn das bisher so für dich funktioniert hat, dann habe ich jetzt aber nicht mehr das Gefühl, dass es so ist. Du hast einfach die Nase voll von diesem Gespräch, nicht wahr? Behandle mich nicht von oben herab, Steven. Das ist nämlich genau das, was hier gerade passiert."

„Ja, Andy", sage ich. „Genau das passiert."

Er zuckt zusammen und lächelt dann. „Nimm nur kein Blatt vor den Mund, sondern sprich dich aus, Steven." Und dann klatscht er sich plötzlich mit der Hand an die Stirn. „Ach, das habe ich ja völlig vergessen! Was würdest du davon halten, wenn ich dir sage, dass ich eine original *Dodgers*-Aufwärmjacke im Kofferraum habe?"

„Ich würde sagen, dass du versuchst, die Sache hinauszuzögern."

Er lächelt, als er die Fahrertür öffnet und zum Kofferraum geht. „Es ist wirklich eine schöne Jacke. Moment mal."

Kurz darauf habe ich dann die *Dodgers*-Aufwärmjacke wirklich an. Keine dünne Windjacke, sondern eine von diesen glänzenden, schweren, baumwollgefütterten Kapuzenjacken. Das ist vielleicht ein Typ. Es ist, als ob er mich auf keinen Fall schon wieder gehen lassen will.

„Und?“, fragt er, als hätte er mir gerade ein tolles Essen serviert und wolle jetzt einen Kommentar.

„Gut. Schön warm. Danke.“

„Und meine Frage – willst du es versuchen zu erklären?“

„Entschuldige, Andy“, sage ich. „Aber wie war noch mal die Frage?“

„Warum du neulich Abend nicht nach Hause gehen konntest.“

„Hast du eigentlich meine E-Mail gelesen, Andy?“

„Ja.“

„Hast du die Stelle überlesen, wo ich schrieb, dass Lindsey und ich Streit gehabt haben? Du fährst mit mir hier hoch und redest über die Menschen da unten. Ich möchte ihnen ja gern allen helfen, aber ich stecke selbst mitten in einer Ehe, in der es zurzeit ein paar Probleme gibt.“

„Erzähl“, sagt er.

„Ach, ich war einfach blöd. Ich habe vergessen, unsere Tochter von der Schule abzuholen, und Lindsey hat mir deshalb so richtig die Hölle heißgemacht. Es ist, als ob sie nur auf neue Munition für ihre Angriffe wartet. Und dann stochert sie so lange, bis ich richtig wütend werde. Sie weiß genau, dass sie das immer schafft, wenn sie es will. Ich bin jedenfalls ziemlich ungemütlich geworden. Verärgert war ich vorher schon, aber dann bin ich irgendwann richtig ausgerastet.“ Mehr braucht er nicht zu wissen. „Ich darf einfach nicht mehr zulassen, dass sie mich an dieser Stelle immer wieder zu fassen kriegt, weißt du?“

„Das ist alles?“, fragt er.

„Eigentlich schon, so ziemlich jedenfalls.“

Andy schüttelt den Kopf. „Weil ich dir nämlich sagen muss, dass es kein bisschen so klingt, als ob das schon alles wäre. Eheleute streiten sich, und die meisten verheirateten Menschen sind ab und zu gereizt und verärgert. Das fängt direkt bei der

Trauung an. Aber das alles klingt kein bisschen nach dieser Im-Dunkeln-gegen-Möbel-stoßen-Geschichte."

„Ich weiß schon, was du jetzt sagen willst. Ich weiß, was ich tun muss. Es ist nur eine Frage der Umsetzung. Ja, ich bin bei dieser Geschichte mit Gott nicht so richtig am Ball. Und wenn ich es wäre, dann könnte ich mit den Problemen und Fragen in meinem Leben sicherlich besser umgehen. Ich müsste mir eigentlich die Zeit dafür nehmen, aber die habe ich nun mal nicht, weil ich zu viel zu tun habe. Ich muss einfach nur die Dinge wieder ins Lot bringen."

Andy sagt nichts.

„In unserer Gemeinde wird zum Beispiel ein Kurs für Ehepaare angeboten. Es würde Lindsey bestimmt freuen, wenn wir da zusammen hingehen, und dann würden wir uns wahrscheinlich auch nicht mehr ständig gegenseitig an die Gurgel gehen. Weißt du, einfach mit anderen Ehepaaren zusammen sein und reden ..."

„Eine Art geistliches *WeightWatchers*-Treffen, was?"

Ich lächle halbherzig. „Na ja, eigentlich mehr als das. Aber ..."

„Und das soll dein Problem lösen? Du bist sicher, dass dich das davon abhalten würde, weiterhin auf dem Parkplatz vom *Fenton's* aufzukreuzen?"

„Willst du die Wahrheit wissen, Andy? Bei mindestens der Hälfte von all dem Zeug, über das wir uns streiten, geht es nicht um mich, sondern um sie. Sie sagt einfach, dass alles an mir liegt, und da kann ich doch gar nicht gewinnen. Ich muss dann immer nachgeben und versprechen, dass ich mir noch mehr Mühe gebe oder was auch immer. Aber mit meinem eigenen Kram komme ich schon zurecht. Den bringe ich selbst in Ordnung. Woraus ich nicht schlau werde, ist sie."

„Und da hast du irgendwie gehofft, dass ich vielleicht der Zauberer mit dem magischen Trick sein könnte, was?", sagt er.

„Was willst du damit sagen, Andy?“

„Ich sage, dass du zu wissen glaubst, was dein Problem ist. Du brauchst keine Hilfe; du brauchst nur besseren Kaffee. Hör mal, hier in Hermosa Beach gibt es ein tolles Lokal, wo es richtig guten, starken Kaffee gibt. Wir besorgen dir Koffein, und dann kannst du einfach weitermachen.“

Er lässt den Wagen an.

„Moment mal. Das verstehe ich jetzt nicht. Wieso fahren wir?“

Er antwortet so laut, dass er das Motorengeräusch übertönt. „Ich glaube, ich gebe mir zu viel Mühe mit etwas, das du gar nicht willst. Vielleicht wird *mir* jetzt gerade ein bisschen kalt.“

Der Typ ist wirklich anstrengend. „Ich versteh dich nicht, Andy.“

„Sieh mal, Steven, genau wie die Menschen da unten schützt auch du selbst dich schon dein ganzes Leben lang.“

„Was soll denn das nun wieder heißen? Was meinst du damit überhaupt?“, frage ich. „Woher willst du denn das wissen?“

„Hier ist das Muster: Du machst deine Sache, so gut du kannst, gibst dir wirklich Mühe ... bis auf ab und zu, wenn irgendein Problem dich so richtig abwatscht. Du ignorierst das so lange, bis die Ohrfeigen zu schmerzhaft werden. Dann arbeitest du an den Symptomen. Vielleicht kriegst du deine Frau so weit, dass sie ihren Anteil an den Problemen zugibt, oder du nimmst dir ab und zu einen Tag frei. Du biegst alles notdürftig gerade, lernst vielleicht, ein bisschen netter und weniger gemein zu streiten, oder du liest ein Buch über den Umgang mit Wut. Alles nur Symptombekämpfung. Vielleicht bringst du dadurch ja sogar wirklich das eine oder andere in Ordnung und glaubst, dass das Leben jetzt viel besser wird. Eine Zeit lang gibt es nicht mehr so häufig diese Ohrfeigen.“

Ich seufze. „Aber ...?“

„Aber irgendwann ist der Schmerz dann wieder da", fährt Andy fort. „Nur, dass er jetzt anfängt, dir Angst zu machen, weil dir nämlich klar wird, dass das, was du dagegen unternommen hast, nicht funktioniert. Und du weißt es noch nicht, aber jetzt kannst du nicht mehr einfach zum Alltag zurückkehren. Und das ist der Punkt, wo du im *Fenton's* landest. Und schließlich hier."

Ich sehe ihn böse an. „Mach den Wagen aus."

Er tut es.

„Was willst du damit sagen? Dass wir nicht an unseren Problemen arbeiten sollen?"

Andy schüttelt den Kopf. „Nein, ich sage, dass du *glaubst*, dass ihr an euren Problemen arbeitet. In Wirklichkeit dokterst du aber nur an den Symptomen herum. Du glaubst, dass du in der Lage bist, es zu beheben, nur weil du weißt, was falsch läuft. Das machst du schon so, seit du denken kannst. Und bis jetzt hast du damit immer falsch gelegen. Das ist zwar nicht deine Schuld oder dein Fehler, aber dein Erfolg mit dieser Methode geht seit Jahren gegen null, mein Junge. Und manchmal, wenn du abends im Bett liegst, dann kriegst du richtig Angst. So große Angst, dass du nicht einschlafen kannst. Und das ist so, weil du den Verdacht hast, dass es da noch tiefer liegende Probleme gibt – Probleme, von denen du nicht den Hauch einer Ahnung hast, geschweige denn die Macht, sie zu lösen."

Fast gegen meinen Willen entspannt sich mein Gesicht, und ich schaue Andy direkt an.

„Und mit dieser Einschätzung", sagt er, „liegst du hundertprozentig richtig."

„Hör mal", sage ich und versuche irgendwie, an der unbequemen Wahrheit vorbeizukommen, auf die er mich gerade festgenagelt hat, „ich dachte, du wolltest mir helfen."

„Das kann ich nicht. Jedenfalls nicht zu deinen Bedingungen. Also, hörst du jetzt auf zu versuchen, mich für dumm zu verkaufen, und beantwortest meine Frage, oder soll ich dir ein Pfund Kaffee kaufen und dich dann einfach laufen lassen?"

„Hör auf zu dramatisieren, Andy. Was willst du aus mir herausbekommen?"

„Nichts raus, sondern *einen Weg da rein.*" Er greift zu mir herüber und tippt mir mit dem Zeigefinger an den Brustkorb. „Hat schon jemals irgendjemand Zugang zu deinem wirklichen Ich bekommen? Du hast es immer geschafft, jeden an der Oberfläche zu halten. Wenn du Hilfe willst, dann muss das aufhören, und auch das ‚Dazu-habe-ich-einfach-zu-viel-zu-tun'-Gelaber."

Ich schüttele den Kopf und seufze wieder. Ich verstehe diesen Typen nicht!

Andy greift nach dem Zündschlüssel. „Hör mal, es ist schon spät. Ich habe dich ziemlich durcheinandergebracht. Lass uns Schluss machen für heute."

„Warte mal", sage ich mit einer Geste. „Lindsey und ich – also, sie hat mich gebeten, das Haus zu verlassen. Ich wohne zurzeit im Hotel."

Andy wartet kurz, bevor er ganz unvermittelt aufschreit: „Oh Mann, ich hab's gewusst! Genau das habe ich befürchtet."

„Was?"

„Ich *wusste* es doch."

„Komm mir bloß nicht so", schnauze ich ihn an. „Das weiß keiner."

„Ich schon! Ich bin gut in so was, mehr kann ich dazu nicht sagen."

„Okay, dann sag mir, woher du es gewusst hast."

„Als du heute zum *Fenton's* gekommen bist, habe ich die Parkhausplakette vom Hotel an deinem Rückspiegel gesehen. Die richtigen Topmanager bekommen dafür übrigens eine hübsche kleine Karte, die nicht gleich jeder sehen kann." Er schlägt sich mit der flachen Hand aufs Knie. „Ich hätte Schnüffler werden sollen!"

„Wegen meiner Parkplakette hast du es gewusst?"

„Ja. Na ja, dadurch und außerdem, weil du wirklich übel aussiehst. Also, ich will dich ja nicht beleidigen, aber wohl kaum eine Frau würde ihren Mann so aus dem Haus lassen, wie du aussiehst. Hast du dir mal deine Haare angesehen?"

Genau in dem Augenblick, als ich ihn erwürgen will, sehe ich zu ihm hinüber, und er lächelt mich freundlich an. Ganz ruhig sagt er: „Danke, Steven. Es hat sicher viel Mut gekostet, das auszusprechen. Und es tut mir leid. Wirklich."

Ich lasse mich wieder auf meinen Sitz sinken, die Hände in den Jackentaschen vergraben. „Und jetzt?", frage ich.

„Da unten in der Stadt verbergen Millionen von Menschen Dinge und zeigen nur das, wovon sie glauben, dass sie es unter Kontrolle haben. Sie schleppen Schuld oder Wut oder verdrängte Verletzungen mit sich herum und haben keine Ahnung, wohin damit. Sie werden förmlich davon zerfressen. Es bringt sie um den Schlaf. Es sitzt beim Autofahren neben ihnen auf dem Beifahrersitz. Es fährt mit ihnen in den Urlaub. Es folgt ihnen in die Kirche und verdrängt dort komplett die Frohe Botschaft."

In der Ferne höre ich das tiefe Dröhnen eines vorbeifliegenden Flugzeugs. Das Brummen des Verkehrs dort unten klingt wie ein lauter Generator, der für all die Lichter sorgt. *Es ist wie der Lärm in meinem Kopf,* denke ich. *Ich kann ihn nicht abstellen. Es ist, als ob er immer lauter wird und um mich her alles zudröhnt.*

Der nächste Gedanke bringt mich wieder zum Frösteln. *Der Lärm ist jetzt schon so lange da. Was, wenn er nur noch immer schlimmer wird?*

Andy unterbricht mich in meinen Gedanken. „Was empfindest du gerade, Steven?"

„Genau das ist doch mein Problem, Mann. Ich weiß es nicht! Ich *fühle* nicht. Meistens tue ich nur das, was ich eben tun muss, und mache mir über meine Gefühle keine Gedanken. Mir gefällt es überhaupt nicht, wie es mir gerade geht, aber in erster Linie deshalb, weil ich doch eigentlich inzwischen raushaben sollte, wie es läuft." Ich mache eine Pause und überlege, ob ich das Nächste, was mir auf der Zunge liegt, wirklich aussprechen soll. „Aber wahrscheinlich ist es auch der Gedanke, dass niemand Steven Kerner kennt, und wenn ich heute sterben würde, würde mir wahrscheinlich schlecht bei dem, was auf meiner Beerdigung über mich gesagt wird."

Es ist still ... und unbehaglich. Ich möchte mit der Jacke rascheln, nur damit irgendein Geräusch zu hören ist.

Andy zündet sich noch eine Zigarre an. Er legt seine Hand auf meine Schulter „Das, was du da gerade gesagt hast, das war gut. Es war echt. Damit lässt sich schon mal was anfangen."

Er startet den Electra, und wir fahren wieder den Berg hinunter, zurück zu den Lichtern, den Geschichten über Schmerz und Verbergen, von denen eine auch meine eigene ist. Der Geruch seiner Zigarre, das Gefühl des Windes und das Motorengeräusch sind irgendwie tröstlich. Andy schiebt ein Van-Morrison-Tape in den Kassettenrekorder.

Wir fahren auf die 405 auf und bleiben eine Weile darauf, bevor wir dann wieder über Landstraßen zum *Fenton's* zurückfahren. Es müsste jetzt ungefähr 21:30 Uhr sein. Als ich zum ersten Mal wieder auf meine Armbanduhr schaue, ist es 23:55 Uhr.

Er hebt seine Zigarre und fragt: „Willst du nächstes Mal auch eine? Die riechen viel besser, wenn man auch selbst raucht."

„Nein, danke."

„Ich dachte nur, ich frag wenigstens." Er bremst den Wagen und bleibt neben meinem stehen.

Ich blicke auf meine Hände hinunter und weiß nicht so genau, was ich nach diesem seltsamen gemeinsamen Abend sagen soll, aber ich fühle mich auch irgendwie erleichtert. „Danke."

„Du musst ein bisschen am Griff ruckeln, damit die Tür aufgeht. Ich nehme mir schon seit Wochen vor, das zu reparieren."

Ich steige aus dem Wagen und gehe zu meinem. Als Andy gerade wieder abfahren will, drehe ich mich noch einmal um und bedeute ihm mit einer Geste, noch mal anzuhalten. Ich gehe zur Fahrerseite. „Warum machst du das eigentlich alles?“, frage ich.

„Hmmm ...“, er kratzt sich am Kinn, als überlege er die Antwort auf ein Rätsel. „Weil ich nicht nach Hause komme, ohne den Parkplatz zu verlassen?“

„Nein, warum tust du das für mich?“

„Hey, kannst du dich irgendwann nächste Woche an einem Nachmittag frei machen?“

„Tagsüber?“, frage ich.

„Ja, das ist die Zeit, auf die sie jetzt neuerdings den Nachmittag gelegt haben.“

„Du hast meine Frage noch nicht beantwortet.“

„Richtig. Gute Frage. Viele Antworten. Können wir uns damit beim nächsten Mal befassen?“

„Hab ich denn eine Wahl?“

„Wohl eher nicht.“

„Na, dann wird es wohl gehen.“

„Möchtest du meine Telefonnummer haben, Steven? Nur für den Fall, dass du nicht kommen kannst?“

„Ja, gut.“

Ich gebe seine Nummer in mein Handy ein.

„Mein Handy habe ich neu“, sagt er, „und ich habe noch nicht so viel Übung damit. Ich versuche immer noch herauszufinden, wie es funktioniert. Die Hälfte der Zeit gibt es diesen nervtötenden Klingelton von sich, und die andere Hälfte klingelt es gar nicht. Ich finde dann lauter entgangene Anrufe von letzter Woche, aber ich habe festgestellt, dass es ganz gute Fotos macht. Ist aber viel Geld jeden Monat für eine winzige Kamera. Ich habe gestern tatsächlich versucht, meine eigene Nummer zu wählen. Ich bin nicht für dieses Jahrhundert geschaffen, das sag ich dir.“

„Ja." Ich habe die Nummer eingegeben und stecke mein Handy wieder in die Tasche. „Verstehe", sage ich und verstehe absolut nichts.

„Gute Nacht, Steven. Wie wäre es mit nächsten Donnerstag gegen zwölf?"

Ich nicke, und er fährt mit dem riesigen Buick vom Parkplatz.

Als ich wieder im *Marriott* ankomme, checke ich meine E-Mails. Lindsey hat Folgendes geschrieben:

Steven,

ich habe viel gebetet wegen der Sache mit uns. Ich weiß, das ist eigentlich nichts, was in einer E-Mail behandelt werden sollte, aber ich überlege, ob ich nicht eine gesetzliche Trennung anstreben soll. Im einen Augenblick denke ich, dass ich das Ganze abbrechen und dich bitten sollte, wieder nach Hause zu kommen, und im nächsten spiele ich wieder all die Situationen durch, in denen du mich einfach niedergeschrien hast, bis ich es nicht mehr mit dir im selben Raum aushalten konnte.

Die getrennte Zeit jetzt und auch Gespräche mit Freundinnen haben mir die Augen geöffnet. Das ist nicht normal, Steven. Ich will so nicht weiterleben. Ich liebe dich, aber ich mag nicht mehr dieses Leben leben, in dem wir festsitzen. Ich möchte, dass Jennifer eine Zukunft hat, in der sie einfach ein Kind sein kann und zu Hause gemeinsames Lachen erlebt. Ich weiß nicht, was dazu mit dir passieren muss. Du bist so wütend und unglücklich, und ich weiß nicht mehr, wie ich dir noch helfen soll. Ich denke, dass es uns vielleicht hätte helfen können, zu einer Gemeinde zu gehören; ich weiß es einfach nicht.

„Meine Hochachtung vor Einbrechern wächst mit jedem Augenblick.“

(Freitagnachmittag, 20. März)

Ich brauche für eine Sitzung später noch einige Unterlagen aus meinem Schreibtisch zu Hause, und außerdem geht mir die Wäsche aus. Daher verlasse ich in der Mittagspause das Büro und fahre nach Hause. Ich stecke den Schlüssel ins Haustürschloss, aber sie geht nicht auf. Ich vergewissere mich, ob es der richtige Schlüssel ist, und probiere es noch einmal. Wieder nichts.

Das soll wohl ein Witz sein. Sie hat die Schlösser auswechseln lassen! Lindsey hat mich aus meinem eigenen Haus ausgesperrt! Aus Angst, dass Melanie Patton mich beobachtet, bleibe ich hinten im Garten.

Ich rufe Lindsey auf ihrem Handy an. Ich kann einfach nicht glauben, dass sie das wirklich getan hat. Sie geht nicht dran. Ich versuche es noch bei ein paar anderen Türen, aber ohne Erfolg. Blöder geht's ja wohl nicht. Ob sie irgendwo hier draußen einen Reserveschlüssel versteckt hat? Ich bin so wütend, dass ich mich nicht einmal erinnern kann, ob wir für das alte Schloss irgendwo einen Reserveschlüssel deponiert hatten oder ob vielleicht eine Nachbarin einen Schlüssel hat. Ich versuche es wieder auf ihrem Handy und hinterlasse eine Nachricht mit der Bitte, zurückzurufen. Dann probiere ich es am Garagentor. Es ist ebenfalls verschlossen.

Schließlich entdecke ich ein gekipptes Fenster in Jennifers Bad. Es ist winzig und liegt etwas über zwei Meter hoch. Nach mehreren Versuchen, es mit einer Pflanzkelle aus dem Garten aufzustemmen, gelingt es mir schließlich, das Fliegengitter abzubekommen. Ich schnappe mir eine Gartenliege, stelle sie von der Terrasse aus an die Wand und arbeite mich darauf seitwärts nach oben. Im Bad ist auf dem Boden nichts, was einen eventuellen Sturz abfedern könnte, und das Fenster ist so klein, dass kein Platz ist, um mich mit den Füßen zuerst hineinzuzwängen. Deshalb versuche ich es mit dem Kopf zuerst, die Beine an der Backsteinaußenmauer verkeilt, mit der linken Hand stütze ich mich auf dem Toilettenpapierhalter ab. Ich habe Schmieröl vom Fensterrahmen vorn auf meinem Hemd. Na toll. Und dann muss ich mich nur noch aus einer Höhe von 1,50 Meter kopfüber auf die Badezimmerfliesen fallen lassen.

Ich kann selbst nicht glauben, dass ich das hier wirklich mache. Meine Hochachtung vor Einbrechern wächst mit jedem Augenblick.

Mir schießt das Blut in den Kopf, und ich lasse mich auf den Boden fallen. Dabei lande ich ziemlich hart auf der Schulter. Ich stehe auf, untersuche, ob ich irgendwie zu Schaden gekommen bin, und fange an, meine Papiere und ein paar Klamotten zusammenzupacken.

In dem Augenblick klingelt mein Handy. Es ist Lindsey.

„Steven?"

„Ja, Lindsey. Weißt du, wo ich gerade bin?"

„Nein."

„Ich bin bei uns zu Hause."

„Du bist im Haus?"

„Genau."

„Was machst du da? Wie bist du ... Ich habe doch die Schlösser auswechseln lassen!"

„Das hab ich gemerkt. Was zum Teufel denkst du dir eigentlich dabei, mich aus meinem eigenen Haus auszusperren?“

„Fang erst gar nicht so an. Die Frage muss heißen, was *du* da machst. Wie bist du überhaupt ins Haus gekommen?“

„Das Fenster von Jennifers Badezimmer war gekippt. Das ist doch völlig verrückt, Lindsey. Das ist mein Haus. Ich fasse es nicht, dass du das wirklich getan hast.“

„Du verlässt auf der Stelle wieder das Haus, Steven.“

„Wie bist du bloß auf die Idee gekommen, die Schlösser auswechseln zu lassen?“

„Du hast mir Angst gemacht, Steven. Du hast *uns* Angst gemacht. Gloria hat mir gesagt, dass ich die Schlösser auswechseln lassen soll, bis wir uns im Klaren sind, wie es weitergeht. Ich weiß nicht, was wir im Moment machen sollen.“

Ich schreie ins Telefon. „Gloria hat dir das gesagt? Na toll. Die Stimme der Vernunft. Sie ist doch eine Idiotin! Ich glaub das einfach nicht!“

„Bitte verlass sofort das Haus, Steven.“

„Bist du eigentlich schon mal auf die Idee gekommen, dass ich vielleicht irgendwann mal frische Sachen brauchen würde? Ich bin nur hier, um ein paar Klamotten und einige Papiere für die Arbeit zu holen.“

„Ich weiß nicht, wen ich jetzt anrufen soll, aber ich will, dass du sofort verschwindest.“

„Hör auf, das ständig zu wiederholen“, schreie ich in mein Handy.

„Hör auf, mich anzuschreien, Steven.“

„Du sperrst mich aus meinem eigenen Haus aus!“

Dann höre ich ein Klick. Sie hat aufgelegt.

Ich gehe ins Wohnzimmer und setze mich auf denselben Sessel, auf dem ich auch an dem Abend gesessen habe, als die beiden das Haus verlassen haben.

Was ist hier eigentlich los? Das ist alles so blödsinnig außer Kontrolle geraten.

Ich habe keine Ahnung, was ich jetzt tun soll. Dann fällt mir ein, dass ich ja Andys Telefonnummer habe. Ich rufe ihn an.

„Hallo? Hallo? Grundgütiger, wie ich dieses Klingeln hasse!"

„Andy, hier ist Steven."

„Diesmal hat das blöde Ding geklingelt. Ein paar frühere Anrufe habe ich komplett verpasst, und dieser ist jetzt durchgekommen. Und dabei habe ich mich die ganze Zeit nicht von der Stelle gerührt. Das versteh einer!"

Ich frage mich, ob es eine so gute Idee war, ihn anzurufen. „Ich weiß eigentlich gar nicht so genau, weshalb ich anrufe, Andy."

„Na ja, und ich weiß nicht, wie ich mich gemeldet habe. Also sind wir quitt. Was ist los, Steven?"

„Ich bin so wütend, dass ich gar nicht stillsitzen kann", sage ich und gehe dabei auf und ab.

„Und deshalb rufst du an? Ich mag gar nicht daran denken, dass ich vier andere Anrufe verpasst habe, und ausgerechnet deiner hier kommt an."

„Ich meine es ernst, Andy."

„Ich auch. Ich muss mir einen anderen Provider suchen. So heißen die doch, oder? Provider?"

„Ja, Andy. Provider."

„Also dann, was ist los, junger Mann?"

„Meine Frau hat mich aus meinem eigenen Haus ausgesperrt."

„Hmmm. Das klingt ernst."

„Hör mal, seit ungefähr neun Tagen habe ich jetzt den unteren Weg beschritten. Und was hat mir das gebracht? Ich hätte das Haus niemals verlassen dürfen. Schließlich ist es mein Haus, oder? Das ist doch Scheiße. Sie hat jede Menge Leute, die auf ihrer Seite sind und ihr irgendwelches Zeug einreden. Das ist großer Mist! Das lasse ich nicht zu. Wenn sie will, dass einer von uns geht, dann soll sie es doch gefälligst selbst tun. Ich lasse ihre Kreditkarten und die Konten sperren. So mache ich das jedenfalls nicht mehr mit."

Schweigen am anderen Ende der Leitung.

„Andy?"

„Das ist auch so eine Sache bei diesem blöden neuen Handy. Manchmal ist die Leitung einfach tot. Ohne Grund. Ich dachte gerade, dass es schon wieder passiert wäre. Aber offensichtlich nicht. Ich kann dich nämlich klar und deutlich hören."

„Hast du mich gehört, Andy?"

„Ja, ich habe dich verstanden, Steven. Du willst also ihre Kreditkarte sperren lassen, ja?"

„Ja, ich will nur nicht, dass Jennifer darunter zu leiden hat."

„Das erinnert mich an einen Henny-Youngman-Witz", sagt Andy. „Hast du schon mal von Henny Youngman gehört, Steven?"

„Ich ... ich glaube schon."

Andy fährt fort: „Also, ein Typ kommt in eine Bar und sagt: ‚Meiner Frau sind gerade die Kreditkarten gestohlen worden.' Der Barkeeper fragt ihn, ob er jetzt nicht lieber das Konto seiner Frau sperren lassen will. Und er antwortet: ‚Ich glaube nicht. Der Dieb gibt weniger aus als sie.' Das ist doch echt witzig."

Ich verstehe diesen Kerl absolut nicht.

Und lachend wie ein schlechter Comedian fragt er weiter: „Und was dann? Ich meine, wenn du ihre Kreditkarte hast sperren lassen?"

„Keine Ahnung. Ich hab das nur alles so satt."

„Hör mal zu, Steven. Ich bin dafür, dass du so viele Klamotten zusammenpackst, dass es für eine Weile reicht, und dass du dich dann zur Tür hinausbegibst und sie hinter dir zumachst."

„Was? Das ist nicht dein Ernst, Andy, oder?"

„Doch, das ist es, Steven. Du hast deiner Frau Angst gemacht. Ich habe keine Ahnung, was genau du getan hast, aber du hast ihr große Angst eingejagt. Und sie ist nicht in der Lage, dich aufzuhalten oder zur Vernunft zu bringen. Ihr bleibt gar nichts anderes übrig, als erst einmal diese Übergangslösung anzustreben. Du hast anscheinend keine Ahnung, wie ernst es ist. Wenn ich mich nicht sehr irre, willst du sie nicht verlieren, oder? Und du bist ganz nah dran, sie zu verlieren – ganz nah. Und das willst du nicht, Steven. Du kennst mich zwar noch nicht so gut, mein Freund, aber es geht hier um dich. Du kannst jetzt auflegen und alle Konten sperren, die du möchtest, aber heute Nacht werden dann wieder die Möbel verstellt, und du wirst für sehr lange Zeit nicht in der Lage sein, das Licht anzumachen."

„Sie sagt, dass sie an eine Trennung denkt", füge ich noch hinzu.

„Das glaube ich sofort."

„Und was hat das jetzt mit mir zu tun?"

„Das hat mit dir zu tun, Steven, dass du so arrogant bist zu glauben, dass du eure Probleme kennst und weißt, wie sie zu beheben sind. Du gibst jedem in deinem Umfeld die Schuld, nur dir selbst nicht, und die beiden können einfach nicht mehr. Sie sind deinetwegen so am Ende, dass sie dich aussperren ... aber ansonsten ist alles bestens."

„Ja, aber ..."

„Verlass das Haus, Steven! Ich lege jetzt auf. Wenn du willst, kannst du mich noch mal anrufen, wenn du wieder in deinem Büro oder im Hotel bist. Auf Wiedersehen, Steven."

„Auf Wiedersehen, Andy."

Ich lehne mich erschöpft auf dem Stuhl zurück. Ich spüre jetzt die Schmerzen meines Fenstersturzes am ganzen Körper. Mein Kopf pocht. Ich möchte am liebsten sagen: *„Ich höre mir dieses Psychogelaber nicht an. Warum sollte ich? Er gibt ihr ja sowieso recht. Er ist auch auf ihrer Seite."* Aber wie ich so dasitze, sehe ich vor mir, wie Andy mich mit seinem treudoofen Gesicht anschaut und sagt: „*Und wenn du nicht jemanden in deinem Zimmer das Licht anmachen lässt, wird sich auch nichts ändern. Das Leben wird immer schmerzlicher, immer verwirrender und immer dunkler.*“

Und dann registriere ich, wie ich nach oben gehe, Sachen in meinen Koffer packe, wieder zurück nach unten gehe und die Haustür hinter mir zuziehe.

„Wütende Leute müssen auch essen, oder?“

(Donnerstag, 26. März, später Vormittag)

Es ist jetzt 15 Tage her, seit ich zum letzten Mal mein Haus betreten habe, ohne durchs Badezimmerfenster einzusteigen.

Auf Andys Rat hin habe ich mich ansonsten ferngehalten. Die Sachen, die ich außer denen im Koffer noch brauchte, habe ich mir neu gekauft. Lindsey hat meine Bemühungen anerkannt und gestern gesagt, sie würde sich gern irgendwo mit mir treffen, um zu reden. Sie hat sich nicht mehr ganz so angespannt angehört. Ich habe Jennifer ein paar Mal von der Schule abgeholt und die Zeit mit ihr verbracht, die ich zwei Wochen zuvor versäumt hatte.

Im *Marriott* erziehe ich mir das Zimmerpersonal mithilfe einer Reihe täglicher schriftlicher Instruktionen auf Zetteln und eines immensen Trinkgeldaufkommens dazu, dafür zu sorgen, dass meine Wäsche in die Reinigung kommt und dass jeden Abend eine Schüssel mit frischen Orangen bereitsteht. Ich liebe Orangen und habe wahrscheinlich Angst, ich könnte Skorbut bekommen, wenn ich in einem Hotel wohne. Außerdem trainiere ich fast jeden Abend ein paar Stunden im Fitnessstudio des Hotels, was ich sonst nie so regelmäßig geschafft habe.

Ich glaube, dass mir das wirklich etwas fehlen wird, wenn ich wieder aus dem Hotel ausziehe. Man macht Unordnung, und jemand räumt hinter einem her und lächelt einen auch noch dafür an. Niemand nörgelt herum, dass man endlich das Bett machen soll, und man kann im Fernsehen gucken, was man will. Und die Leute sind nett zu einem. Wo immer man hingeht, heißt es: „Hallo, Sir.“ – „Schöner Tag heute, nicht wahr, Sir?“ Zu Hause nennt mich niemand „Sir“.

Heute treffe ich mich wieder mit Andy. Fast hätte ich abgesagt. Irgendwie fühle ich mich von ihm manipuliert, aber das Geräusch seines hochtourig laufenden Automotors hat gestern Abend jegliche Chance auf eine Entgegnung verhindert. Es macht mir nichts aus, abends sinnlos in der Gegend herumzufahren, aber heute ist ein Werktag. Montag bis Freitag sind Tage, an denen ein Meeting das andere jagt, mit unzähligen Telefonaten dazwischen. Und als Krönung des Ganzen hatte ich gestern Abend, als ich Feierabend machte, das Gefühl, ein paar Leute aus dem Verwaltungsrat und unsere Personalchefin waren dabei, irgendwas auszuhecken. Und dabei haben sie die ganze Zeit in meine Richtung geschaut. Ich verstehe Whitney nicht. Sie ist unsere Personalchefin, aber offenbar ist sie sehr viel effizienter als Leiterin der „Aktion Aufsichtsrat gegen Steven“. Ich muss präsent sein, damit sie nicht noch mehr Telekonferenzen abhalten können.

Andy ist schon da, als ich auf dem Parkplatz des *Fenton's* ankomme. Er sitzt betont lässig in seinem Auto, den einen Arm auf der Lehne des Beifahrersitzes. Er sieht aus, als ob er in seinen Klamotten geschlafen hätte, und ich habe das Gefühl, ich falle hier in meinem Anzug richtig auf, aber wegen einer wichtigen Sitzung musste ich heute einen tragen. Er hat wieder eine altmodische Sonnenbrille auf. Ich trage meine Oakleys, aber er reicht mir trotzdem ein dickes, schweres, altmodisches Modell.

„Also, deine Sonnenbrille“, sagt er. „Nun ja, wie soll ich das jetzt möglichst taktvoll ausdrücken? Diese hier sieht vielleicht besser aus, findest du nicht?“

Das glaub ich ja nicht. „Hör mal", schieße ich zurück. „Die hier ist topmodisch und Spitzenqualität. Die ist federleicht. Das Beste, was man für Geld kaufen kann. Deine sieht aus, als ob du sie unter einem Haufen alter Klamotten im Trödelladen gefunden hättest."

„Willst du mich veräppeln?" Ungläubig verzieht er das Gesicht. „Kein Mensch würde so ein Prachtstück zum Trödel geben. So eine findest du nie im Leben in einem Trödelladen, Kumpel. Das ist eine Ray Ban, mein Freund. Die echte! Bob Dylan trägt so eine auf dem Plattencover von *Highway 61.*" Er reicht sie mir noch einmal und sagt: „Bitte, mir zuliebe."

Widerwillig setze ich die Zehn-Kilo-Sonnenbrille auf, und los geht's.

Bei Tageslicht fühlt sich das alles hier echt merkwürdig an. Ich weiß nicht, ob ich nur genervt bin wegen Andys Sonnenbrillentick oder weil ich drei Meetings absagen musste und er ganz selbstverständlich davon ausgegangen ist, dass ich das auch tue. Ich bin wirklich dankbar für unser Gespräch auf dem Berg letzte Woche. Es hat gutgetan, das alles mal loszuwerden. Und so gern ich ihn bei diesem Telefonat von meinem Haus aus auch gewürgt hätte, hat er wahrscheinlich doch recht gehabt mit seiner Einschätzung. Auf jeden Fall hat es bei Lindsey Wirkung gezeigt. Aber jetzt wird es langsam Zeit, dass diese Therapiefahrten ein Ende haben. Ich muss Andy genug erzählen, damit er weiß, er steckt bis zum Hals mit in der Tinte. Er weiß sowieso schon weit mehr, als sonst irgendjemand jemals erfahren würde. Ich weiß doch, wie das läuft: Man zieht eine Person bei einem Problem ins Vertrauen und im nächsten Moment sitzt man in einem Stuhlkreis mit einem Haufen von Taugenichtsen, die noch zu Hause wohnen, und einer von ihnen sagt: „Was Steven jetzt braucht, ist eine richtige Umarmung."

Also werde ich dem alten Knaben jetzt mal ein bisschen Angst einjagen. Ich werde ihm ein paar Auszüge aus meinem letzten Streit mit Lindsey präsentieren. Dann kann ich mich bei ihm für seine Fürsorge bedanken und wieder in meine eigene Welt zurückkehren.

„Andy, ich habe ein echtes Jähzornproblem", platzt es so laut aus mir heraus, dass es den Motorenlärm übertönt.

Er sieht zu mir herüber und lächelt. „Ach, wirklich? Na, darauf wäre ich ja nie im Leben gekommen! Also, Jähzorn meinst du, was? Junge, Junge, und da glaubt man, jemanden zu kennen ..."

Ich schreie lauter. „Du nimmst mich gar nicht ernst!"

Wieder schaut er zu mir herüber. „Dir ist schon klar, dass du ziemlich laut schreist, oder?"

An diesem Punkt würde ich ihn am liebsten schlagen. „Hast du gehört, was ich gesagt habe?"

„Ja, ich hab's verstanden. Du könntest jeden Moment gewalttätig werden." Andy legt seine Hand auf den Lenker. „Und was hättest du gern zum Lunch?"

„Ich meine es ernst, Andy. Irgendwas stimmt nicht mit mir. Ich explodiere meiner Frau, meinen Mitarbeitern und manchmal sogar meiner eigenen Tochter gegenüber. Das ist Tatsache, und ich bin schon ziemlich lange so."

„Das glaube ich dir", sagt er. „Möchtest du jetzt sofort ein bisschen wüten und toben? Ich kann gerne rechts ranfahren."

Ich sehe ihn nur fassungslos an.

„Ansonsten brauche ich jetzt was zu essen. Was hältst du davon, wenn wir in eines meiner Lieblingslokale fahren? Die haben dort einen Shrimps-Cocktail, mit dem man Rachitis heilen könnte. Es ist kein gewöhnlicher Shrimps-Cocktail, sondern der besteht aus großen lila Zwiebelstücken, Gurken und großen, frischen Shrimps. Er wird auf einem Teller serviert. Auf einem *Teller* – Himmel, Arsch und Wolkenbruch!"

„Was ist los mit dir, Andy?"

„Was mit *mir* los ist?", fragt er. „*Ich* bin jedenfalls nicht der laute Kerl mit dem Wutproblem."

Er schaut lange genug zu mir herüber, um zu merken, dass ich nicht lächle. Und dann sagt er ganz langsam und deutlich: „Steven, mir ist klar, dass du ein Problem mit Wut hast. Ich hab's kapiert. Ich weiß, dass es ein ziemlich großes Problem ist. Du tust dadurch Leuten weh, an denen dir was liegt. Das glaube ich sofort. Und mir ist auch klar, dass du nicht glauben kannst, dass ich oder sonst jemand dir helfen kann. Und deshalb spielst du das aus wie eine Trumpfkarte, damit ich dir nicht zu nahe komme. Du hast das gerade rausgehauen, um zu erreichen, dass wir uns nicht mehr treffen."

Er schaut weiter geradeaus, während er sagt: „Hör mal, Steven, ich habe nicht die Absicht, dein Problemlöser zu sein, sondern ich möchte dir ein *Freund* sein. Und Freunde lernen, sich gegenseitig ihren Kram anzuvertrauen, damit sie zusammenhalten können. Und außerdem leihen sie sich gegenseitig Werkzeug. Je mehr du mich also den echten Steven kennenlernen lässt und je mehr ich dich den echten Andy kennenlernen lasse, desto eher können wir damit anfangen, die Dinge zu klären. Das ist alles. So sehe ich das. Punkt. Ich lasse mich nicht abschrecken durch deine Arroganz, deine Wut oder deine Grobheit. Wenn du allerdings anfangen würdest, meine Autopolster mit einem Messer aufzuschlitzen, dann könnte ich vielleicht schon ein ganz klein wenig ungehalten werden. Wenn du willst, können wir jetzt sofort umkehren und die ganze Sache bleiben lassen, oder ein Typ mit einem echten Wutproblem, der neben einem ebenso fehlerhaften Typen sitzt, kann etwas zu Mittag essen gehen. Wütende Leute müssen auch essen, oder?"

Ich schaue zu Boden und seufze. „Ja."

„Gut", sagt er mit einem Nicken, und der Electra scheint ein bisschen schneller zu werden. „Ich sage dir, er wird nicht in diesen kleinen Schälchen serviert, sondern auf einem *Teller*."

Als ich zu dem Schluss komme, dass ich in der Falle sitze, stelle ich gleichzeitig fest, dass ich mich tatsächlich ein bisschen entspanne. Ich stelle mein Handy auf „Lautlos“ und erlaube mir, ein bisschen runterzukommen ... soweit ich dazu ohne einen Sicherheitsgurt in der Lage bin. Ich verschränke die Arme und lehne mich an das Cary-Grant-Sitzpolster. Ich schließe die Augen hinter meiner Monster-Sonnenbrille und konzentriere mich auf das Geräusch des Windes, das alles andere übertönt.

Dabei muss ich kurz eingenickt sein, denn als ich die Augen wieder öffne, parkt Andy den Wagen gerade gegenüber von etwas, das aussieht wie eine Art spontaner Wochenmarkt.

Wo sind wir?

Provisorische Stände und kleine Verkaufswagen mit bunten Markisen säumen die Straße. Die Leute an den Ständen verkaufen Blumen, Obst und Gemüse. Es ist wie ein Rückblick in alte Zeiten. Leute gehen mit ihren Hunden spazieren, sind auf Fahrrädern unterwegs oder kaufen Zucchini. Es ist so, als gäbe dieser Markt der ganzen Gegend die Gelegenheit, sich zu zeigen. Offenbar findet er regelmäßig hier statt, denn die Verkäufer an den Ständen sprechen mit den Kunden wie mit guten alten Bekannten.

Andy sagt kein Wort. Er lässt mich selbst die Szene erkunden.

Die Leute sind entspannt, sie palavern laut, lachen und rufen. Ein lächelnder Typ in einem Flanellhemd hievt eine Kiste mit Nektarinen auf seinen Verkaufstresen. Vor dem Tresen beschwert sich eine Frau, deren Haar mit einem Tuch zurückgebunden ist und die einen schmutzigen Overall und eine fleckenübersäte Schürze trägt, über das Obst, das er ihr in der vergangenen Woche verkauft hat.

Der Mittelpunkt all des Trubels ist jedoch ein Lieferwagen, der am Seiteneingang eines Restaurants Fisch anliefert. Die

Fahrer nutzen die Gelegenheit, auch den Marktbesuchern frischen Fisch zu verkaufen. Zwei Männer schleppen schwere, blutige Fischbrocken auf mehrere mit Zeitungspapier bedeckte Tische in der Nähe. Zwei junge Mädchen rufen und lachen und werfen mit etwas herum, das aussieht wie Gelbschwanzthunfisch. Ich nehme an, dass es die Töchter des Typen sind. Ich denke an Jenny und kann mir beim besten Willen nicht vorstellen, wie wir zusammen Fisch durch die Gegend schleudern. Sie wäre in meiner Anwesenheit niemals entspannt genug, um nichts fallen zu lassen.

Der Fischgeruch ist intensiv, aber nicht schlecht, sondern sogar irgendwie schön. Echt. Ich bin betroffen darüber, dass nicht viel mehr in meinem Leben so ist wie das hier. So ... so lebendig. Wann bin ich das letzte Mal auf einem Markt gewesen? Wann bin ich das letzte Mal ohne Laptop an einem Donnerstagnachmittag einfach so herumspaziert?

Plötzlich fängt jemand an, uns von der anderen Straßenseite aus anzubrüllen. Ein gewaltiger, bärtiger, dunkelhäutiger Mann kommt auf uns zu. Er lächelt nicht. „Andy Monroe! Was soll das? Bringst du den Anzugtypen mit, um bei uns die Bücher zu prüfen?"

Er quittiert mit seiner Unterschrift die Fischlieferung für sein Restaurant.

„Nein!", brüllt Andy zurück. „Man muss nämlich erst einmal Geld verdienen, damit jemand von der Steuer kommt. Der Anzugtyp hier ist der Gerichtsvollzieher mit einer Zwangsvollstreckung."

Der gewaltige, bärtige Mann wirft den Kopf zurück und lacht aus vollem Hals. „So, jetzt kommt schon rein. Sag dem Anzugtypen, dass sein Essen auf mich geht."

Augenblicklich werden wir durch die Vordertür eines Fischrestaurants geschoben, das *Pacific Bayou* heißt, aber, so erklärt Andy mir, von jedem nur *Bo's Café* genannt wird. Der dicke

Mann ist Bo. Er ist ebenso laut wie einschüchternd. Wir werden durch das Lokal hindurch auf eine Dachterrasse gescheucht, wo mehrere Tische und einige Heizpilze stehen.

Bo packt mich schraubstockartig am Arm und führt mich zu einem Tisch in der Nähe. „Unser gemeinsamer Freund sitzt immer genau hier an diesem Tisch, und zwar jeden Donnerstag, im Sommer wie im Winter, bei Regen und bei Sonnenschein. Was das soll? Frag mich nicht, Alter. Setz dich einfach. Brauchst du eine Karte?"

Aber da ist Andy auch schon wieder bei mir. „Bo, das hier ist mein Freund Steven. Er hat ein Wutproblem."

„Als ob ich das nicht auch hätte", sagt Bo und fixiert mich mit einem vernichtenden Blick.

„Wir wollen eine Portion Muscheln", sagt Andy. „Ich nehme die Jambalaya und ein Glas Eis. Mein Freund nimmt den Shrimps-Cocktail."

„Hamwa alles nicht", blafft Bo. „Du kriegst sechs Tage alten Karpfen, und er wird dir schmecken, sag ich dir."

Und damit verschwindet Bo wieder im Restaurant, in alle Richtungen Befehle, Beleidigungen und Begrüßungen grölend.

„Das sagt er fast immer, egal, was ich bestelle. Eines Tages bestelle ich wirklich sechs Tage alten Karpfen. Mal sehen, was er dann macht."

Ich schüttle ein wenig den Kopf. „Der Typ ist ganz schön ... krass. Ich gehe mal davon aus, dass er nur Spaß macht, aber aussehen tut er nicht so."

„Im Grunde ist er lammfromm, glaub mir", sagt Andy grinsend. „Er ist vor zwölf Jahren aus New Orleans hierhergekommen mit zweitausend Dollar in der Tasche und einem Packen Rezepten, sonst nichts. Und er hat sich hier wirklich gut gemacht."

„Ja, damals ist die *Cajun*-Küche gerade in Kalifornien bekannt geworden. Bis dahin hatte doch noch nie jemand davon was gehört, und er hat ja offenbar genau die Welle erwischt und ist darauf mitgeschwommen."

„Das liegt nicht nur an der Welle", sagt er. „Ein Typ wie Bo kommt immer zurecht, egal, was gerade in ist und welche Welle wo wütet. Tut mir leid, dass ich das Wort *wüten* benutze", murmelt er vor sich hin. „Ich weiß, das ist ein schmerzliches Thema für dich."

Ich muss grinsen. „Der war gut", sage ich.

„Aber mal im Ernst", fährt Andy fort, „Bo liebt das, was er tut, und für ihn gibt es nichts Besseres, als wenn die Leute lächeln, wenn sie sein Essen probieren. Er ist der Typ, der sich persönlich um seine Gäste kümmert. Wenn man etwas tut, weil man es liebt, dann kann man eigentlich nicht viel falsch machen."

„Und woher kommt ein Name wie Bo?", frage ich.

„Eigentlich heißt es Bodinet La Combe", sagt eine dröhnende Stimme direkt an meinem Ohr. Hinter mir steht Bo mit einem Glas Wasser und einem Glas Eis. „Und wer will schon mit 'nem Namen wie *Bo-din-day* rumlaufen?", sagt er und äfft die französische Aussprache nach. „Jedenfalls kein alter Kreole wie ich."

Bo verschwindet wieder, und Andy beugt sich zu mir. „Donnerstags kommen immer ein paar Freunde von mir hierher, Steven. Das ist so eine Art regelmäßiger Treff, aber ohne Anwesenheitspflicht. Deshalb kommen normalerweise auch alle. Ich wollte dir einfach ein Stückchen von meiner Welt zeigen. Und dann gibt es jemanden, den ich dir unbedingt vorstellen möchte, den Menschen, der mir wirklich weitergeholfen hat."

Im Laufe der folgenden Viertelstunde füllt sich die Dachterrasse mit Dutzenden von Leuten, die Andy offenbar alle kennen. Sie gehen unglaublich locker und witzig miteinander um, und Gags und Pointen fliegen so schnell hin und her, dass ich mich fast scheue, etwas zu sagen.

Andy lächelt und flüstert: „Entspann dich. Sei einfach nur du selbst. Sie sind überwiegend harmlos."

Anfänglich bin ich so fasziniert von dem, was ich mitbekomme, dass ich gar nicht registriere, dass die Terrasse aufs Meer hinausgeht und das Restaurant am Kopf eines Bootsanlegers steht. Und plötzlich weiß ich, wo wir sind. Das hier war einmal meine Welt! Wir sind am Hafen zwischen Marina del Rey und Venice Beach. Diese Sackgasse ist schon immer ein Standort für Spontanmärkte gewesen, schon seit meiner Kindheit. Dieser Strandabschnitt ist unvergleichlich, so etwas gibt es sonst nirgends. Der Anleger war schon immer die Trennungslinie zwischen dem Prunk und Protz von Südkalifornien und dem vielleicht seltsamsten Strand der Welt, der das Zuhause einer Post-Hippie-Kultur ist.

Wow! Hier bin ich schon lange nicht mehr gewesen.

Während Andy auf der Dachterrasse herumgeht und Leute begrüßt, erinnere ich mich daran, wie ich hier als Kind mit Freunden Fahrrad gefahren bin.

Ich werde in meinen Gedanken unterbrochen, als mir eine schick gekleidete Frau mittleren Alters am Nebentisch auffällt. Sie ist auf eine Art schön, wie es alle Frauen sein sollten, wenn sie auf die Fünfzig zugehen. Ihr Haar ist genauso wild wie ihr buntes, fließendes Folklorekleid. An beiden Armen trägt sie unzählige schmale Silberarmreifen, die bei jeder Bewegung leise klimpern.

Sie versucht nicht, die ersten grauen Strähnen, die sich in ihre Mähne eingeschlichen haben, zu verbergen, denn dadurch wirkt sie eher cool und schön als alt. Ich möchte am liebsten ein Foto von ihr machen und es Lindsey zeigen mit den Worten: „Oh bitte, so musst du in zwanzig Jahren aussehen!"

Vielleicht warte ich damit lieber noch ein bisschen.

Sie sieht so zufrieden aus, so im Reinen mit sich und der Welt, und das zwischen so vielen Leuten, die jünger sind als sie.

Sie tippt etwas auf einem Laptop. Als sie zu mir herüberschaut, nickt sie kurz und lächelt freundlich.

Andy bemerkt meinen Blick in ihre Richtung, als er zu unserem Tisch zurückkommt. „Das ist Cynthia. Sie ist es, die ich dir als Erste vorstellen möchte. Sie arbeitet gerade an einem Buch. Irgendwas über Einwanderer der ersten Generation in Amerika."

„Arbeiten – so wie Schuften, Abrackern, Malochen ...", fügt sie hinzu und schlendert von ihrem zu unserem Tisch. „Verzeihen Sie, dass ich so unhöflich bin, aber ich habe ein Faible dafür, Gespräche mitzuhören."

Andy steht auf. „Cynthia, das ist ..."

„Steven", beendet sie den Satz, ohne zu zögern.

Na super. Noch ein Gedankenleser.

Sie streckt mir ihre Hand hin, wobei die vielen Armreifen wieder dieses klimpernde Geräusch machen.

Cynthia ist gleichzeitig unglaublich entwaffnend und überwältigend. Sie gehört zu den wenigen Menschen, die einem direkt zu nahe rücken (was sie gerade tut), ohne dass es einen besonders stört. Man hat den Eindruck, dass sie ihrem Gegenüber genau in die Augen schaut, seine persönliche Geschichte darin liest und dabei gleichzeitig wie nebenbei und ganz locker noch sieben andere Gedankengänge verfolgt, die sie jederzeit auch aussprechen könnte.

Andy unterbricht. „Ich muss mir die Hände waschen. Bin gleich wieder zurück."

Und plötzlich ist der Zauber des Augenblicks verflogen. *Auf was habe ich mich da bloß eingelassen? Ich muss zurück zur Arbeit.*

Einen Moment lang herrscht Schweigen zwischen uns. Aber Cynthia ist offenbar damit zufrieden, einfach zu lächeln und mich anzuschauen.

„Sie schreiben also ein Buch?", frage ich, in erster Linie, um das Schweigen zu unterbrechen.

Sie verdreht die Augen. „Puuh“, sagt sie. „Ja. Wenn ich es denn jemals fertig bekomme.“

„Es handelt von Immigranten?“

„Überwiegend eher von Flüchtlingen. Wussten Sie, dass jede Volksgruppe ziemlich gleichbleibende Eigenschaften und Merkmale hat, die sich meistens recht einfach der neuen Kultur anpassen?“ Bevor ich antworten kann, fährt sie fort: „Natürlich wussten Sie das nicht. Deshalb schreibe ich ja schließlich das Buch, oder? Irgendwie habe ich den Verleger davon überzeugt, dass sich so etwas verkaufen lassen müsste.“ Sie zwinkert mir zu. „Wer weiß, vielleicht werde ich ja reich damit. Aber wahrscheinlicher ist, dass ich einfach ein schönes Weihnachtsgeschenk für alle habe, die sich nicht wehren können. Ich mache das in erster Linie wirklich, weil es mir einfach Spaß macht.“

Wieder Schweigen.

„Merken Sie eigentlich, mein Lieber, dass Sie gar nichts sagen? Eine der Grundvoraussetzungen für ein Gespräch besteht eigentlich darin, dass es hin- und hergeht und ein Austausch stattfindet, und allein kann ich das nicht bewerkstelligen. Wenn ich könnte, würde ich es tun, das wird Ihnen mein Mann gern bestätigen, aber im Moment müssen Sie noch mitmachen.“

„Stimmt ja“, murmele ich, „Entschuldigung, aber ich bin noch ein bisschen neu hier.“

Sie lacht laut auf und macht einen Satz nach vorn, um mich fest in ihre Arme zu schließen. „Na, Sie sind mir vielleicht ein Schätzchen! ‚Ich bin noch ein bisschen neu hier.‘ Das ist so, als würde man sagen, dass man ein bisschen in Flammen steht. Nein, Sie sind völlig und komplett neu hier. Und das in einem unglaublich schönen Anzug, wenn ich das noch hinzufügen darf.“

Sie lacht noch einmal, setzt sich wieder, sammelt sich und schaut mir mit großer Ernsthaftigkeit in die Augen. „Vor ein paar Sekunden waren Sie noch neu, aber jetzt haben Sie sich von einer verrückten alten Frau auslachen und umarmen lassen. Von diesem Moment an sind Sie nicht mehr neu. Sie sind jetzt ein Stammgast. Willkommen in *Bo's Café,* junger Mann." Sie umarmt mich noch einmal und klimpert dabei.

Ich murmele eine Entgegnung, bin aber eigentlich wie betäubt. Vor noch nicht einmal einer Stunde wusste ich noch nichts von alledem hier, und jetzt atme ich Seeluft ein, die sich vermischt mit dem Duft von Shrimps und gegrillten Maiskolben, und lächle diese Frau an, die völlig hingerissen ist von meiner Unsicherheit. Wieder sitzt sie einfach da und wartet zufrieden ab, dass ich innerlich nachkomme. Für mich ist es absolut ungewohnt, nicht Erster zu sein, sondern jemandem oder etwas hinterherhecheln zu müssen. Und ich bin es auch nicht gewohnt, überhaupt zu registrieren, wie die Wellen gegen den Wellenbrecher aus Beton am Ufer krachen. Aber genau das tue ich.

„Steven", ruft sie schließlich.

Ich fokussiere meinen Blick wieder. „Entschuldigung, Cynthia. Ich bin hier in der Gegend aufgewachsen. Ich nehme das alles nur gerade in mich auf."

Sie tätschelt meine Hand. „Entschuldigen Sie, Steven. Manchmal bin ich vielleicht ein wenig eine Überforderung. Sie kennen mich nicht, und ich kenne Sie nicht, aber meinem Freund Andy ... dem liegen Sie sehr am Herzen. Also sind Sie jetzt auch wichtig für mich. So einfach ist das. Ich weiß nicht, ob das, was ich jetzt sage, für Sie einen Sinn ergibt, aber ich sage es trotzdem." Sie rückt mir wieder zu nah und sagt dabei: „Schlagen Sie nicht aus, was Ihnen angeboten wird. Es kann leicht passieren, dass Sie es verpassen. In Ihrem Job haben Sie es mit Deadlines und Quotenerfüllung zu tun. Wenn das Leben schnell und linear verläuft, geschieht es leicht, dass man alles, was langsam und zyklisch verläuft, nicht bemerkt und schon gar nicht berücksichtigt."

„Was sollte ich denn verpassen?“, frage ich.

„Noch mal Entschuldigung. Ich bin zu schnell. Das liegt daran, dass ich das hier gesagt haben wollte, bevor Andy wieder zurück ist.“ Cynthias Lächeln und die Art, wie sie ihre Hand auf meinen Arm legt, sind beruhigend.

„Vielleicht nur zur Erklärung“, sagt sie. „Ich war die beste Freundin von Andys Frau ...“

„Entschuldigung“, unterbreche ich sie. „Sie *waren* die beste Freundin von Andys Frau?“

„Meine Frau ist gestorben, Steven“, sagt Andy, als er an den Tisch zurückkommt. Er dreht seinen Stuhl mit der Lehne zum Tisch und setzt sich, die verschränkten Arme auf die Lehne gelegt. „Sie hatte eine besonders aggressive Form von Krebs. Sie hat tapfer gekämpft, aber der Krebs hat gewonnen.“

Ich blinzele einmal und noch einmal. „Das tut mir sehr leid, Andy. Wie lange ist das her?“

„Ungefähr sechs Jahre.“ Er hält inne und bewegt seinen Mund, als ob er weitersprechen will, aber es kommt nichts heraus. Er schaut zu Cynthia hinüber.

Ich nehme die Frage zurück, indem ich sage: „Wir müssen nicht darüber reden.“

Aber Andy spricht weiter, als hätte ich nichts gesagt. „Als Laura starb, war ich völlig von der Rolle. Ich bin von fast allen Menschen in meinem Umfeld weggedriftet. Die Leute haben sich gekümmert, haben versucht, mich zu erreichen, aber ich wollte nur in Ruhe gelassen werden und allein sein. Irgendwie habe ich es geschafft, weiter zur Arbeit zu gehen und meinen Alltag zu regeln, aber ich bin in der Gegend herumgelaufen, als ob ich mehrere schwere Wintermäntel übereinander anhätte. Mein Ziel war eigentlich jeden Tag nur, es wieder nach Hause und ins Bett zu schaffen. Eines Nachts, ungefähr vier Monate nach ihrem Tod, war ich allein in dem großen Haus, in dem sich unser gesamtes gemeinsames Leben abgespielt hatte. Meine Trauer und diese tiefe Dunkelheit brachten mich fast um. Da hörte ich ein Klopfen an der Tür; es waren Cynthia und ihr Mann Keith. Sie hatten Essen aus unserem mexikanischen Lieblingsrestaurant mitgebracht, in dem wir oft zu viert essen gewesen waren."

Wieder kann Andy nicht weitersprechen, weil ihm die Tränen kommen. Nach ein paar Augenblicken atmet er tief durch und redet weiter. „Wir haben uns hingesetzt, und ich habe angefangen zu erzählen, wie deprimiert und traurig ich war und wie sehr ich Laura vermisste."

„Und dann bin *ich* zusammengebrochen", fügt Cynthia hinzu. „Wir waren alle drei nur noch Nervenbündel."

Andy schaut zu mir herüber. „Ich habe nicht vorgehabt, das zur Sprache zu bringen, Steven."

„Nein, bitte rede doch weiter", sage ich. „Das ist nämlich die erste Information, die ich über dich bekomme, abgesehen von dem, was ich im Internet gefunden habe."

„Ich habe Cynthia und Keith erzählt, dass Laura meine ganze Kraft war. In der Welt draußen war ich immer der Erfolgreiche und Starke gewesen, aber jetzt, ohne sie, war ich total aufgeschmissen.

Dann hat Cynthia in dieser Nacht ein paar Dinge angesprochen, die ziemlich schmerzlich für mich waren. Mitten in ihrer eigenen Trauer ist sie das Risiko eingegangen, mir ein paar ziemlich harte Sachen über mich selbst zu sagen, denen ich die ganze Zeit immer ausgewichen war."

„Moment mal", sage ich. „*Cynthia* ist also die Freundin, von der du gesagt hast, dass sie dir so sehr geholfen hat?"

„Ja", antwortet er und wischt sich die Augen. „Sie und Keith, aber hauptsächlich Cynthia."

Bevor ich mich bremsen kann, sage ich: „Ich hätte nicht gedacht, dass du über ..."

„... eine Frau sprichst“, sagen die beiden wie aus einem Munde und lachen dann laut.

Obwohl es mir peinlich ist, lache ich mit.

„Oh ja, eine Frau!“, sagt Cynthia. Sie lächelt mich an – und es ist ein Lächeln, das mir sagt: Sie hat mich völlig durchschaut und ist gleichzeitig absolut bereit, mich trotzdem zu mögen.

In dem Augenblick tauchen zwei Männer auf und machen sich an unserem Tisch breit, als ob sie schon dort gesessen hätten und nur kurz auf der Toilette gewesen wären. Einer von ihnen ist ein dunkler Lateinamerikaner, beneidenswert gut aussehend, mit einem breiten, strahlenden Lächeln. Er trägt eine alte Trainingsjacke über einem T-Shirt, das er in seine Jeans gesteckt hat, und Segeltuchschuhe ohne Socken. Den meisten Männern würde man diesen Look niemals durchgehen lassen, aber diesem Typen scheint das ganz egal zu sein, und dadurch funktioniert es irgendwie. Der andere Mann ist untersetzt, hat eine Glatze und eine Stirn, mit der er einen Lastwagen aufhalten könnte. Die Stirn eines Linebackers. Seine Kleidung hat den zerknitterten Charme eines Gefrierschrankverkäufers, der auch selbst die Auslieferung übernimmt.

Der Latino scherzt mit fast jedem, teils auf Spanisch, teils auf Englisch und alles in Slang. Ich muss mir richtig Mühe geben, zu verstehen, was er sagt, und kapiere trotzdem nicht alles. Er ist nur Bewegung, Sprache und Lachen.

Der Gutaussehende gibt mir die Hand. „Hey, Mann, du musst Steven sein. Ich bin Carlos Badillo, stets zu Diensten. Und der Gentleman hier, der wie ein Neandertaler aussieht, ist Hank.“

Beinah bin ich versucht, nachzuschauen, ob ich wieder ein Namensschild trage. Carlos beugt sich zu mir vor, deutet auf Hank und warnt mich flüsternd: „Nehmen Sie sich vor dem bloß in Acht, Mann. Der hat gerade ’ne ganze Weile Knast hinter sich für eine Serie von Gewaltverbrechen an Senioren.“

Hank knurrt, ohne zu lächeln, zurück: „In den meisten Fällen war ich unschuldig, ich schwör's."

Carlos hat pechschwarzes zurückgekämmtes Haar und ist schätzungsweise um die 30. Hank, der mindestens 10 Jahre älter ist als Carlos, sieht so aus, als wäre er durchaus fähig zu dem, was ihm sein Kumpel nachsagt. Sein durchdringender Blick und seine gedrungene Statur passen zu diesem Eindruck. Er sieht aus wie ein Ringer in der Mittagspause.

„Also, raus mit der Sprache", befiehlt Hank mit einer Geste in meine Richtung.

Carlos nickt zustimmend. „Ja, Mann, das finde ich auch. Spuck's aus."

Sie sitzen beide da und spielen mit den kleinen Cracker-Packungen herum, die auf dem Tisch liegen, so als könnten sie ihre Show nicht fortsetzen, bevor sie nicht irgendeine Reaktion von mir bekommen haben.

Andy eilt mir zur Rettung. „Steven, das hier sind zwei sehr gute Freunde von mir. Wir treffen uns schon seit langer Zeit jeden Donnerstag hier an diesem Tisch."

Wie ein Teenie boxt mir Carlos gegen die Schulter. „Hey, Mann, hat er dir schon die Predigt gehalten mit dem Im-Dunkeln-gegen-Möbel-Stoßen? Die gehört zu seinen Lieblingsnummern."

Hank stimmt ein. „Ey, Mann, ey, die finde ich auch einfach geil. Zeig's ihm mal, Carlos. Zeig doch mal. Du kannst es am besten."

Verlegen steht Carlos auf. „Findest du wirklich?"

Sowohl Cynthia als auch Andy nicken zustimmend.

Er schüttelt beide Hände aus, so als ob er gleich einen Sprung vom Zehnmeterturm zeigen will. „Also gut, das wäre meine Parodie von Andy, wie er seine Gegen-Möbel-laufen-Predigt hält." Er räuspert sich und schaut mich dann bedeutungsvoll an. „*„Es ist, als würde man in einem dunklen Zimmer herumstol-*

pern und gegen die Möbel stoßen.'" Carlos beugt sich noch näher zu mir hin. „Dann wartet er ein paar Sekunden, damit es noch ein bisschen dramatischer wird, bevor er dann fragt ..."

Und wie aus einem Munde sagen dann Carlos und Hank: „,*Und, wie mache ich das?*'"

Und dann klatschen Hank und Carlos sich gegenseitig ab und lachen und schnauben. Mehrere andere Leute auf der Terrasse haben offenbar genauso viel Spaß an der Parodie.

Er hat neulich Abend also nur wild gemutmaßt, denke ich und weiß nicht so genau, ob ich mich deshalb besser oder schlechter fühlen soll. Fast ohne es zu wollen, frage ich: „Hat er bei einem von euch auch diese Ein-Pfund-Kaffee-Geschichte gebracht?"

Carlos stöhnt auf. „Nee, oder? Du willst mich doch verarschen! Die Nummer hat er bei dir auch abgezogen? Andy, das verletzt mich jetzt aber wirklich, Alter! Ich dachte, die wäre nur für mich, ganz exklusiv, Mann, und dabei ist das ganze Zeugs vermutlich aus dem Internet geklaut!"

„Das hab ich dir doch gesagt", protestiert Andy.

Das Gelächter auf der Terrasse schwillt an.

Die folgenden paar Minuten gehen komplett auf Andys Kosten. Und er unternimmt noch nicht einmal den Versuch, das Sperrfeuer der Scherze über sich selbst zu stoppen, sondern amüsiert sich ganz offensichtlich genauso wie auch die Kellner und Küchenhilfen. Die Terrasse ist völlig außer Rand und Band vor Erheiterung.

Als ich da so mitten in dem Gelächter sitze, wird mir klar, dass ich gerade etwas ziemlich Ungewöhnliches miterlebe. Es ist ganz offensichtlich, dass jeder auf der Terrasse hier Hochachtung vor Andy hat und ihn zutiefst respektiert. Die Neckerei scheint eher eine besondere Art zu sein, ihm Respekt zu erweisen. Der Humor hier unterscheidet sich jedenfalls extrem von der Art „Humor", wie ich ihn beispielsweise von der Arbeit kenne. Er hat nicht diese Härte und Schärfe und ist völlig frei von Zynismus. Da ist nichts Rivalisierendes oder Abwertendes oder Demütigendes. Eigentlich machen sie ihn gar nicht lächerlich, sondern sogar eher das Gegenteil ist der Fall.

Kurz darauf, nachdem ich die letzten Bissen eines wirklich tollen Shrimps-Cocktails verschlungen habe, entschuldigen sich Andy, Cynthia und Hank und versprechen, gleich wieder zurück zu sein. Ich bleibe allein mit Carlos am Tisch zurück. Er hat offenbar keine Eile, woanders hinzugehen.

„Und, was glaubst du, was sie vorhaben?“, frage ich.

„Also, Hank, der verkauft Drogen und Waffen, die er immer im Kofferraum seines Wagens hat“, sagt Carlos, ohne von seinem Essen aufzublicken. „Ich hab wirklich versucht, ihn auf den richtigen Weg zu bringen, aber er kann es einfach nicht lassen. Es ist wirklich eine tödliche Kombination, Mann.“

Ich lache in mich hinein. „Und, Carlos, wie lange kennst du Andy schon?“

„Mittlerweile schon ein paar Jahre. Vielleicht so ungefähr fünf. Wir haben uns unten am Jachthafen kennengelernt. Ich habe einen Liegeplatz für mein kleines Boot gesucht, aber da war alles viel zu teuer für einen ollen Latino.“

„Andy besitzt ein Boot?“

„Nein, er arbeitet da.“

„Andy *arbeitet* im Jachthafen?“

„Ja. Gleich hier die Straße runter, am Tahiti Way. Wieso?“

„Ach, nur so. Ich hab nur gedacht ... also ... na ja ...“

Er lehnt sich zurück. „... dass er einen beeindruckenderen Beruf hat?“

„Hm, irgendwie schon.“

„Also, Anzugtyp, da bist du in eine ziemlich lange Geschichte reingestolpert. Hast du’s eilig?“

„Vor einer halben Stunde hatte ich es noch eilig“, sage ich. „Aber allmählich sieht es nicht mehr so aus, als ob es noch Sinn macht, heute wieder zur Arbeit zu fahren. Und wir sind ja mit

Andys Wagen hier ... meinst du, du könntest aufhören, mich *Anzugtyp* zu nennen?"

Er gluckst leise in sich hinein. „Ich glaub's zwar nicht, aber ich werd's versuchen."

„Immerhin."

„Siehst du die Leute hier auf der Terrasse?", fragt er, lehnt sich auf seinem Stuhl zurück und deutet in die Runde. „Die meisten von ihnen kennen sich untereinander. Da sind Ärzte und Anwälte dabei, es gibt einen Typen, der mit Weißblech handelt, einen Stadtrat und ein paar Klempner. Da sind Computerfreaks, die mit Krankenpflegern abhängen, und Ladenbesitzer und Studenten aus Loyola. Siehst du die Frau da in dem lila Top? Sie war mit dem Olympiateam der Volleyballerinnen in Seoul. Inzwischen hat sie eine Praxis für Physiotherapie in Newport Beach." Er dreht sich wieder zum Tisch um. „Merkst du was? Wir haben hier richtige Promis dabei, Mann. Und dann gibt es da noch Hank. Du wirst es vielleicht nicht glauben, aber er arbeitet als Ermittler für Umweltvergehen bei der Staatsanwaltschaft." Er lacht laut auf. „Schon allein diese Tatsache müsste einem eigentlich nachts den Schlaf rauben!"

„Ich glaube, das wird sie von jetzt an auch", sage ich.

„Die meisten von uns haben zumindest zwei Dinge gemeinsam: Erstens können wir nicht ohne Bos kulinarische Köstlichkeiten leben, und zweitens glauben die meisten von uns an Gott oder haben zumindest nichts gegen die Tatsache, dass andere es tun. Es läuft alles durch Mundpropaganda, und dein neuer Freund Andy, der ist sozusagen die Seele des Ganzen. Ohne ihn wäre der ganze Spaß wahrscheinlich gar nicht zustande gekommen. Er hat einen ziemlich hammerhaften Einfluss auf das Leben vieler Leute hier."

„Das merke ich auch langsam."

Carlos rutscht mit seinem Stuhl näher an mich heran. „Ich glaube, er weiß, dass die meisten Leute keinen Menschen haben, bei dem sie völlig offen sein und sich sicher fühlen können, wenn alles den Bach runtergeht. Also kümmert sich der Typ um Leute, die vielleicht gerade merken, dass sie genau so jemanden brauchen. Auch wenn es einem gar nicht so vorkommt. Manchmal hat man das Gefühl, dass er ganz woanders ist mit seinen Gedanken. Er kommt einem gar nicht immer so ..."

Ich versuche ihm zu helfen. „Aufmerksam?"

„Ja genau, aufmerksam vor. Manchmal beantwortet er anscheinend Fragen, die kein Mensch gestellt hat, und antwortet dafür aber nicht auf Fragen, die man tatsächlich gestellt hat. Stimmt's? Manchmal kann einen der Typ echt in den Wahnsinn treiben. Aber lass dich nicht von seinen Klamotten und seiner verschrobenen Art täuschen. Der alte Knabe ist total da. Er hört zu. Ich habe inzwischen herausgefunden, dass er immer erst mal ein bisschen abwartet."

„Abwartet?"

„Ja. Er wartet ab, ob jemand bereit ist zu riskieren, ihn wirklich an sich heranzulassen, auch nach der Show."

„Die Leute hier auf der Terrasse sind also alles Leute, die ihn an sich heranlassen?"

„Ja, irgendwie so, aber nicht alle. Ich mach das jetzt auch – hinhören, meine ich. Und Cynthia auch. Sogar Hank. Also eine ganze Reihe von uns. Wir hören alle zu."

„Machst du das jetzt auch gerade mit mir, Carlos? Hörst du mir auch zu, um herauszufinden, ob ich schon so weit bin?"

Er lacht so laut auf, dass er sich zurücklehnen muss und dabei mit dem Knie unter die Tischplatte knallt. „Nee, echt nicht, Mann! Willst du mich verarschen? Carlos kann niemandem zuhören. Dazu hört Carlos sich viel zu gerne selbst reden. Das überlasse ich echt lieber Andy. Aber bis die drei wieder zurück sind, sitzt du hier mit mir fest bei Essen und Reden. *Comprende?*"

„Klar, Carlos. Und essen kann ich echt gut", sage ich. „Und was macht er, wenn er sich mit euch trifft?"

„Wie meinst du das?"

„Na, was ihr so redet, wenn ihr zusammen seid."

„Hmmm". Carlos schaut an mir vorbei. „Ich weiß gar nicht. Darüber mach ich mir auch eigentlich keine Gedanken. Wir essen vor allem. Irgendwie scheinen wir immer zu essen." Er macht einem Kellner ein Zeichen. „Jorge, wenn du Zeit hast, *mi bebida con azucar. Gracias.*"

Dann wendet sich Carlos wieder mir zu. „Vielleicht hilft das dir ja, deine Frage zu beantworten: Andy war der erste Mann, den ich jemals kennengelernt habe, der mehr an die Gnade Gottes geglaubt hat als an die Macht der Scheiße, die ich mit mir herumschleppe."

Ich schüttele verständnislos den Kopf. „Was?"

Carlos lacht. „Ja. Versuch mal, dir das reinzuziehen, *Amigo*. Das macht dich frei. Die meisten Leute wollen bei anderen Leuten Sachen in Ordnung bringen und sie verbessern, damit diese Leute ihnen nicht mehr peinlich werden können. Verstehst du, was ich meine?", fragt er, grinst und stupst mich an. „Das stimmt, Mann. Es ist ja so: Wenn sie in deiner Nähe sind und du alles vollstinkst, sehen sie auch nicht besonders gut aus."

Ich antworte – eigentlich mehr mir selbst. „So was habe ich ja noch nie gehört."

„Dann musst du mehr unter Leute gehen, Mann. Hey, wir wollen doch immer gern, dass alle glauben, wir bekommen alles super auf die Reihe. Wir brauchen doch keine Hilfe. Also bluffen wir, schauspielern und verbergen irgendwie das Zeug, das wir an uns selbst nicht leiden können. Wir legen uns eine hübsche kleine Maske zu, und hinter der verstecken wir uns dann. Es ist die Maske der Person, die wir gern wären oder von der wir wünschten, dass andere uns dafür halten. Das ist doch 'n echter Witz, oder?" Er schüttelt den Kopf. „Eine von meinen

Masken war zum Beispiel meine Stellung. Damals habe ich das gar nicht gewusst und deshalb auch nicht sagen können, aber jetzt weiß ich es."

„Deine Stellung?"

„Ja, ich war Pastor in einer großen Gemeinde in Covina." Er setzt sich ein wenig aufrechter hin und klopft sich mit der Faust auf die Brust. „Ich war *El Jefe. El Cameron!* Viele Leute blickten zu Carlos auf, wollten was Überlebensgroßes aus mir machen, als ob ich so 'ne Art Papst wäre. Hatten mich ausgesucht als ihren Zaubermann des Glaubens ... der alles blitzsauber auf die Reihe kriegt und glänzt. Und auch wenn man es eigentlich besser weiß, fängt man es irgendwann selbst an zu glauben: *Ja, Carlos ist wichtig. Carlos ist der Beste.* Puuh. Es wäre echt zum Lachen, wenn es nicht so schrecklich dumm wäre."

„Du warst *Pastor*?", frage ich.

„Bin ich immer noch", antwortet er. „Aber ich bin jetzt in einer anderen Gemeinde. Damals war ich der große Zampano, habe aber wahrscheinlich mehr Schaden angerichtet als genützt. Oder anders ausgedrückt, Gott hatte einen Plan, und in dem Teil des Planes war Carlos Badillo Pastor in Covina, siehst du?" Er zuckt die Achseln und nimmt einen großen Happen von der Fischplatte, die er sich bestellt hat.

„Ich habe Andy kennengelernt, bevor ich Pastor in dieser Gemeinde in Hermosa Beach wurde, wo ich jetzt bin. Stell dir vor, ich und Hermosa Beach! Ein Latino, der mit den Surfer-Typen abhängt. Ich kannte weder ihre Sprache noch sonst was, Mann. In meiner Jugendzeit hat sich in Hermosa Beach lieber keiner von meinen Leuten sehen lassen, damit sie nicht einfach einkassiert wurden."

Er wischt sich mit der Serviette den Mund ab. „Jedenfalls war Andy der Erste, der sich mit Carlos und all seinem Müll abgegeben hat und damit fertiggeworden ist. Weißt du, der Typ war davon überzeugt, dass Gott für Carlos genug ist. Und ohne

Quatsch, dass jemand mich so gesehen hat – das hat mich umgehauen. Und irgendwie hat mir das vielleicht zum ersten Mal überhaupt etwas gegeben, etwas Starkes, etwas, woran ich mich festhalten konnte. Das war, als ob es doch noch einen Weg geben könnte, mich mit all den Lügen auseinanderzusetzen, die mich innerlich zerrissen haben."

Er trinkt rasch einen Schluck aus seinem Wasserglas und redet dann weiter. „Und die haben mich echt zerrissen. Ganz übel. Davor hab ich wirklich nicht gewusst, wie ich den Tag überstehen sollte, ohne mich zu verstecken oder einen auf dicke Hose zu machen. Niemand kannte mich, jedenfalls nicht wirklich. Ich hab die ganze Zeit immer nur gelächelt, als ob ich den vollen Durchblick hätte, als ob alles nur ein Witz wäre und ich der Einzige, der ihn verstanden hat. Aber die ganze Zeit sitzt Carlos draußen und fragt sich, wann ihn die Leute wohl durchschaut haben."

Der Kellner kommt, räumt Teller ab und füllt die Wassergläser auf. Mir fällt auf, dass Carlos so laut spricht, dass auch die Leute ein paar Tische weiter ohne Schwierigkeiten sein Geständnis mithören können.

Instinktiv spreche ich jetzt leiser: „Und was ist dann passiert? Wodurch hat sich alles verändert?"

„Oh Mann!" Er schlägt sich auf die Schenkel und wird noch lauter. „Ich war so ein Fernsehpredigertyp. Ich war ein Heuchler. Ich war ein Witz. Ich stand Woche für Woche aufgeblasen auf der Kanzel, ganz Macho, und redete selbstsicher über Gott, als ob ich besser wüsste als die anderen, wie man leben kann. Aber wenn ich jetzt zurückblicke ... Mannomann, ich hatte ja keine Ahnung. Ich habe nur Klischees abgesondert, die ich von anderen Leuten aufgeschnappt hatte, die genauso wenig Ahnung und Durchblick hatten wie ich."

Carlos tunkt mit einem Stück Sauerteigbrot etwas von der Soße auf seinem Teller auf. „Ich hab ihnen jede Woche wieder gesagt, dass sie besser werden müssen, weißt du, all dieses Zeugs mit: *Erweist euch als würdig und lebt nach dem Wort des Herrrrn!* So richtiges Ärmel-aufkrempeln-und-zupacken-Gewäsch. Aber das war alles nur heiße Luft, gefakte Vollmacht. Ich hatte keine Ahnung, wie ich auch nur irgendjemandem von den Leuten helfen sollte, irgendwas zu sein außer so eine Fälschung wie ich, ein aufgeplusterter Pfau, der in der Gegend herumstolziert."

Er beißt von seinem Brot ab, kaut und hält dann seine Hände hoch wie in einer abwehrenden Geste – als wollte er mich von sich fernhalten.

„Aber dann, eines Morgens, als ich gerade so richtig in Fahrt bin, da guck ich von der Kanzel runter und sehe die Leute da in meiner Kirche. Eigentlich zum ersten Mal sehe ich sie richtig an. Und ich kann nur noch hingucken, und es ist, als ob Gott mich nicht reden lassen will. Er will, dass ich die Leute, die da Woche für Woche kommen und immer wieder hoffen, dass sich bei ihnen wirklich etwas ändert, wirklich sehe. Die meisten von ihnen gucken traurig zurück. Ihre Blicke sagen: ‚Carlos, ich gebe mir echt richtig Mühe, das zu tun, was du predigst, aber ich schaff es einfach nicht. Ich weiß nicht, wie ich es anstellen soll. Hilf mir! Erzähl mir nicht nur immer mehr Zeug, das ich machen soll. Ich schaffe es doch noch nicht mal, das zu tun, was du letzte Woche gesagt hast. Ich versage immer wieder. Hilf mir bitte, Carlos!' Und in dem Augenblick ist mir klar – ich habe ihnen nichts zu geben. Nur abgenutzte Worte, coole Sätze und ein paar einstudierte Gesten. Von diesem Morgen an habe ich es immer mehr gehasst, auf diese Kanzel zu steigen."

Carlos redet immer schneller. Die meisten Gäste auf der Terrasse können ihn hören. „Andy hat diesen ganzen Wahnsinn aufgedeckt und zusammenbrechen lassen", sagt er. „Er hat so Sachen gesagt wie: ‚Carlos, mein Freund, was hältst du davon, wenn du ihnen zur Abwechslung mal erzählst, dass Gott total verrückt nach ihnen ist, dass sie sich nicht immer ängstlich nach hinten über die Schulter umgucken müssen? Wie wär's, wenn du ihnen sagst, dass sie gar nicht mit diesem riesigen, schweren Sack von religiösem Du-solltest-aber-Kram herumzulaufen brauchen? Wie wär's, wenn du ihnen sagst, dass sie nicht nur arme Sünder sind, die versuchen, einen Gott zu besänftigen, der irgendwo da oben und ganz weit weg ist ...'"

Carlos steht auf und rennt quer über die Terrasse. „,Was, wenn du ihnen sagen würdest, dass sie Gottes geliebte Kinder sind?'" Mit hoch erhobenem Kinn schreitet er wieder zurück. „,Dass sie *Heilige* sind mit der angeborenen Fähigkeit, Großes zu tun? Wie wär's, wenn du sie lehrst, dass dieses Wissen anfangen würde, sie von all dem Schädlichen abzuhalten, das sie förmlich zerreißt? Wie wär's, wenn du ihnen das sagen würdest? Na, wie sieht es damit aus?'"

Er hat sich jetzt wieder hingesetzt. „Und das alles hat Andy mir gesagt, als ich noch dieser ‚tolle' Prediger in einer Gemeinde gewesen bin, in der alle Reihen immer gut gefüllt waren und jeder mein Ego hätschelte und mir sagte, wie toll ich bin."

„Ich dachte, deine Leute wären traurig und mutlos gewesen."

„Klar, aber ich durfte sie immer noch anpredigen, Mann! Religiöse Menschen lieben es, wenn ihnen vom Prediger so richtig die Hölle heißgemacht wird. Das ist für sie wie pure Unterhaltung. Und Carlos konnte das, oh ja!", sagt er fast singend. Er ist inzwischen wieder aufgestanden. „Mann, die meisten von den Leuten *suchen* doch förmlich nach Schuldgefühlen, weil das nämlich wenigstens den Eindruck vermittelt, dass man weiß, was man tut. Und Carlos, mein Freund, Carlos machte immer den Eindruck, als ob er ganz genau wüsste, was er tat. Also habe ich gedacht: *Ich kann doch nicht predigen, was der Typ sagt. Wenn ich meinen Leuten das sage, dann bin ich meinen Job los. Sie würden ihren Glaubenszauberer ja nicht mehr brauchen!* Das hab ich echt gedacht. Traurig, was? Es war so, als würde ich in zwei Welten leben – die eine war das, was Andy sagte, und die andere das, was ich gepredigt habe, verstehst du?"

Ich nicke und sehe hinaus zu den Bojen am Bootssteg.

„Nein!", platzt es plötzlich aus ihm heraus. „Tu das nicht!"

Ich bin völlig verblüfft und weiß nicht so genau, ob das zu seiner Geschichte gehört oder ob er gerade mich meint. „Was soll ich nicht tun?", frage ich.

„Nick nicht, als ob du alles verstanden hättest, wenn du in Wirklichkeit gar nichts kapiert hast." Seine Stimme wird lauter. „Tu nicht so, als ob du was weißt. Das macht dich krank und falsch und verrückt ... so wie mich damals."

Seine Worte hängen schwer in der Luft. Auf der Terrasse ist es plötzlich ganz still.

Carlos lehnt sich zurück auf seinem Stuhl und fährt sich mit den Händen durch sein dichtes schwarzes Haar. Er stößt einen tiefen Seufzer aus und rückt noch näher an mich heran. „Oh Mann, tut mir wirklich leid. Hört euch mich nur an. Ich töne hier laut von Gnade und so und habe dabei einen Ton am Leib wie ein Gefängniswärter. Ich kenne dich ja gar nicht, Steven. Das steht mir gar nicht zu, Mann."

Aber ich weiß, dass er recht hat. Ich mache das gern – lächeln und wissend nicken. Es ist die schlimmste Form von Unaufrichtigkeit. Ich entziehe mich, indem ich so tue, als hätte ich's kapiert.

„Ist schon gut, Carlos", sage ich. „Du hast ja recht. Ich habe genickt und eigentlich gar nicht verstanden, was du meinst. Das mache ich oft, es ist fast schon wie ein Reflex."

„Nein, Mann, das war nicht richtig von mir. Wenn du mich eine Weile kennst, dann ist es vielleicht in Ordnung, wenn ich mich wie ein Wahnsinniger aufführe. Aber du bist ja noch ganz neu hier. Du kannst nicken, so viel du willst. Vergibst du mir, Mann?"

„Alles ist gut, Carlos. Mach weiter. Du warst dabei stehen geblieben, dass du in zwei Welten gelebt hast."

„Genau. Weißt du, Andy hat mich mit all diesen großen Wahrheiten gefüttert, aber für mich klang das alles zu schön, um wahr zu sein. Es hat eine ganze Weile gedauert, bis ich glauben konnte, dass er mich nicht nur pushen will. Und dann habe ich es ganz langsam ausprobiert. Für Carlos gab es nichts, was ihm mehr Angst gemacht hätte, als die Wahrheit über sich selbst offen auszusprechen. Vielleicht hört sich das gar nicht so schwer an für einen Anzugtyp mit gerichteten Zähnen. Ups. Tut mir leid, da ist mir schon wieder der Anzugtyp rausgerutscht."

Ich zucke wieder mit den Achseln. „Schon gut. Danke, dass du es wenigstens versuchst."

„Die ganze Zeit denke ich: *Du willst mich doch veräppeln. Ich bin ein Pastor, ein Mann des Glaubens. Die Leute wollen doch den echten Carlos gar nicht kennenlernen. Die Leute wollen einen Carlos sehen, der seinen Kram auf die Reihe kriegt, bei dem alles super läuft. Kann ja sein, dass Gott mich so sieht, wie ich wirklich bin, aber die Leute wollen das nicht. Die wollen den überlebensgroßen religiösen Typen, der durch den Raum geht, ihnen mit festem Händedruck die Hand schüttelt, ihren Kindern über den Kopf streichelt und ihnen das Gefühl gibt, wichtig zu sein. Das wollen sie.* Typen wie uns ist beigebracht worden, es so zu sehen, oder?"

Statt zu nicken, sage ich: „Richtig."

„Es gab eigentlich nicht so 'ne einzelne richtig große Sache, bei der ich versagt habe", sagt er und beugt sich wieder ein bisschen in meine Richtung. „Ich habe nicht mit der Chorsolistin geschlafen oder so, okay? Ich war nur einfach innerlich total verkorkst, genau wie jeder andere auch. Aber ich habe gedacht, dass man das nicht zeigen darf. So wie in dem Moment, wenn wir all die Punkte abgehakt haben – puh, wie zum Beispiel, man denkt nicht schmutzig über Frauen, man hasst niemanden, man urteilt nicht über den Typen aus der Straße, der mit seinem tollen neuen Boot in seiner Auffahrt angibt, man lehnt nicht Leute aus der eigenen Gemeinde ab, die es sich leisten können, Leute zum Putzen und Rasenmähen anzustellen. *Puh*, oder? Aber all das tun wir, Mann. Du machst es, ich mach es, jeder macht es! Nur dass jeder es halt bei unterschiedlichen Sachen tut!"

Carlos setzt sich wieder auf seinem Stuhl zurück. „Als ich also schließlich glauben konnte, dass Gott wirklich mit dem echten Carlos fertig wird, der sich nicht verstellt, oh Mann, da konnte ich das gar nicht schnell genug in Anspruch nehmen. Es fühlte sich so klasse an, nicht mehr die Maske aufsetzen zu müssen, bevor ich aus dem Haus ging. Und ich konnte dann auch nicht wieder dorthin zurück. Es hat mir zwar noch lange Angst gemacht, und ich hab mir fast gewünscht, alles wieder rückgängig zu machen, aber ich konnte einfach nicht."

„Und was haben die Leute in deiner Gemeinde gemacht?", frage ich. „Haben sie dich nicht schief angeschaut?"

„Klar, ein paar schon. Total." Er schüttelt drohend den Zeigefinger. „Und die kriegen jetzt keine Weihnachtskarte mehr von Carlos! Aber Tatsache war: Die meisten von denen, die mit dem neuen Carlos nichts anfangen konnten, hatten sowieso kein Interesse an ihm und es auch noch nie gehabt. Manche Leute fahren gern Krankenwagen hinterher, weißt du. Anscheinend gefällt es ihnen, Leute zu sehen, denen es richtig dreckig geht, damit sie sich selbst ein bisschen besser fühlen können. Mann, wie traurig ist das denn?"

„Ja", sage ich. „Das habe ich auch schon gemacht."

„Manche hatten zwar Interesse, haben aber trotzdem lieber das Weite gesucht. Einigen von ihnen bin ich noch ziemlich lange nachgegangen, denn letztlich war ich es ja auch gewesen, der den Schmerz verursacht hat. Ich habe ihn verursacht, indem ich sie getäuscht habe, indem ich mein Versagen und meine Fehler vor ihnen versteckt und verheimlicht habe. Mir tut es echt leid, dass ich so vielen Leuten dadurch wehgetan habe. Sehr leid." Er greift nach seinem Wasserglas. „Aber viele Leute sind auch geblieben. Und weißt du, was passiert ist? Wir haben es miteinander durchgestanden. Wir haben alle herausgefunden, dass Gott wirklich groß ist – dass er mit uns allen etwas anfangen kann, mit unserem echten Ich. Es ist, als ob wir uns eines Tages alle irgendwie umgeschaut und gesagt hätten: ‚Du bist also auch noch da, was?' Von dem Tag an hab ich langsam begriffen, was echt ist, was Gemeinschaft bedeutet, was Glaube ist und wer Gott ist."

Er trinkt einen großen Schluck Wasser. „So, genug jetzt. Jetzt bist du mal dran."

Ich blinzele ein paar Mal und versuche, seinen Redestrom abzuschütteln und zu meinen eigenen Gedanken zurückzukehren. „Ich weiß nicht, was ich sagen soll. Ich weiß gar nicht, was ich hier überhaupt mache. Wahrscheinlich habe ich gedacht, dass es ganz nett wäre, wenn ein alter Freund meiner Familie mir bei der Klärung von ein paar Sachen helfen würde. Es ..."

„Du hast auf eine Patentlösung gehofft", sagt Carlos und unterbricht mich. „Oder? Eine gute, schnelle Patentlösung." Er lächelt mich wissend an. „Ist dir schon mal aufgefallen, dass, wenn jemand versucht, die Macken eines anderen zu beheben, diese Person einfach nicht ganz bleiben will? Es ist so, als wollte man so eine Schraubenfeder, die es früher mal zum Spielen gab, geradebiegen, indem man sie glatt drückt und sich dann draufsetzt. Hast du mal so 'ne Feder gehabt, Mann? Die konnten Treppen runterlaufen, total abgefahren! Wenn du draufsitzt, dann glaubst du, dass du jetzt raushast, wie man solche Sachen geradebiegt. Du hast die Kontrolle über dein eigenes Universum. Aber egal, wie lange du draufsitzt – wenn du aufstehst, springt die Feder wieder in ihre alte Form zurück. Nur dass sie jetzt zusätzlich auch noch völlig verbogen ist."

Plötzlich schlägt er auf den Tisch. „Menschen werden niemals geradegebogen oder irgendwie repariert, Steven. Entweder werden sie reif, oder sie verbiegen sich den Rest ihres Lebens immer mehr."

Ich denke an die Autotour an die Klippe mit Andy neulich Abend. „Reifer?", frage ich ratlos.

„Ja. Reife ist etwas anderes, als zurechtgebogen zu werden. Man kann nur in Gemeinschaft reifer werden und zu echter Weisheit gelangen. Isolation bringt Selbstmordattentäter hervor."

Ich muss laut lachen, und ich merke, dass ich mir zum Teil deshalb dieses Zeug anhöre, um das ich sonst lieber einen großen Bogen mache, weil es so überraschend ist.

„Ansonsten gibt es nur Information und Arroganz, aber niemand wird weise, und keiner wird erwachsen. Nehmen wir zum Beispiel mal einen Typen wie dich. Du hast beruflich was drauf, und solche Fertigkeiten können in der Isolation wirklich Feinschliff bekommen. Und dann taucht man wieder auf wie ein Held mit schimmernder Dingsbums oder so, sodass alle staunen und ‚Aaaaah' rufen. Und niemand kann dich rausschmeißen, weil du ja so viel draufhast. Die Leute können dich vielleicht nicht ausstehen, aber sie haben keine Wahl. Also lassen sie dich weiterhin dein Versteckspiel treiben. Und die ganze Zeit rennst du splitternackt herum mit einem dicken, fetten Leberfleck am Hintern."

„Was meinst du damit, dass sie keine Wahl haben."

„Na ja, du bist der große Zampano, oder?", sagt er. „Du fängst an zu glauben, dass du durch das, was du kannst, unangreifbar wirst. Und das ist das Problem, oder? Du bist unangreifbar, unantastbar. Aber das hat auch einen Preis: *Das, was du kannst, wird wichtiger als du selbst, deine Person.* Du wirst für das geschätzt, was du mitbringst, was du einbringst, und nicht für das, was du bist."

Ich blinzle, und er verzieht das Gesicht. „Autsch, was, Mann? So was läuft auch in schlechten Ehen die ganze Zeit ab. Was du mit nach Hause bringst, wird wichtiger und mehr geschätzt als die Tatsache, dass du *selbst* da bist."

Ich starre auf den Tisch.

„Ich glaube, dass ich den großen Zampano mal abhaken sollte, was, Mann?"

„Nein, ist schon okay."

„Andy hat mal zu mir gesagt: ‚Carlos, was wäre, wenn es einen Raum gäbe, der so geschützt wäre, dass man da das Schlimmste über sich selbst erzählen kann und deshalb nicht weniger geliebt und respektiert würde, sondern mehr?' Weißt du, was dann passiert, Steven? All der versteckte Müll, den wir jahrelang mit uns herumgeschleppt haben, beginnt sich aufzulösen. Die Leute erwachen neu zum Leben. Sie fangen an zu entdecken, wer sie wirklich sind. Sie fangen an, gute Sachen zu machen. Sie finden ihre Berufung. Sie hören auf, immer richtig sein zu müssen. Sie hören auf, an ihren Symptomen herumzudoktern und jeden von sich wegzustoßen ... Sie werden geliebt."

Carlos kaut auf einem neuen Fischstück und spricht dabei unverdrossen weiter. „Aber jemand anderem zu vertrauen, in Bezug auf einen selbst? Nee, also wirklich. Da muss man ja zulassen, dass jemand bei einem herumschnüffelt, wo man die Show doch jetzt schon seit Jahrzehnten erfolgreich abzieht! Niemals. Auf gar keinen Fall. Nicht bevor man so müde ist, dass man sich selbst ins Knie schießt."

Beschreibt der mich?

Er macht eine Pause. „Hey, Mann, sag was, sonst zermalmst du die Cracker da noch zu Staub."

Bevor ich etwas sagen kann, kommen Andy, Cynthia und Hank an den Tisch zurück.

Hank zieht Carlos von seinem Platz hoch. „Los, besorg mir was zu essen, Carlos."

„Was zu essen? Du hast von jedem Teller, in dessen Nähe du gekommen bist, Essen genascht. Kleine Länder würden dich beneiden um das, was du heute Nachmittag gegessen hast." Carlos schaut mich an. „Hey, wir müssen dann wohl mal los. Ich muss den da wieder bei seinem Bewährungshelfer abliefern."

Schicksalsergeben zuckt Hank die Achseln.

Carlos gibt mir einen Klaps auf den Rücken. „War gut, mit dir zu reden, Mann. Vielleicht können wir das ja mal wiederholen?"

„Klar", sage ich und nicke. „Fände ich auch gut." Obwohl ich mir da nicht so sicher bin.

Carlos und Hank machen sich langsam auf den Weg zum Ausgang der Terrasse. Carlos verteilt Schulterklapse, während Hank die Ablenkung nutzt, um noch mehr von den Tellern zu naschen. Dieser Ablauf scheint allen vertraut.

„Na, Steven", sagt Andy lächelnd, „du siehst aus, als hättest du genug für heute. Ich bring dich jetzt wieder nach Hause."

Cynthia ist wieder am Nebentisch, klappt ihren Laptop zu und sammelt ihre Papiere und Ordner zusammen. „Wieder ein Tag vorbei, wieder einen halben Satz geschrieben. Bei dem Tempo werde ich letztlich ein dreiseitiges Pamphlet herausbringen." Sie schaut zu mir herüber. „Werden wir Sie wiedersehen, mein Lieber? Hat mich wirklich gefreut, Sie kennenzulernen, Steven." Ihre Armreifen machen wieder dieses schöne Klimpergeräusch, so als wären sie dazu gemacht, gegen lackierte, hölzerne Restauranttische zu klimpern. „Steven, Sie machen das schon wieder, ich meine, dass ich rede und Sie nicht. Bitte versprechen Sie mir, dass Sie an den Grundelementen der Kommunikation noch arbeiten."

Ich lächle sie an. „Beim nächsten Mal wird's besser."

Sie lächelt zurück und gibt mir die Hand.

Ich erwidere ihren Händedruck. „Danke, Cynthia. Es hat mich wirklich gefreut, Sie kennenzulernen."

Und damit führt Andy mich hinaus, immer wieder dadurch unterbrochen, dass er mich Leuten vorstellt. Als wir wieder in den Electra steigen, fragt er: „Und, wie war es mit Carlos? Der ist schon ein besonderer Typ, was? Worüber habt ihr geredet?"

„Ach, nichts Besonderes. So dies und das."

Warum habe ich das jetzt gesagt? Er weiß es besser, und ich weiß es besser. Dauernd mache ich das. Ich lüge. Und dabei ist es völlig unnötig – ich mache es schon automatisch. Und wieso habe ich mich von Carlos anpredigen lassen? Das mache ich doch sonst nicht.

Den Rest der Fahrt zum *Fenton's* schweigen wir beide. Ich bin überrascht, als er keinen Versuch unternimmt, einen neuen Termin auszumachen.

„Danke, Steven. Ich weiß, dass es dich was kostet, einfach so einen ganzen Nachmittag freizuschlagen. Ich bin froh, dass du Cynthia und die anderen kennengelernt hast. Lass mal wieder von dir hören."

Als ich aus dem Electra aus- und in meinen Mercedes einsteige, fängt es an zu regnen. Die Straßen glänzen, als ich die vertraute Strecke von Culver City nach El Segundo fahre. Und ich bin wieder allein auf dem Weg ins *Marriott*, Zimmer 643. Die Straßen flüstern mir durch das Geräusch vorbeifahrender Autos auf dem nassen Asphalt etwas zu, aber irgendwie kann ich sie nicht verstehen. Ich vermisse meine Frau. Ich vermisse meine Tochter. Ich möchte wieder nach Hause. Aber irgendetwas oder irgendjemand will mir etwas sagen. Und ich weiß nicht, was es ist.

Es ist ein Flüstern, das schon mein ganzes Leben lang da ist.

„Das hier läuft nicht gut, Steven.“

(Samstagmorgen, 28.März)

Ich sitze in einem Restaurant ein paar Straßen vom *Marriott* entfernt an einem Tisch. Jeden Augenblick wird Lindsey zur Tür hereinkommen. Sie hat Donnerstagabend angerufen und mich gefragt, ob wir uns heute Morgen treffen können. Als Treffpunkt haben wir dieses Lokal vereinbart. Wir haben uns jetzt seit 17 Tagen nicht gesehen. Ich vermute, in dem Gespräch wird es darum gehen, wann und unter welchen Bedingungen ich wieder nach Hause komme – und das kommt keinen Moment zu früh. Die Leute vom Zimmerservice im Hotel lassen immer mehr zusätzliche Seifen- und Shampoopäckchen da und inzwischen auch Schokolade und Schuhputzzeug, wohl in der Hoffnung auf mehr Trinkgeld. Wenn das noch lange so weitergeht, kann ich einen eigenen Marktstand mit dem Zeug bestücken.

Als sie zur Tür hereinkommt, fühle ich mich irgendwie wie bei einer ersten Verabredung. Wir sind beide unsicher. Ich stehe auf, um sie zu begrüßen.

„Hallo, Steven“, sagt sie und umarmt mich zurückhaltend.

„Ich habe Kaffee bestellt“, sage ich. „Der müsste eigentlich gleich kommen.“

„Danke. Das ist gut.“

„Ja.“

Wenn man uns zuhört, könnte man meinen, dass wir zwei ausländische Studenten sind, die englische Konversation üben. Man könnte fast damit rechnen, dass einer von uns fragt, wo die Mensa ist.

Wir setzen uns und versuchen uns in Smalltalk, während wir die Speisekarte studieren.

Schließlich sagt Lindsey: „Ich möchte, dass das funktioniert, Steven. Wirklich."

Was soll denn das nun wieder heißen? „Klar, ich auch, und ich glaube, ich bin auch bereit, meinen Teil dazu beizutragen, dass es funktioniert ... besser funktioniert, meine ich natürlich."

Unser Kaffee kommt. Sie rührt mechanisch in ihrer Tasse und klopft dann lange den Löffel am Tassenrand ab.

„Ich möchte, dass du weißt, dass ich dich liebe, Steven. Ich liebe dich fast schon seit dem Tag, an dem wir uns kennengelernt haben. Daran hat sich auch nichts geändert. ... Ich habe wirklich versucht herauszufinden, was ich tun soll. Ich möchte, dass wir uns mit der Sache gemeinsam auseinandersetzen und nicht getrennt voneinander. Aber ich muss auch mich und Jennifer schützen. Ich weiß, dass so eine Trennung auf Zeit eigentlich kein Konzept ist. Ich will damit nur etwas Zeit gewinnen ..."

Ich unterbreche sie. „Lindsey, ich glaube, ich kann ..."

„Bitte", sagt sie und macht eine Geste mit dem Teelöffel. „Lass mich bitte ausreden."

Okay, das läuft ja alles bestens.

„Steven, du musst dir Hilfe suchen. Es ist nicht gut und hilft niemandem weiter, wenn du einfach nur in dem Hotel wohnst und wir uns voneinander fernhalten. Dadurch ändert sich doch nichts. Ich weiß nicht, was du brauchst oder wer dir helfen kann. Ich bin jedenfalls bereit, mir mit dir zusammen Hilfe zu suchen, wenn das nötig ist ... Ich kann nur den Gedanken nicht ertragen, dass du jetzt wieder nach Hause kommst, nett und reumütig ... bis sich dann wieder alles anstaut und du mich wieder angreifst. Ich glaube, das könnte ich nicht ertragen."

„Lindsey, ich treffe mich sozusagen schon mit jemandem."

„Ach, wirklich?"

„Ja, irgendwie schon, glaube ich."

„Und wer ist es?"

„So eine Art alter Freund der Familie."

„Ist er Therapeut oder Berater?"

„Na ja, nicht so richtig." Ich schätze, dass es sich nachteilig für mich auswirken könnte, wenn ich versuche zu erklären, wer Andy ist. Er ist wahrscheinlich nicht die Art von Person, die Lindsey sich unter „Hilfe" vorstellt.

Also, so ein kettenrauchender alter Kerl, der am Hafen arbeitet, hat mich in dieser runtergekommenen Bar angequatscht, von der ich dir nie erzählt habe, dass ich regelmäßig dorthin gehe, und hat mir angeboten, ein bisschen mit mir in der Gegend herumzufahren. Wir sitzen also entweder in seinem Cabrio oben in den Bergen oder wir gehen in dieses seltsame Strandlokal namens Bo's Café. *Ich glaube wirklich, dass er mir helfen könnte.*

Nein, das wird nicht funktionieren.

Ich zucke mit den Achseln und murmele: „Er ist ein Freund meines Vaters."

„Steven", sagt sie und klopft wieder mit ihrem Löffel an die Tasse. „Was ich eigentlich sagen will, ist, dass wir einfach mehr Zeit brauchen, um nachzudenken."

Genau das hatte ich befürchtet. „An wie viel mehr Zeit hast du denn da so etwa gedacht?"

„Ich weiß nicht. Es muss sich etwas ändern. Wenn du jetzt wieder nach Hause kommst, dann läuft es wahrscheinlich eine Weile besser, aber wirklich geändert hätte sich doch nichts, oder?"

„Ich glaube aber wirklich, dass es diesmal anders ist, Lindsey."

„Alan hat gesagt, dass du genau das sagen würdest."

„Alan? Wer ist denn Alan?"

„Ach, so ein Typ, den ich im Fitnessstudio kennengelernt habe. Er ist Therapeut, und er sagt, dass Männer immer behaupten, dass alles anders werden wird, wenn sie sich noch mit gar nichts auseinandergesetzt haben, aber möglichst schnell wieder in ihr normales Leben zurückwollen."

„Das ist der größte Blödsinn, der mir je zu Ohren gekommen ist", sage ich, und meine Stimme wird lauter. Ich fange mich jedoch und drossele die Stimme wieder auf normale Lautstärke. „Er meint also, dass man niemals behaupten kann, dass sich etwas geändert hat, ohne dass man es vortäuscht? Merkst du denn nicht selbst, wie idiotisch das klingt?"

Es ist still. Lindsey klopft wieder mit dem Löffel gegen die Tasse, so als ob sie nur darauf wartet, dass ich explodiere.

Ich sehe sie an und warte auf eine Reaktion. „Und – findest du nicht?"

Sie trinkt einen letzten Schluck von ihrem Kaffee und sagt im Aufstehen: „Das hier läuft nicht gut, Steven. Wir versuchen es vielleicht lieber später noch mal."

„Nein, ist doch okay, Lindsey. Lass uns einfach reden."

„Ich habe immer noch Angst, Steven. Eigentlich will ich nicht weg von dir. Ich will, dass wir wieder zusammenleben können. Das hier ist für keinen von uns gut. Aber so, wie es war, kann es auch nicht weitergehen. Es muss sich wirklich etwas ändern. Und heute kann ich das noch nicht feststellen. Ich weiß nicht, was ich sonst noch sagen soll. Lass uns telefonieren und dann besprechen, wie wir uns Hilfe suchen können."

Ich komme zu dem Schluss, dass ich alles nur noch schlimmer mache, wenn ich jetzt noch etwas sage. Also umarme ich sie, sage ihr, dass ich sie liebe, und lasse sie schon gehen, während ich noch bleibe und unseren Kaffee bezahle.

Zehn Minuten später sitze ich im Parkhaus des *Marriott* in meinem Wagen, und zum ersten Mal wird mir klar, dass das alles vielleicht gar nicht mehr besser wird. Und schon gar nicht in nächster Zeit. Sie hat bis jetzt noch nie den Mumm gehabt, das wirklich so durchzuziehen. Jetzt, da sie es riskiert, wird sie diese Chance nicht so leicht wieder aufs Spiel setzen. Ich habe keine Ahnung, was ich ihr anbieten soll, um ihr zu vermitteln, dass es tatsächlich besser werden wird. Ich habe das Gefühl, ich verliere meine Familie.

Jennifer hat wahrscheinlich schon vergessen, dass sie einen Vater hat. Ich habe keine Ahnung, was sie macht, wenn sie zu ihrer Freundin Molly geht oder wohin auch immer. Wenn ich sie frage, antwortet sie nur einsilbig. Ich weiß nicht, wie ich wieder an ihrem Leben teilhaben und Interesse daran zeigen soll, nachdem ich so lange unbeteiligt war und im Grunde ein Außenstehender bin. Ich fühle mich, als wären wir eines dieser Lichter, von denen Andy geredet hat, als wir oben auf dem Berg waren – ein Haus, in dem die Tochter sich ihrem Papa nach und nach entzieht, obwohl sie daran als kleines Mädchen nicht im Traum gedacht hätte.

Und ich kenne meine Frau. Sie hätte nicht die Sprache auf diesen Alan gebracht, wenn sie mich nicht vor etwas warnen wollte, das wahrscheinlich schon längst passiert ist, nämlich dass sie sich in einen anderen verliebt hat.

Ich schlurfe langsam hoch auf mein Zimmer, durch die Hotelhalle, vorbei an den Wasserbehältern und den lächelnden Hotelangestellten, die mich Sir nennen, vorbei an der Horde neuer Gäste, die aufgeregt zum ersten Mal das Minzewasser trinken. Vorbei an den Aufzügen mit jungen Familien in Badekleidung, die sich zu einem Tagesausflug an den Strand fertig machen ... auf mein Zimmer.

Ich lasse mich auf mein Bett fallen und starre wieder auf das Gemälde mit dem Obst. *Ich frage mich, ob ich jemanden durch ein Trinkgeld dazu bringen könnte, dieses beschissene Bild aus meinem Blickfeld zu entfernen.*

Ich greife nach der Fernbedienung und finde einen Sportsender. Es ist noch früh. Meine einzige Option ist ein Lacrosse-Spiel. Mir dämmert, dass ich an all dem, was mir zu Hause so gefehlt hat, jetzt, wo ich es uneingeschränkt haben kann, nicht mehr den Hauch von Interesse habe. Was ist denn das für eine Ironie? Ich bin ein wichtiger, gefragter junger Manager, der so viel Geld hat, dass er tun und lassen kann, was er will, und liege hier mitten an einem Samstagvormittag auf der Tagesdecke eines Hotelbetts und schaue mir ein Lacrosse-Spiel an!

George Mason gewinnt 7 zu 4 gegen Akron.

„Wieso hört sich alles, was ich sage, so blöd an?“

(Donnerstag, 2. April, früher Nachmittag)

Tag 22. Lindsey und ich haben seit unserem Treffen an dem besagten Samstag nicht mehr miteinander gesprochen. Ich habe gestern Abend auf meinem Zimmer noch gearbeitet, sodass ich es rechtfertigen kann, wenn ich mir heute einen Teil des Nachmittags freinehme. Ich gehe in *Bo's Café*. Vor zwei Monaten wäre ich da niemals hingegangen, jede Wette, aber aus irgendeinem Grund kommt es mir so vor, als müsste ich gerade jetzt dringend dorthin.

Bo selbst begrüßt mich im Innenhof an der Treppe zur Dachterrasse. „Na, sieht ja ganz so aus, als ob's der Wels gebracht hätte. Was ist eigentlich los mit dir? Im Anzug siehste besser aus!“ Und dann schreit er laut: „Hey, Leute, der Anzugtyp ist wieder da!“

Ich beuge mich zu dem dicken Mann vor: „Warum machen Sie das, Bo? Wieso nennen Sie mich ‚Anzugtyp‘? Ich hab mich extra leger angezogen, damit Sie es nicht mehr sagen.“

Bo lacht nur. „Nix für ungut“, sagt er und gibt mir einen markerschütternden Hieb auf den Rücken. „Los, nun komm schon rein.“

Es sind weitgehend dieselben Leute da wie beim letzten Mal. Heute sind allerdings ein paar dabei, die ich noch nicht kenne, und ich kann auch weder Carlos noch Hank entdecken. Aber an dem gewohnten Tisch sitzen Cynthia und Andy.

Andy scheint ehrlich überrascht und gleichzeitig nervös und erfreut, mich zu sehen. „Steven! Hey, du bist also gekommen. Komm her, setz dich zu uns." Er zieht einen klobigen Holzstuhl heran und bedeutet mir, mich zu setzen. „Schön, dass du da bist. Hast du Bo schon deine Bestellung gesagt? Egal, er bringt dir sowieso, was er will."

Er ruft einen Kellner und bestellt mir einen Eistee. „An Cynthia erinnerst du dich doch bestimmt, oder?"

Das fließende Kleid, das sie heute trägt, ist noch bunter als das von letzter Woche. Die Armreifen klimpern auf der Tischplatte, als sie mir die Hand reicht. Sie steht auf und umarmt mich mit echter Herzlichkeit. Ich lächle und fühle mich hier willkommener als in dem Büro, in dem ich schon seit Jahren arbeite.

„Hallo, mein Lieber", sagt Cynthia. „Wie ich sehe, haben wir Sie also nicht völlig verschreckt. Schön, Sie zu sehen."

„Hallo, Cynthia. Wie geht's mit dem Buch voran?"

„Dem Pamphlet, mein Lieber, einem dreiseitigen Pamphlet. Und dem geht es richtig gut – es wird ..."

Unter Mentoren stelle ich mir eigentlich etwas anderes vor als diese beiden. Cynthia ist so helle wie nur was, aber keiner von beiden kommt mir sehr zielstrebig oder besonders ehrgeizig vor. In meiner Welt würden sie keinen Monat überleben.

Ein Kellner bringt Eistee und ein frisches Glas Eis für Andy.

Ich schaue quer über den Tisch. „Also, lassen Sie mich mal versuchen, die Sachen irgendwie zusammenzubekommen. Was auch immer Andy bei mir zu erreichen versucht, das haben Sie auch bei ihm zu erreichen versucht, oder, Cynthia?"

„Ja, so ungefähr", sagt sie.

„Ich habe jede Menge Fragen, und Andy beantwortet so ziemlich jede Frage ... außer denen, die ich ihm stelle."

„Fragen Sie nur, mein Lieber", sagt sie und rückt ihren Stuhl zurecht. „Fragen Sie nur."

„Andy“, sage ich und spähe zu ihm hinüber, „ist das für dich in Ordnung?“

Andy nickt. „Das ist sogar einer der Gründe, weshalb ich dich letzte Woche hierher mitgenommen habe. Macht es dir was aus, wenn ich bleibe?“

„Nein, das ist schon in Ordnung. Also, Cynthia. Andy setzt einen Zeitpunkt fest, an dem wir uns treffen. Er macht ein großes Ding daraus, dass wir uns kennenlernen, und ich glaube, wir könnten tatsächlich ein paar Dingen auf die Spur kommen. Ich weiß nicht, was so ein Berater oder Therapeut macht. Also, nehmen wir mal an, ich hab da ein paar Sachen, mit denen ich mich auseinandersetzen muss, und eine Frau, die will, dass ich mich damit auseinandersetze. Aber Andy beißt nicht an. Es ist, als ob er mich gar nicht zur Kenntnis nimmt. Ehrlich gesagt fühlt es sich so an, als ob ich hier nur meine Zeit vertue. Haben Sie ihm das beigebracht?“

Sie legt den Kopf in den Nacken, als wäre sie das noch nie zuvor gefragt worden.

„Na ja, vielleicht ein bisschen, ja und nein. Ich möchte gern glauben, dass ich vielleicht ein bisschen weniger direkt bin als Andy.“ Cynthia zwinkert Andy vielsagend zu. „Vielleicht hilft Ihnen ja Folgendes: Im Augenblick macht sich Andy nicht in erster Linie Gedanken über Ihre konkreten Probleme.“

„Ach, wirklich?“ Ich lächle sarkastisch. „Also, ich dagegen mache mir zufälligerweise zurzeit schon irgendwie Gedanken über meine konkreten Probleme.“

„Das verstehe ich“, sagt sie. „Was ich damit sagen will, ist, dass er erst mal zuhört, um einen Zugang zu Ihnen als Person zu bekommen, bevor er versucht, die konkreten Probleme anzugehen.“

„Kommen Sie, das ist doch schwach!“, sage ich. „So reden die Leute in meiner Welt, wenn sie keine Ahnung haben, was sie gerade tun.“

„Na gut", sagt sie. „Würde es Ihnen etwas ausmachen, wenn ich Sie wie einen Stammgast hier behandle?"

Die Nummer kenne ich doch. Das heißt: Gleich kriegst du eine richtige Breitseite.

„Klar, warum nicht? Ich möchte nur eine klare und direkte Ansage von jemandem. Ihnen ist doch klar, dass ich einen Job und eine Familie habe, oder? Diese kleinen Treffen hier sind in meinem Zeitplan eigentlich nicht vorgesehen. Ich stehe beruflich extrem unter Druck."

„Probleme kommen und gehen doch, oder, mein Lieber?", fragt Cynthia. „Manche davon werden Sie bis an Ihr Lebensende begleiten. Es ist nicht so, dass Sie ein paar davon lösen und dann ein für alle Mal fertig sind damit. Da warten schon zweihundertzwanzig neue. Vor allem welche, von denen Sie jetzt noch nicht mal eine Ahnung haben." Sie rückt mir wieder viel zu nahe und sieht mir in die Augen, als könnte sie nicht weiterreden, bevor sie dort nicht irgendeine Form der Erlaubnis entdeckt hat. „Verstehen Sie das?", fragt sie. „Andy sucht einen Zugang zu der Person namens Steven. Den hat vermutlich niemand mehr gehabt seit ... na ja ..."

„... vielleicht noch nie", beende ich den Satz und werfe kurz einen Blick in Andys Richtung, „und das erwähne ich ja nicht zum ersten Mal."

„Ja, den hat vielleicht noch nie jemand gehabt", wiederholt sie. „Und das alles braucht Zeit. Es macht einen krank, wenn man versucht, dies oder das zurechtzubiegen oder zu beheben, bevor man überhaupt diesen Zugang gefunden hat. Andy möchte einfach *bei* Ihnen sein, in Ihren Problemen neben Ihnen stehen, weil er nämlich weiß, dass sich sonst nichts ändern wird. Deshalb muss er irgendwie – und das ist sozusagen der Trick dabei, wobei es natürlich kein Trick ist – einen Raum schaffen, in dem Sie sich geschützt fühlen. Und ich nehme an, dass das auch noch nicht ansatzweise der Fall ist, oder, mein Lieber?"

„Wie kommen Sie darauf?“, frage ich. „Woher wollen Sie denn das wissen? Ich bin schließlich hier, oder?“

Sie legt ihre Hand auf meine. „Warum sagen *Sie* es mir nicht? So nah, wie Andy Ihnen schon ein paar Mal gekommen ist ... ist Ihnen das dabei noch nie in den Sinn gekommen?“

Das war ja alles ganz nett. Vielleicht hilft es mir ja, einen etwas klareren Kopf zu bekommen und manches aus einer anderen Perspektive zu betrachten, wenn ich ab und zu mal ein bisschen aus meiner Welt herauskomme. Aber wahrscheinlich ist das hier das letzte Mal, dass ich mit Andy zusammentreffe. Er ist interessant und hat mir ein paar Dinge zu sagen, die mir vielleicht sogar weiterhelfen könnten – wenn ich kein aufstrebender Manager wäre, sondern ein Jachthafenbetreiber.

„Vielleicht ein bisschen.“

Sie schweigt wieder und schaut mich dabei durchdringend an. „Ja, *vielleicht*. Sehen Sie mal, Steven, Sie sind der Letzte, auf den jemand in Bezug auf Lösungen hören sollte, weil bei Ihnen alles verzerrt ist und Sie doch völlig überzeugt sind, dass Sie richtigliegen. Sie leben vierundzwanzig Stunden am Tag in einer in sich geschlossenen Welt, in der sich alles um den äußeren Schein dreht, um Leistung, Ergebnisse, Druck und Kontrolle. Aber die Wahrheit ist, dass Sie, so selbstsicher Sie auch zu wirken versuchen, sich wahrscheinlich ziemlich unzulänglich für den Job fühlen. Verstehen Sie mich nicht falsch, Sie selbst sind ziemlich sicher, dass Sie es draufhaben, aber Sie wissen nicht, ob alle anderen das auch so sehen. Deshalb machen Sie sich Sorgen und haben Angst zu versagen. Sie machen sich sogar selbst Vorwürfe, aber in Ihrer Position darf man sich nicht selbst verurteilen. Also erschaffen Sie sich diese Welt, in der Sie sich selbst hassen für das, wovon Sie ahnen, dass es wahr ist, und auf der anderen Seite idealisieren Sie sich selbst und machen anderen zum Vorwurf, dass sie die Brillanz dieser idealisierten Person nicht anerkennen wollen.

Und beides macht Sie blind für das, was Gott Ihnen vielleicht zu sagen versucht. Genau das ist der Augenblick, in dem das Licht ausgeht und Sie anfangen, gegen Möbel zu rempeln."

„Okay, Moment mal kurz", sage ich und schüttle verwirrt den Kopf. „Sie sind ganz schön anstrengend, Cynthia, wissen Sie das?"

„Da haben Sie recht, Steven. Ich rede wieder mal zu viel." Sie macht Anstalten aufzustehen, legt die Blätter, die sie auf dem Tisch ausgebreitet hat, wieder ordentlich aufeinander. „Eigentlich sollte ich schreiben, und stattdessen mische ich mich in Ihre Sachen ein."

„Nein, das ist es ja gar nicht. Setzen Sie sich doch bitte wieder." Ich warte, bis sie es getan hat, bevor ich sage: „Es ist nur so, dass ich merke, ich sollte lieber nichts trinken, wenn ich mit euch zusammen bin."

Wir lachen alle.

„Darf ich dann weitermachen, Steven, nur noch ganz kurz? Ich bin fast fertig mit allem, was ich weiß."

„Nur zu", sage ich und mache eine einladende Geste in Cynthias Richtung.

„Okay. Ich würde also mal annehmen, junger Freund, dass das bis jetzt Ihre Strategie gewesen ist. Das ist eigentlich ziemlich lustig, wenn man mal einen Schritt zurücktritt und es sich anschaut. Vielleicht aber nicht mehr ganz so lustig, wenn man sieht, dass man es selbst ist. Also versuchen Sie's mal so: Sie probieren einfach, Ihren Müll zu erkennen. Aber Sie kommen dabei zu keiner Lösung. Also probieren Sie es immer wieder. Immer noch keine Lösung. Dann finden Sie ein paar Verbündete, denen Sie Ihre Version der Wirklichkeit erklären können. Vielleicht erreichen Sie dadurch vorübergehend Linderung, kommen aber immer noch nicht zu einer Lösung. Sehen Sie, dieses ganze Aufdröseln und Lösen von Lebensproblemen,

Steven, ist etwas völlig anderes, als irgendwelche Arbeitsprobleme zu lösen, oder?"

Sie wartet auf eine Reaktion – vergeblich. „Die Antwort lautet: Nein, ist es nicht." Sie reicht über den Tisch und tätschelt meine Hand. „Hören Sie weiter zu, mein Lieber."

Wir lachen beide. Wie macht sie das, ohne dass ich mich dabei bevormundet und von oben herab behandelt fühle?

„Die Lösung", fährt sie fort, „besteht nicht darin, noch mehr Informationen zu sammeln. Die Lösung ist auch nicht, andere dazu zu bringen, die Sache genauso zu sehen wie Sie selbst, oder noch mehr Sorgfalt und Eifer in die Lösung zu investieren. Und, sind Sie jetzt bereit, mein Lieber? Ich werde gleich etwas Hartes sagen, aber ich meine es nicht so grob, wie es klingt. Das Problem ist, dass Sie zwar ein hervorragend ausgebildeter, intelligenter und erfolgreicher Profi sind, aber wenn es um Ihr Privatleben geht, da sind Sie ein echter Amateur. Wenn es um Sie persönlich geht, Schätzchen, dann sind Sie blind wie ein Maulwurf."

Ich muss laut lachen. „Das war doch ein Scherz, dass das hart klingen würde, oder? Sie hauen mich wirklich um, Cynthia. Aber ich muss Ihnen sagen, dass meine Mutter nie solche Sachen zu mir sagt."

„Dann sollten Sie sie mal danach fragen, Schätzchen", sagt sie lachend. „Vielleicht würde sie ja gern." Sie beugt sich wieder vor. „Möchten Sie wissen, warum Sie so gar keine Ahnung von sich selbst haben, Steven? Möchten Sie das?" Sie hält wieder inne und schaut mich an. „Ich brauche wirklich ab und zu irgendein verbales Zustimmungssignal von Ihnen, mein Lieber."

„Ja", sage ich. „Sagen Sie mir, warum."

„Weil", sagt sie langsam und dramatisch, „Sie noch nicht wissen, wer Sie eigentlich sind. Und Sie wissen nicht, wer Sie sind, Steven, weil Sie noch keine Gnade erlebt haben."

Ich halte sie auf, bevor sie weiterreden kann. „Du meine Güte, sehen Sie, da haben wir's wieder. Das ist für mich alles nur Geschwafel. Ich will ja nicht gehässig sein, aber Sie und Carlos hören sich für mich an wie irgendwelche Sektengurus. *Gnade*. Haben Sie eine Ahnung, wie das klingt? Das gehört in dieselbe Ecke wie sprechende Häschen und Einhörner. Ihnen ist schon klar, dass es bei meinen Vorstandssitzungen nicht viel um Gnade geht, oder? Vermutlich verstehen Sie das nicht, aber da, wo wirklich was bewegt wird, da geht es um Haftung und Quoten und Termine. Wissen Sie, was ich glaube, was Gott will? Er möchte, dass wir alle die Verantwortung für das übernehmen, was wir tun. Tut mir leid, Cynthia. Ich konnte Ihnen folgen, aber wenn Sie möchten, dass ich Sie auch *verstehe*, dann lassen Sie die religiösen Schlagworte weg."

Andy klatscht sich auf die Schenkel. „Jippieh! Na, da hast du sie jetzt aber erwischt, Steven." Er nimmt sein Glas in die Hand und lässt das Eis darin wirbeln. „Jawohl, es fängt damit an, dass du über Gnade redest, und als Nächstes stellst du fest, dass du sonntags nicht mehr zur Kirche gehst, sondern bis Mittag schläfst. Und schon ein paar Tage später treibst du dich auf der Rennbahn herum, trinkst Whiskey aus der Flasche und hast was mit 'ner Stripperin namens Chantal!"

„Wieso macht es dir eigentlich solchen Spaß, dafür zu sorgen, dass sich alles, was ich sage, blöd anhört?"

„Ich weiß gar nicht, ob es so ist", sagt er. „Ich sorge eigentlich nur dafür, dass die dummen Sachen, die du sagst, sich auch wirklich dumm anhören."

Jetzt übernimmt Cynthia wieder. „Steven, mein Freund, würde es Ihnen was ausmachen, wenn ich Ihnen sage, dass eher *Sie* sich anhören wie derjenige mit den religiösen Plattitüden?"

„Will heißen?"

„Will heißen", fährt sie fort, „dass Sie sich wie jemand anhören, der religiöse Vorstellungen und Ideen benutzt und bei anderen für sie wirbt, wo sie noch nicht einmal bei ihm selbst funktioniert haben."

„Will heißen?", wiederhole ich.

„Will heißen, dass Gnade ein Geschenk ist, das nur Leute annehmen können, die nicht *religiös* ticken. Sie sind die Einzigen, die es gebrauchen können. Religiöse Leute betrachten Gnade meist als etwas für Weicheier und Warmduscher. Also versuchen sie, ihren inneren Müll mit eigener Willenskraft und mit Hartnäckigkeit loszuwerden. Religiosität lässt sich als eine Horde Menschen beschreiben, die versuchen, mit begrenzter Macht unmögliche Aufgaben zu bewältigen, und sich dabei die ganze Zeit vormachen, dass es funktioniert." Sie beugt sich jetzt noch weiter zu mir vor. „Ich habe gerade ziemlich viele Gemeinden und religiöse Institutionen mit dieser letzten Aussage beleidigt."

„Hast du das gehört?" Andy lacht. „Und – wer ist jetzt derjenige, der religiös ist?"

Cynthia lächelt. „Es erfordert sehr viel mehr als Willenskraft, dass sich Menschen innerlich wirklich verändern. Man muss nämlich zulassen, dass man etwas geschenkt bekommt, das man selbst nicht hat und sich auch nicht aneignen kann."

Andy verschränkt die Arme, sieht mich dabei an und zieht eine Augenbraue hoch.

„Und die nächste Aussage, die werden Sie hier ziemlich häufig hören, Steven", sagt Cynthia. „‚Was wäre, wenn es einen Raum oder Ort gäbe, der so sicher und geschützt ist, dass man auch das Schlimmste über sich selbst preisgeben könnte und immer noch, wenn nicht sogar *noch mehr* geliebt würde, weil man es mitgeteilt hat?' Wissen Sie, was dann passiert?"

„Carlos sagt, dass dann das Zeug, mit dem man sich abquält, wieder geradegebogen wird."

„Eher gelöst oder geheilt", korrigiert Cynthia. „Und wissen Sie, wie dieser sichere Ort bezeichnet wird? Es ist ein Ort, an dem die Gnade regiert. Ein Umfeld, in dem man sogar so lächerlich naives und ermüdendes Zeugs aussprechen kann wie die Propaganda, an der Sie so krampfhaft festhalten."

Einen Moment lang sitze ich einfach nur da und starre sie an. Andy lächelt und bricht das Schweigen. „Sie ist gut, was?"

„Im Augenblick bin ich mir da nicht so sicher", sage ich, obwohl ich in Wirklichkeit wenig Zweifel habe.

„Um also Ihre Frage von gerade eben zu beantworten", sagt sie, „jemand muss dieses Muster oder diese Mechanismen durchbrechen, wenn sich etwas ändern soll. Deshalb beißt Andy auch nicht an und versucht nicht, das geradezubiegen oder in Ordnung zu bringen, was Sie ihm hinwerfen. Es gibt viele Menschen, denen diese Antwort nicht gefällt, und dann gehen sie wieder hin und versuchen mit ihren mittelmäßigen Fähigkeiten und noch weniger Erfolg, ihr Leben in Ordnung zu bringen. Man kann sich eine ganze Weile selbst etwas vormachen, indem man dieses Spiel spielt, aber wenn man den Kreislauf irgendwann leid ist und tatsächlich einiges von dem, was ich gesagt habe, in Betracht zieht, dann könnte man eventuell heil werden."

„Okay, genug jetzt, und zwar von euch beiden", rufe ich. „Mir brummt der Kopf."

„Gut", nickt Andy. „Dann ist unsere Arbeit getan."

„Noch eine Frage", sage ich. „Und dann muss ich los. Wir wissen ja alle, dass ich ein Problem mit Wut habe. Ich weiß auch, dass ihr der Meinung seid, dass es nicht mein eigentliches Problem ist. Andy, du hast gesagt, Cynthia hätte dir geholfen, dich mit ein paar Dingen auseinanderzusetzen, die du lange Zeit ignoriert hast. Was waren das für Dinge?"

Er tippt mit dem Finger auf das Zifferblatt seiner Uhr. „Du liebe Zeit, du verpasst noch deine Sitzung."

„Ich komme schon klar. Beantwortest du mir dann noch meine Frage?"

Cynthia unterbricht: „Darf ich sie beantworten?"

„Klar“, sage ich und trinke einen Schluck Eistee. „Ich suche im Moment nur nach etwas Dreck am Stecken bei Andy, um die Aufmerksamkeit ein bisschen von mir wegzulenken.“

Cynthia lacht nicht über meinen Witz. „Vielleicht wird Ihnen das, was Sie zu hören bekommen, aber auch nicht gefallen. Mir gefällt es nämlich nicht, es zu sagen.“ Sie gibt dem Kellner ein Zeichen. „Würden Sie dem jungen Mann hier bitte noch einmal sein Glas nachfüllen, mein Lieber? Vielen Dank.“

Sie schaut erst Andy an und dann aufs Meer hinaus, und sie ist jetzt auch nicht mehr so lebhaft wie eben. „Zu der Zeit, als Laura starb, hat Andy eine sagenhaft erfolgreiche Firma in Newport Beach geleitet. Er war der Goldjunge der Finanzwelt.“

„Ja, das hab ich schon vor einer ganzen Weile herausbekommen.“

„Ach, wirklich?“ Andy wirft mir einen Seitenblick zu. „Im Laufe der Zeit habe ich für die *Langston*-Gruppe eine ziemlich starke Marktposition erreicht. Sie gehörte zu den Top 10 im Westen.“

„Ja, eine sehr gute Adresse. Von *Langston* hab ich schon als Teenager gehört.“

„In den ersten fünf Jahren“, sagt Cynthia und übernimmt wieder das Gespräch, „wurde alles, was Andy anfasste, zu Gold. Aber da gab es etwas Finsteres aus seiner Kindheit, das die ganze Zeit im Hintergrund rumorte. Laura hatte das zwar gemerkt, ihn aber trotzdem geheiratet. Diese Frau hat ihn so geliebt! Aber er schleppte dieses tiefe Gefühl der Wertlosigkeit mit sich herum, das ihn zu der Grundüberzeugung trieb, niemals und um keinen Preis versagen zu dürfen.“

„Das nennt man Scham“, sagt Andy.

„Im Laufe der Jahre übertrug er dieses Grundgefühl auf den Sport, dann aufs College und auf die Mädchen, mit denen er befreundet war, und jetzt war er endlich dort angekommen, wo Vorbereitung, harte Arbeit und Können auf eine Riesenchance trafen. Er ackerte wie ein Pferd, tauschte Familienleben und Gesundheit gegen etwas ein, das ..."

Andy half ihr weiter. „... irgendjemandem irgendetwas beweisen sollte."

„Du liebe Güte." Cynthia sieht mich jetzt direkt an. „Das war keine Frage von falsch gesetzten Prioritäten. Für Andy war jeder Gewinn, jeder neue Auftrag ein Beweis und eine weitere Bestätigung seines Wertes. Aber dieser krankhafte Ehrgeiz begann, sein Imperium zu unterhöhlen. Andere erkannten das und versuchten ihm zu helfen, aber er konnte das nur als Versuche sehen, sich gegen seinen Wert als Leiter zu stellen. Er verabscheute das, was aus ihm geworden war, aber gleichzeitig weigerte er sich auch, an irgendeiner Front zu verlieren. Er fing an, Geschäfte mit hohen Risiken zu machen."

Sowohl Cynthia als auch Andy sind einen Moment lang still.

„Dann wurde Laura krank", sagt Andy. „Sie brauchte mich mehr denn je, aber ich war viel zu sehr damit beschäftigt, meine Rakete am Aufsteigen zu halten. Mich zerriss das fast, und sie verletzte es unglaublich. Ich ..."

Er hält inne. Ihm stehen Tränen in den Augen. „Ich ließ mich auf immer fragwürdigere und riskantere Geschäfte ein. Bei den zahlungskräftigen Investoren sprach sich herum, dass die *Langston*-Gruppe keine sichere Bank mehr war. Ich kriegte Panik. Zwei Monate vor Lauras Tod begann ich bei ein paar Sachen, die ich da in Gang gesetzt hatte, einfach wegzuschauen. Dann starb Laura, und ich arbeitete weiter. Aber ich konnte nicht mehr klar denken. Ich verlor jeglichen Scharfsinn und auch den letzten Rest von Besonnenheit und ging mit Investorenkonten enorme Risiken ein."

„Wow", sage ich. „Ich hätte niemals gedacht, dass du so was machen könntest."

„Sie war einfach weg", sagt er. „Die einzige Person, die mich je verstanden hat, war nicht mehr da. Ich verlor völlig den Halt und die Kontrolle. Am einen Tag war ich nicht fähig, das Bett zu verlassen, und am nächsten traf ich völlig irrsinnige Entscheidungen über Milliardenbeträge. Fünf Monate nach Lauras Tod kam dann die ganze Geschichte ans Licht. Ich wurde gefeuert und werde nie mehr im Finanzbereich arbeiten."

„Das tut mir leid, Andy."

„Danke", sagt er. „Aber das musstest du einfach erfahren."

Wir schweigen alle drei.

Schließlich fängt Andy wieder an zu reden. „Wenn du mich in den Monaten, bevor ich aufflog, gefragt hättest, was mit mir los ist, dann hätte ich gesagt: ‚Ach, ich brauche einfach mal Urlaub. Ich bin müde, und Lauras Krankheit belastet mich ziemlich.' Vielleicht hätte ich ein paar Sachen aufgezählt – zu viel Arbeit, wachsende Ungeduld, niedrige Frustrationsschwelle –, aber das waren alles nur Symptome. Ich konnte und wollte nicht das Risiko eingehen, mir anzusehen, was mich mein gesamtes Leben lang sabotiert hatte."

Cynthias Hand liegt auf Andys Arm. „Die Antwort konnte nur von jemandem kommen, der ihm einen geschützten Raum bieten konnte, von jemandem, der auch mit dem Schlimmsten klarkommen würde. Erst da konnte Andy aufhören, etwas vorzutäuschen oder zu verdrängen. Erst da konnte er anfangen, seine Dämonen anzusehen, ohne dass es ihn umbrachte."

„Ich glaube, das reicht für heute", murmelt Andy.

„Warte, was ist mit ..."

Plötzlich sieht Andy auf, als wäre ihm richtig unbehaglich zumute. „Wenn es dir nichts ausmacht, möchte ich jetzt einfach nur nach Hause."

Cynthia und Andy stehen auf und umarmen einander. Es wird kein Wort mehr gesprochen. Andy hebt die Hand, lächelt mich matt an und geht weg.

Ich verabschiede mich unbeholfen von Cynthia und entschuldige mich dann ebenfalls.

Auf der Rückfahrt zur Arbeit beschließe ich, Andy anzurufen.

Nachdem es ein paar Mal geklingelt hat, meldet er sich.

„Ich fühle mich blöd, weil ich dich so bedrängt habe", sage ich. „Ich weiß ja nicht, ob du es schon gemerkt hast, aber Sensibilität ist nicht gerade meine Stärke."

„Steven." Andys Stimme ist ruhig und gedämpfter als sonst. „Ich bin zu der Überzeugung gelangt, dass es überhaupt keine Menschen gibt, die alles auf die Reihe kriegen – nur manche haben weißere Zähne als andere."

Wir lachen beide ein bisschen gezwungen, so wie man eben lacht, wenn man versucht, einen unbehaglichen Augenblick zu überspielen.

Andy fährt fort. „Es ist ein Mythos, dass es Menschen gibt, die alles so weit gecheckt haben, dass sie dem Rest die Wahrheit angedeihen lassen können. Solche Leute gibt es nicht. Nur solche, die *glauben,* so zu sein. Jeder hinkt auf seine Weise, Steven. Manche haben nur gelernt, ihr Hinken besser zu verbergen. Vertraue nie jemandem, der dich schon allein durch seine Anwesenheit einschüchtert, weil er über diese Aura geistlicher Überlegenheit verfügt. Solche Leute haben fast immer etwas zu verbergen – unglaubliche Überheblichkeit oder eine geheime Macke, über die du wahrscheinlich schockiert wärst."

Ich sage nichts, höre einfach nur aufmerksam zu, weil ich nicht möchte, dass er aufhört.

„Ich will keine Überlegenheit vortäuschen. Ich bin nicht gut genug darin, mich zu verstellen, um das durchzuziehen, selbst wenn du wollen würdest, dass ich das tue. Ich will dich nicht einschüchtern. Ich möchte authentisch bleiben. Das ist das einzige Ass, das ich im Ärmel habe. Jeden Tag lerne ich ein bisschen mehr, mich von der Kraft Gottes heilen zu lassen. Ich vertraue mich ihm an. Keine weiteren Karten und keine weiteren Ärmel. Gar nichts sonst."

Einen Moment lang ist es still in der Leitung. Dann sagt er: „Danke, dass ich das Vorrecht hatte, heute mit dir Zeit zu verbringen, mein Freund. Mach dich nicht davon, ja?“

Plötzlich schäme ich mich, und ich möchte aus diesem Gespräch raus, ganz schnell. „Hey, da kommt gerade ein Anruf“, sage ich. „Es ist das Büro. Da muss ich rangehen. Bis später, Andy“. Und damit beende ich das Gespräch.

Da ist kein Anruf aus dem Büro. Ich bin ein Lügner. Ein Lügner, der um jeden Preis verhindern will, dass er verletzlich wird.

Später am selben Abend putze ich mir die Zähne vor dem beleuchteten, runden Schminkspiegel, in dem meine Nasenhaare wirklich krass aussehen. Ich sehe einfach ... mich an. Aber heute Abend ist es anders. Es ist, als ob ich versuchen würde zu sehen, wer das da ist. Noch etwas, das ich sonst nie tue. Aber ganz plötzlich, genau hier, heute Abend, kann ich mich nicht von meinem wahren Ich abwenden.

Was sehen Menschen, wenn sie in dieses Gesicht schauen? Hat Carlos recht? Einen Kerl, den man hinnehmen muss, mit dem man aber nicht zusammen sein möchte?

Meine Ansprache wird durch das *Pling* aus dem Nebenzimmer unterbrochen, das eine neue E-Mail ankündigt. Sie ist von Andy.

Hey, Steven,

ich habe morgen Vormittag Zeit. Freitags habe ich normalerweise immer ziemlich viel zu tun, aber ich würde gern mal bei dir im Büro vorbeikommen, wenn es dir nichts ausmacht. Es dauert nicht lange, und wenn nötig, kannst du zwischendurch auch gern deinen Kram machen. Ich würde nur einfach gern ein bisschen mehr von deiner Welt sehen. Schick mir die Adresse, und sag mir, wo ich sitzen kann, ohne zu stören – wie eine Fliege an der Wand. Ich werde dich nicht blamieren, indem ich in der Lobby rauche oder mein Hawaii-Hemd mit den Hulamädchen anziehe. Ich kann sicher noch irgendwo einigermaßen anständige Klamotten auftreiben.

Bis Mittwoch.
Andy

Nein. Ich will ihn nicht bei mir im Büro haben.

Kurz darauf liege ich im Bett und versuche herauszubekommen, wieso nicht. Vielleicht, weil der Mann bei der Arbeit und der, von dem ich möchte, dass Andy ihn in mir sieht, zwei ganz verschiedene Personen sind. Ich schalte den Fernseher aus und verbringe die folgende Stunde damit, im Dunkeln an die Decke zu starren, mich selbst zu rechtfertigen und zu verteidigen und Andy und seine Freunde abzuwerten. Aber meine erbärmliche Scharade ekelt sogar mich selbst an. Ich bin wie ein Sechstklässler, der gewisse Zeitschriften vor seiner Mutter versteckt. Langsam schüttle ich im Dunkeln den Kopf über mich selbst.

Am nächsten Morgen schreibe ich Andy eine Mail.

Hallo, Andy,

ich habe zwischen 10:45 Uhr und 11:30 Uhr etwas Zeit. Eine Anfahrtskizze habe ich angehängt. Lass mich vom Empfang aus bitte anrufen, dann komme ich runter zu dir in die Lobby.

Bitte zieh keinen Anzug an. Ich glaube, damit wäre ich überfordert.
S.

„Gott, was machst du hier eigentlich mit mir?"

(Freitagmorgen, 3. April)

Ich starre auf meinen Computerbildschirm und warte auf den Anruf vom Empfang, dass Andy da ist.

Was ist eigentlich mein Problem? Ich habe ein Büro in der obersten Etage eines der teuersten Bürohochhäuser in einer der lebhaftesten Bankengegenden im Land. Ich bin Vizepräsident eines der innovativsten und erfolgreichsten Konzerne in Südkalifornien. Andy arbeitet in einem Jachthafen. Also *entspann dich mal, Steven.*

Zum elften Mal in ebenso vielen Minuten schaue ich auf die Uhr. Es ist 10:42 Uhr.

Gott, was machst du hier eigentlich mit mir? Wieso hast du mir diesen Typ über den Weg geschickt? Ich lehne mich auf meinem Stuhl zurück und starre an die Decke.

Am liebsten möchte ich diese ganze Sache mit ihm beenden, aber ich habe das Gefühl, wenn ich mich dem hier nicht stelle, was auch immer es sein mag, macht es mich kaputt. Und ... wenn ich mich stelle, dann macht es mich auch kaputt ... Vielleicht sollte ich einfach krank werden. Irgendwie habe ich auch schon das Gefühl, dass sich da was anbahnt. Ja, vielleicht sollte ich lieber einfach nach Hause gehen und dieses Treffen absagen.

Ich werde von der Stimme der Empfangsdame aus meinen Gedanken gerissen.

„Hier ist ein Andy Monroe, der mit Ihnen verabredet ist."

Als ich in der Lobby um die Ecke komme, bewahrheiten sich meine schlimmsten Befürchtungen. Andy spricht gerade mit dem stellvertretenden Vorstandsvorsitzenden Phillip Castleman und der Personalchefin Whitney Rhodes. Na toll! Einmal abgesehen von meiner Frau kennen die beiden meine schlimmsten Seiten am besten.

Phillip sieht mich kommen und ruft laut: „Steven, du hast mir ja gar nicht erzählt, dass du mit Andy Monroe befreundet bist! Ich kenne den alten Spekulanten schon seit Jahrzehnten, wir waren gemeinsam am Pepperdine College."

„Na, das ist ja ein Ding", sage ich mit einem matten Lächeln.

Das ist ein bisschen so wie früher, wenn Freundinnen zusammen übernachteten und ihre Noten verglichen und über nicht Anwesende herzogen. Ich wette, Castleman hat Andy schon allen möglichen Dreck über meinen Status hier erzählt.

„Ich möchte eure kleine Wiedersehensfeier wirklich nicht stören", sage ich, „aber Andy ist gekommen, um sich mit mir zu treffen, danke."

Im Weggehen kontert Whitney dann aber doch noch, indem sie sagt: „Gut, aber Andy und ich haben uns zum Lunch verabredet. Und nein, Steven, du kannst nicht mitkommen."

Phillip sagt zu Andy: „Wir sehen uns dann gegen zwölf, wenn du bei Steven fertig bist. Abgemacht?"

„Abgemacht", ruft Andy ihm hinterher, während Phillip beim Durchqueren der Lobby in der Menge verschwindet.

Andy und ich holen uns in der Cafeteria in der zweiten Etage noch jeder eine Latte Macchiato und setzen uns vor ein etwas abseits gelegenes Panoramafenster, von dem aus man einen schönen Blick auf die riesigen Rasenflächen und Teiche hat, die sich vor dem Gebäude erstrecken. Andy ist anscheinend ziemlich beeindruckt von all dem, steht extra noch einmal auf und schaut sich alles an. Ich rede nonstop über alles und nichts.

Bestimmt bin ich da unten gerade eben Gesprächsthema gewesen, und ich kann den Gedanken an das, was Andy gleich sagen wird, wenn ich aufhöre zu reden, nicht ertragen.

„Das ist ja traumhaft schön hier, Steven", sagt er schließlich, mein Gelaber unterbrechend. „Was für ein unglaublicher Blick."

Mit einem Ruck kehre ich in die Gegenwart zurück. „Ja, das stimmt. Ich ziehe mich manchmal ganz gern hierher zurück, weil kaum jemand herkommt. Manchmal ist das in dem gesamten Gebäudekomplex der einzige Ort, wo ich einen klaren Kopf bekomme."

„Willst du mich veräppeln? Hier kommt echt keiner her? Also ich hätte gedacht, dass hier den ganzen Tag Leute aus dem Fenster gucken. Ich würde es jedenfalls tun – ja, vielleicht mache ich das sogar! Vielleicht bewerbe ich mich hier um einen Job, nur damit ich in den Pausen herkommen und den Ausblick aus diesem Fenster genießen kann."

Dann ist es still, auch wenn wir beide das Gefühl haben, dass eigentlich etwas gesagt werden muss. Doch scheinbar weiß keiner von uns so recht, wie wir es anpacken sollen. Ich halte die Spannung nicht aus, also fange ich an. „Hör mal, Andy, ich glaube, ich weiß, worüber Phillip und du gesprochen habt."

„Steven ..."

„Ich muss das jetzt loswerden, Andy. Lass mich bitte meine Version erzählen." Und dann lege ich los. „Erstens glaube ich, dass es Gerede darüber gibt, dass ich gefeuert werden soll. Das ist aber bestenfalls halb wahr. Es stimmt, es gibt im Vorstand ein paar Leute, die mich gern los wären, aber ehrlich gesagt ist das meiner Meinung nach nichts als Neid. Ich bin vierunddreißig und die meisten von denen Ende vierzig. Das liegt doch auf der Hand."

„So ist es aber gar nicht, Steven."

„Schon gut, Andy. Ich mag Phillip. Er ist echt ein guter Typ. Er hat sich schon ein paar Mal für mich eingesetzt. Aber so, wie es aussieht, hat er auch selbst keine blütenweiße Weste. Er muss seinen eigenen Hintern retten, und da ist es ganz praktisch, einen jungen Spund als Sündenbock zu haben. Ich sage ja gar nicht, dass ich alles hundertprozentig richtig mache, aber wenn sie mir nicht ein bisschen Freiraum geben, damit ich mir mein eigenes Team aufbauen kann, dann muss ich ja scheitern. Ich decke die Hälfte aller Positionen hier ab. Ich schaffe in der Hälfte der Zeit, was die meisten von diesen Schleimern mit sechsstelligen Gehältern schaffen. Trotz all des Geredes über Innovationen ist das hier auch nicht mehr als ein Pfadfinderklub. Und ich kann einfach nicht glauben, dass Whitney sich mit dir treffen will!"

„Ich habe sie gebeten, mit mir essen zu gehen."

Ich halte kurz inne. „Ach, wirklich? Tut mir leid. Aber vielleicht solltest du wirklich beide Seiten hören, bevor du dir ein Bild von der Situation machst."

Er schaut schweigend zum Fenster hinaus, und ich fange an mich zu fragen, ob ich möglicherweise die ganze Situation völlig falsch interpretiert habe.

„Und?"

Er dreht sich um und geht zu einem Stuhl mir direkt gegenüber. Mit dem Zeigefinger tippt er rhythmisch gegen den Boden seiner Tasse. „Das Problem dabei ist nur, dass ich jetzt nur eine Version kenne, Steven."

„Was soll das heißen?"

„Das soll heißen, dass wir gar nicht über dich gesprochen haben."

„Was?" Ungläubig schüttele ich den Kopf. „Phillip hat nicht mit dir über mich geredet? Und Whitney und er haben nicht ..."

„Nee. Wir haben einfach nur ein bisschen geplaudert. ‚Ist dein Bruder immer noch bei *Intel?*' und so was in der Art. Es gab allerdings auch wirklich eine sehr lebhafte, kontroverse Diskussion. Bei der ging es um den Muscheleintopf hier, und das wiederum führte zu der Einladung zum Essen."

Wieder ist es still. Ich schaue hinaus auf den Teich und beobachte, wie ein Gänsepaar friedlich über die Wasseroberfläche gleitet. Am anderen Ende des Raumes ist Geschirrgeklapper zu hören. Jemand bittet das junge Mädchen hinter der Kasse um Süßstoff.

„Ich weiß nicht, was ich sagen soll", murmele ich.

„Was möchtest du denn sagen?"

„Das weiß ich auch nicht. Ich möchte nur raus aus diesem Moment."

„Nur zu. Vielleicht hast du ja gerade einen Anruf auf der anderen Leitung."

Ich schaue zu ihm hinüber und blicke in sein breites Grinsen, das besagt: *Erwischt.*

„Da war neulich gar kein anderer Anruf."

„Schon klar. Ich war auch mal in dieser Branche, du erinnerst dich?"

„Andy, ich bin Marketingchef in genau der Firma, von der ich geträumt habe, als ich von der Uni kam. Fast alle Indikatoren weisen darauf hin, dass ich meine Sache gut mache. Das *Wall Street Journal* hat vor zwei Monaten einen Artikel über mich gebracht. Über mich! Ich hab's geschafft. Und jetzt gibt es da etwas, das ich offenbar nicht in den Griff kriege, ja das ich nicht einmal benennen kann, etwas, das mich sabotieren und völlig lahmlegen will. Und in meiner ganzen Ausbildung bin ich darauf weder vorbereitet worden, noch habe ich gelernt, damit umzugehen."

Andy sieht mir direkt in die Augen. „Gut erkannt, junger Freund."

Ich stehe auf und gehe wieder zurück zu meinem Platz am Fenster. „Gestern Abend war ich mit einem halben Dutzend

Kollegen nach einer Sitzung der Geschäftsführung in einem Restaurant. Irgendwann zwischen den Aperitifs und dem Essen habe ich plötzlich gemerkt, dass ich mich zurückgelehnt hatte und die Gespräche wie ein Außenstehender verfolgte. Halb zuhörend und halb beobachtend bin ich in Gedanken noch mal zu deinen Freunden in *Bo's Café* zurückgekehrt, und dabei sind mir ein paar Dinge aufgefallen."

Ich drehe mich zu Andy um. Er grinst.

„Manchmal wünschte ich, ich wäre dir nie begegnet, weißt du das?"

„Ja, so was hat meine Frau auch ein, zwei Mal zu mir gesagt", gluckst er. „Wie wär's, wenn du mir ein paar von den Dingen sagst, die dir aufgefallen sind?"

„Keiner in dieser Firma hier *kennt* mich", sage ich. „Ich arbeite mit den meisten von ihnen jetzt schon seit über zwei Jahren zusammen. Wir reden über Sport, Wirtschaft, Konkurrenzunternehmen, Produkte; wir tratschen über die, die nicht da sind, andere machen wir schlecht; wir haben alle einen trockenen, sarkastischen Humor – schnell und geistreich und hip. Meistens bin ich mitten dabei. Aber wenn mich jemand fragt, wie es mir wirklich geht, dann bringe ich kein Wort heraus. In den vergangenen paar Monaten bin ich innerlich langsam gestorben, und keiner hat es gemerkt oder will es auch nur merken. Und wenn ich das richtig sehe, dann geht es den Leuten um mich herum auch nicht anders, aber ich frage nie nach. Wir tun alle schockiert, wenn jemand geht oder durchdreht. Das gehört einfach dazu und passiert eben, wenn man so viel arbeitet und bei der extremen Notwendigkeit von Diskretion bei dem, was wir tun. Ich bin vierunddreißig, Andy, und jedes Jahr lerne ich etwas besser, wie ich verhindern kann, dass Menschen mich wirklich kennenlernen und erfahren, wer ich bin. Und in den letzten paar Wochen habe ich herausgefunden, dass ich das furchtbar finde."

Andy nickt. Ich spüre, dass er mir wirklich zuhört. „Du hast gesagt, du hättest ein paar Dinge beobachtet ...“

„Ja“, fahre ich fort. „Ich bezeichne mich als Christ, aber eigentlich bin ich das höchstens ein paar Stunden in der Woche, und zwar im Gottesdienst – wenn wir denn hingehen. Ich war Christ, wenn ich mit meiner Tochter vorm Einschlafen gebetet habe ... bei den seltenen Gelegenheiten, bei denen ich dann schon zu Hause war. Und ich bin Christ im Vorstand einer missionarischen Arbeit in der Innenstadt von Inglewood. Da mache ich aber eigentlich nicht mehr, als einfach nur zu erscheinen. Meine Beziehungen sind überwiegend rein zweckmäßig. Und hier in der Firma habe ich die Verbrüderung, zu der es kommt, wenn man gemeinsam vom Sieg über finanzielle Feinde profitiert. Aber das ist nicht so wie das in *Bo's Café*. Wenn einer von uns wagen würde, Schwächen zu zeigen, dann würde er in der Luft zerrissen. Es gibt keine echte Bestätigung oder Freundschaft, sondern nur Prahlerei bei einem guten Abschluss. Man vertraut niemandem, und niemand vertraut einem. Wir sind einfach nur gut bezahlte Söldner.“

„Warum erzählst du mir das alles?“

Ich schaue in meine Kaffeetasse. „Du warst doch auch mal in dem Geschäft, oder?“

„Ja. Willst du weitermachen?“, fragt er.

„Ich glaube schon.“ Ich hole tief Luft. „Jedenfalls“, ich deute mit einer Hand auf die Gebäude um uns herum, „bringe ich diese Welt regelmäßig auch mit nach Hause. Ich glaube, ich liebe Lindsey, aber meistens versuche ich nur, sie irgendwie bei Laune zu halten. Ich heuchle Interesse an dem, was sie tagsüber so tut, nicke an den richtigen Stellen oder mache mehr oder weniger passende Bemerkungen. Aber in Gedanken bin ich dabei die meiste Zeit ganz woanders und kaue all den unerledigten Müll durch, der vor mir liegt. Das mache ich, fast ohne es zu merken.“

Andy steht auf und klatscht einmal in die Hände. „Hör mal, Steven, es ist mitten an einem ziemlich geschäftigen Werktag, und ich habe schon viel zu viel von deiner kostbaren Zeit in Anspruch genommen. Ich weiß, es ist ein schwacher Trost, aber ich bin wirklich stolz auf dich. Ich glaube, du wirst irgendwann auf diese paar Minuten zurückblicken und sagen, dass sie vielleicht der Wendepunkt waren, von dem an sich etwas zu verändern begann."

Ich wende mich wieder vom Fenster ab und zu ihm. „Weißt du, genau in dem Augenblick, wenn ich glaube, dass ich aus dir schlau werde, sagst du wieder so was."

Andy lacht. „Ich wollte es nur sagen, damit du, wenn es denn passiert, denkst: *Hey, dieser Jachthafentyp war eigentlich doch ziemlich scharfsinnig.*" Er legt mir eine Hand auf die Schulter. „So, und jetzt treffe ich mich mit Phillip, und danach habe ich dann ein ganz unschuldiges kleines Mittagessen mit Whitney, und dann bin ich dir auch schon wieder aus dem Weg. Ich verspreche, dass wir nicht über dich reden. Ich muss nur dieses Muschelsuppenproblem aus der Welt schaffen, sonst nagt es den ganzen Nachmittag an mir."

Ich schüttle den Kopf. „Du bist schon ein echt merkwürdiger Typ, Andy."

„Das nehme ich mal als Kompliment", sagt er und tut so, als würde er sich dankend an den Hut tippen.

„Bevor du gehst, möchte ich dich noch was über das Café fragen. Ich weiß auch nicht ... aber ich glaube, es hat irgendwas mit mir gemacht." Ich schaue auf meine Schuhe. Er steht mit verschränkten Armen da. Ich komme mir wirklich seltsam vor, als ich sage: „Es ist wie ein Bild davon, wie es sein könnte. Da ist etwas, das ich nicht richtig zu fassen kriege, aber das möchte ich gern. Meinst du, ich könnte noch mal reinschauen?"

„Hey, ich wähle die Gäste nicht aus", sagt er. Und damit steht Andy auf, um zu gehen. „Danke dafür, Steven. Hat Phillip dir eigentlich erzählt, dass er mal aus einem dieser kleinen Wagen der Peter-Pan-Bahn in Disneyland herausgeklettert ist? Er hat sich an der Seite heraushängen lassen und dabei versucht, mit den Füßen einen der Kirchtürme in der kleinen Modellstadt umzustoßen, durch die die Bahn fährt. Die Wachen in Disneyland haben ihn rausgeworfen und ihm ein lebenslanges Hausverbot erteilt. Das ist wirklich passiert! Das musst du dir mal vorstellen! Kennst du sonst noch jemanden, der lebenslanges Hausverbot in Disneyland hat? Nicht mal Charles Manson hat irgendwo lebenslanges Hausverbot!“

Im Weggehen ruft er noch einmal zurück: „Hey, danke, dass du das Risiko eingegangen bist, mich hier aufkreuzen zu lassen.“ Er lächelt und geht dann pfeifend und immer zwei Stufen auf einmal nehmend die Treppe hinunter.

Ich arbeite noch ziemlich lange, bevor ich Feierabend mache. Ich glaube, ich will einfach nicht zurück auf mein Zimmer, weil ich das Gefühl habe, ich fange an, dem Hotelpersonal leidzutun. Ich wohne inzwischen schon länger da, als manche von ihnen dort arbeiten. Sie machen sich nicht einmal mehr die Mühe, das Schild zum Verfahren mit der Handtuchwäsche auf dem Waschbeckenrand aufzustellen. Ich nehme an, sie meinen, dass ich mich inzwischen entschieden habe, dass ich ihr Wasser verschwenden will.

Die Hotelhalle ist weitgehend leer, als ich sie in Richtung der Aufzüge durchquere. Meine Schuhe machen dieses auffällige *Klick-Klack*-Geräusch auf dem Marmorboden. Am Empfang arbeitet ein neuer Jugendlicher. Er kann unmöglich über 18 sein. Als ich vorbeigehe, strahlt er mich fröhlich an und sagt: „Hallo, Sir! Willkommen im *Marriott*.“ Am liebsten würde ich sagen: „Hey, Junge, ich bin Mr *Marriott* und du bist gefeuert.“ Aber dazu bin ich einfach zu müde.

Als ich auf meinem Zimmer ankomme, schäle ich mir erst eine Orange und fahre meinen Laptop hoch, bevor ich meine

Arbeitsklamotten ausziehe. Ich sehe eine weitere E-Mail von Andy. Sie ist überschrieben mit: „Mir ist egal, was Sie sagen, ich angle in dem See!"

Ich öffne sie und lese:

Steven,

okay, wir sind jetzt also ungefähr seit vier Wochen an dieser Geschichte dran. Zeit für eine Prüfung. Bei dieser Prüfung geht es nicht um dich, sondern um mich. Ich nehme doch an, dass du dich fragst, ob man diesem alten Knaben trauen kann. Also wollen wir ihm mal ein bisschen auf den Zahn fühlen.

Warum will ich dir helfen?

Weil ich selbst die Erfahrung gemacht habe, dass ich niemandem vertrauen konnte. Ich habe aber auch nicht bekommen, wonach ich mich gesehnt habe, bevor ich nicht endlich jemandem vertrauen und mich öffnen konnte. Genau diese Erfahrung, dass du dich jemandem öffnen und ihm vertrauen kannst, wünsche ich dir auch.

Ich will dein Vertrauen nicht um meinetwillen, damit für mich was dabei rausspringt, sondern ich möchte es um deinetwillen. Ich werde es deshalb nie verlangen oder einfordern. Letztlich kann ich dich nicht bitten, etwas hervorzubringen, das nicht da ist. Ich kann dich nur bitten, es mir verdienen zu dürfen. Vertrauen ist ja eine angemessene Reaktion auf die Liebe von jemandem. Für manche Menschen ist es die normalste und natürlichste Reaktion der Welt, aber manche lernen auch im Laufe der Zeit, durch Verletzungen und allen möglichen anderen Müll, dass sie niemandem vertrauen können. Und deshalb muss manchmal ein Freund einen anderen Freund bitten, dass er einen an sich heranlässt. Wie du jetzt wahrscheinlich merkst, glaube ich also, dass du irgendwo unterwegs einmal richtig ernsthaft und schlimm verletzt worden bist und dich deshalb vor den Menschen verschließt. Ich glaube auch, dass heute etwas sehr Wichtiges passiert ist. Vielleicht irre ich mich, aber ich bin ziemlich sicher, dass du heute angefangen hast, ein paar von den Karten von dem Blatt aufzudecken, das du auf der Hand hast.

Du hast sie zwar gleich wieder zurückgenommen, aber ich schwöre dir, ein paar davon habe ich gesehen. Du bist es nicht gewohnt, so was zu machen; du lässt dir eigentlich von niemandem in die Karten schauen. Vielleicht bereust du es ja auch schon wieder und hältst die Karten jetzt noch näher bei dir. Damit rechne ich jedenfalls.

Aber von jetzt an wird alles erst geprüft. Der alte Mann weiß nämlich zu viel! Und von jetzt an ist es wichtig für dich, wer ich bin, oder? Irgendwann, vielleicht schon beim nächsten Mal, höre ich einfach nicht zu; vielleicht reagiere ich aber auch. Vielleicht stelle ich dich auch an einer zutiefst persönlichen Stelle vor eine Herausforderung. Das fürchtest du, davor hast du richtig Angst, aber irgendetwas in dir hofft es auch.

Ich werde nie von dir verlangen, mir recht zu geben, aber wir verschwenden nur die Zeit des jeweils anderen, wenn du mich nicht irgendwann an dich heranlässt. Das musst du nicht, aber ich schätze, dass du noch sehr viel mehr herumstolpern und dir die Schienbeine stoßen wirst, wenn du es nicht tust. So oder so ist es reine Glückssache. Aber jetzt werfe ich die Glücksspielmetaphern ziemlich durcheinander, was?

Ich höre förmlich, wie du sagst: „Ich dachte, ich lasse dich schon an mich heran. Immerhin schaufle ich mir für den ganzen Mist Zeit frei. Wenn ich dich noch nicht an mich herangelassen habe, ja, was denn dann?“

Ich habe mich selbst geprüft, um zu sehen, ob ich echt bin. Vielleicht hat es so ausgesehen, als ob ich dich teste, aber ich brauche nicht zu testen, ob ich vertrauen kann. Das habe ich schon entschieden. Ich bin dabei.

Wenn du also an dieser Stelle immer noch weiterliest, dann hätte ich gern, dass du dich fragst, ob diese Beschreibung auf mich passt. Folgende Eigenschaften hat eine Person, die man vielleicht als „intakter Beschützer“ bezeichnen könnte. Erstens: Betrachtet diese Person andere Menschen als Sünder, die versuchen, Heilige zu sein, oder als Heilige, die trotzdem manchmal versagen? Ist es ihr Ziel, dass etwas behoben oder zurechtgebogen wird, oder eher, dass alles ans Licht kommt und nichts im Verborgenen bleibt?

Das ist wichtig, also lies es noch einmal.

Es gibt nur sehr wenige Orte, wo es mehr wert ist, nichts zu verbergen, als den anderen zu „verbessern.“ Ach ja, und das hier ist auch noch ein wichtiger Punkt: Ist eine solche Person mehr daran interessiert, dass deine Probleme behoben werden, oder daran, eine intakte Beziehung aufzubauen, damit die Probleme wirklich gelöst werden können?

Wahrscheinlich hat es in deinem Leben ein paar Menschen gegeben, und es wird in Zukunft wahrscheinlich noch mehr geben, die dir Anleitung und Erkenntnisse anbieten werden. Aber wenn diese Eigenschaften und Merkmale da oben nicht vorhanden sind, und zwar reichlich, dann hast du es mit der falschen Person zu tun. Sie kann dir vielleicht Techniken zeigen, mit deren Hilfe du dein Verhalten etwas besser kontrollieren kannst. Dafür und für 3,50 Dollar kannst du dir auch einen Kaffee kaufen. Aber diese Person wird nicht in der Lage sein, dir beizustehen, während du deine Probleme löst. Sie wird Hilfsmittel zur Anregung und Inspiration haben und im besten Fall jede Menge Ernsthaftigkeit und guten Willen; im schlimmsten Fall bekommst du von so jemandem allerdings Schuldgefühle, Scham und Leistungsvorgaben. Diese Person wird immer dafür sorgen, dass dir bewusst ist: Er oder sie ist der Lehrer und derjenige, der das Sagen hat. Aber sie wird es niemals riskieren, in deinen Kämpfen bei dir zu bleiben und sich dir echt und wahrhaftig mitzuteilen und zu öffnen. Denn letztlich geht es nur darum, dass diese Person etwas vorweisen will. Du bist eine Kerbe in ihrem Gürtel. Diese Person geht kaum ein Risiko ein und zahlt auch keinen persönlichen Preis. Es geht immer um Technik, um einen befolgten Ratschlag, um fromme Parolen. Die Person macht sich jedenfalls nicht selbst die Hände schmutzig. Vielleicht lässt sie sich hin und wieder dazu herab, einem Deppen zu helfen, aber sie lässt sich auf niemanden wirklich ein – außer auf sich selbst. Von solchen Leuten solltest du dich fernhalten.

Ich denke, dass ich dir manchmal so vorkomme wie dieser Typ, aber ich bin es nicht. Was ich bei der ganzen Sache bekomme, ist nichts, worauf ich besonders scharf wäre. Du hast darüber gesprochen, wie schwierig es ist, deine Arbeit mit deinen eigentlichen Wünschen und Überzeugungen zusammenzubekommen, Steven. Du hast gesagt, dass niemand in deiner Welt Schwäche zeigt, weil er sonst zerrissen wird. Das habe ich kapiert. Ich kenne diese Welt, und die meisten anderen Leute kennen sie auch.

Das erinnert mich an eine Aussage von Doc, einer Figur aus John Steinbecks Buch „Die Straße der Ölsardinen“: „Ich fand es schon immer merkwürdig, dass alles, was wir am Menschen bewundern, Edelmut, Güte, Aufrichtigkeit, Ehrlichkeit, Anstand, Mitgefühl, Herz, in unserem Gesellschaftssystem nur zu Fehlschlägen führt. Während alle Eigenschaften, die wir angeblich verachten, Härte, Raffsucht, Selbstsucht und Charakterlosigkeit, zum Erfolg beitragen. Jenen guten Eigenschaften gilt die Bewunderung der Menschen, doch was sie mit Vorliebe produzieren, sind diese grundschlechten.“

Ich musste erst scheitern, um zu kapieren, dass ein grundlegendes „Produkt“ entsteht, wenn sich das Beste im Menschen mit Demut paart. Ihm mangelt es nicht an Leistung, und es erlangt eine Integrität, die es jedem erlaubt, sich an dem zu erfreuen, was dieses Produkt hervorbringt. Ich glaube, dass dieses Zitat deine Zukunft umreißt.

Wer bin ich also? Das ist die Frage, die sich Steven Kerner jetzt stellen sollte. Ein bisschen weißt du ja schon. Du weißt von meinem Scheitern und Versagen. Aber du musst mehr wissen. Mein Leben ist immer noch ein Durcheinander. Ich werde dich enttäuschen, und ich bin sicher, dass ich dich auch wieder ärgern werde, sei es durch meine Widersprüchlichkeit, meinen kleinlichen Egoismus oder sonst etwas. Vielleicht werde ich dich sogar verletzen, indem ich blöd und unsensibel bin. Das will ich nicht, aber wahrscheinlich wird es trotzdem passieren. Ich werde mich aber trotzdem nicht vor dir verstecken. Wenn du mich besser kennenlernst, wirst du dir das manchmal vielleicht noch wünschen ...

Weißt du, niemand kommt jemals endgültig an. Ich jedenfalls bin bis jetzt noch nicht angekommen. Wir lernen nur, immer mehr zu vertrauen. Irgendwann können wir dann reifer werden und anderen bessere Freunde sein. Wir können lernen zu lieben und dabei auch gleichzeitig lernen, uns lieben zu lassen. Und wir können lernen, Schutz anzubieten und im Austausch dagegen hineingelassen zu werden.

So, das reicht jetzt. Als Letztes noch Folgendes: Wie viele Countrysänger sind nötig, um eine Glühbirne einzuschrauben? Drei. Einer, der die neue Glühbirne einschraubt, und zwei, die den Verlust der alten besingen. Im Ernst, von solchen Witzen habe ich eine Million auf Lager. Bitte halt mich jemand auf.

Andy

„Wir müssen miteinander reden“

(Sonntagmorgen, 4. April)

Ich beschließe, Lindsey zu schreiben. Wir telefonieren jeden Tag, aber ich möchte ihr etwas Wichtiges mitteilen, und das scheint mir schriftlich besser zu gehen. In letzter Zeit ist es nämlich so: Wenn wir über etwas reden, das über zu zahlende Rechnungen, Termine und das Abholen von Jennifer hinausgeht, wird alles immer gleich irgendwie verzerrt und entstellt, und ich klinge, als ob ich Kreide gefressen hätte. Deshalb schicke ich ihr eine E-Mail:

Liebe Lindsey,

letzten Samstagmorgen um diese Zeit haben wir bei einem Kaffee ziemlich verkrampft und ungeschickt versucht, ein Gespräch zu führen. Dabei hast du mir gesagt, ich müsse mir Hilfe suchen. Ich habe daraufhin gesagt, das hätte ich schon, habe das aber nicht näher erklärt.

Also, ich habe im vergangenen Monat ziemlich viel erlebt. In der Nacht, als wir den Streit hatten, bin ich ja erst sehr spät nach Hause gekommen. Du musst unbedingt wissen, wo ich war. Mir geht es nicht besonders gut, und das ist schon ziemlich lange so. Darüber rede ich nicht viel, weil ich einfach nicht weiß, was ich sagen soll und wie. Also habe ich ein paar Mal früher Feierabend gemacht und bin in der Gegend herumgefahren, habe mich mit lauter Musik zugedröhnt und bin einfach geflüchtet. Normalerweise bin ich dann irgendwann bei diesem Lokal gelandet, das Fenton's *heißt. Das ist eine kleine Spelunke in Culver City, wo ich als Kind mit meiner Familie gewohnt habe. An dem besagten Nachmittag nach der Arbeit saß ich jedenfalls wie die anderen paar Male auch im Auto auf dem Parkplatz vor der Kneipe, aber dann bin ich reingegangen. Und da treffe ich diesen alten Freund meines Vaters, aber zunächst ohne zu wissen, wer er ist.*

Erinnere mich daran, dass ich dir das Ganze irgendwann erzähle, wenn du ein paar Margaritas getrunken hast.

Jedenfalls heißt der Typ Andy. Wir sind ein paar Mal mit seinem Auto in der Gegend herumgefahren, und er hat mir Dinge gesagt, wie dass ich mich selbst betrüge, dass ich mich selbst nicht klar sehen kann und dass ich mich anderen öffnen und ihnen vertrauen muss, damit sie mir helfen können. Ich glaube, er ist Christ, aber wenn, dann ist er ganz anders als alle anderen Christen, die ich kenne.

Ich war dann mal mit ihm in einem Lokal namens Bo's Café. *Da gibt es eine interessante Gruppe von Leuten, die sich schon seit ein paar Jahren regelmäßig jeden Donnerstag treffen. Das Lokal ist genau da, wo ich als Jugendlicher früher am Strand rumgehangen habe. Ich gehe da jetzt also ab und zu hin. Warum, weiß ich eigentlich gar nicht so genau. Das sind alles ganz coole Leute, aber da ist noch mehr. Es ist so, als ob ein paar von ihnen sehen, wer ich bin, und mir wirklich zuhören, so als ob sie mich mögen würden. Ich weiß, das klingt blöd, aber zurzeit gibt es nicht so viele Leute, von denen ich das sagen könnte. Und ich bin auch noch nie an einem Ort wie diesem Café gewesen. Ich habe keine Ahnung, was ich da gerade lerne, aber ich wollte einfach, dass du weißt, dass etwas passiert.*

So ... das wär's erst mal. Ich liebe dich und Jennifer. Sag ihr bitte, dass ich sie am Mittwoch nach der Schule abhole, um 15:30 Uhr.

In Liebe
Steven

Lindsey antwortet:

Steven, ich möchte, dass du weißt, wie wichtig mir das ist, was du schreibst. Ich bin stolz auf dich und auf das, was du tust. Wie du Andy beschreibst, hört er sich toll an.

Ich weiß, dass du das alles nicht tun müsstest. Du könntest auch versuchen zu drängeln und Druck zu machen. Ich bin dir dankbar, dass du mir das alles erklärst und uns Zeit gibst. Es klingt so, als wäre das Café genau das, was du gerade brauchst. Vielleicht kommt dabei ja etwas Gutes heraus.

Wir sollten bald darüber reden, wann es für dich sinnvoll wäre, wieder nach Hause zu kommen. Danke noch mal für deine Nachricht.

Jennifer sagt, sie wartet am Kreisel vor der Schule auf dich.

In Liebe
Lindsey

Keine Ausreden mehr

(Dienstag, 14. April, später Vormittag)

Ich arbeite nur ein paar Kilometer von *Bo's Cafe* entfernt. Aufgewachsen bin ich keine 10 Kilometer von dem Pier, wo jetzt das Restaurant steht. Oft sind wir mit einer Horde Jungen an Sommertagen von Culver City aus dorthin geradelt. Damals war ich ungefähr 12, es muss also etwas über 20 Jahre her sein. Wir haben dann vom Steg aus mit Angelschnur und Bleisinkern geangelt, die wir aus der Angelkiste von Ronnie Oliveris Bruder geklaut hatten. Als Köder haben wir Sardinen direkt aus der Büchse genommen und so eine Menge ziemlich verrücktes Zeug gefangen. Lebewesen, die einem in die Hand stachen, die Klamotten mit Tinte durchtränkten und den Rucksack mit üblem Gestank erfüllten. Damals wussten wir gar nicht, dass es Orte wie Marina del Rey oder Venice Beach gab. Es gab nur diese spannende, wilde Welt, die uns allen gehörte. Ich kann bis heute nicht fassen, dass unsere Eltern uns allein dorthin gelassen haben.

Teilweise war die Gegend dort damals schon schäbig und heruntergekommen. Nicht weit entfernt von der Stelle, wo jetzt das Café ist, gab es einen Italiener. Ich erinnere mich nur noch, dass der Schachbrett-Boden dort immer schmierig war und es gigantische Pizzastücke gab. Riesige, fetttriefende Stücke Himmel. Einmal hat Wally Miller es tatsächlich geschafft, sechs davon zu essen – mit Peperoni, Salami und allem drum und dran. An diesen Rekord ist niemals jemand auch nur annähernd herangekommen. Später hat er dann auf dem Steg alles wieder ausgekotzt, aber das hat nur noch zur Legendenbildung beigetragen.

Die meisten von uns gingen damals in abgeschnittenen Jeans schwimmen. Wenn wir dann abends wieder mit dem Fahrrad nach Hause zurückfuhren, kam uns der Heimweg immer wie eine dreitägige Odyssee vor. Nichts scheuert einen so wund wie die Mischung aus Sand, feuchter Unterwäsche und einem Fahrrad ohne Gangschaltung.

Dann kamen irgendwann Mädchen, Sport und Autos ins Spiel. Die meisten von uns gingen von da an nicht mehr an diesen Strandabschnitt. Schließlich waren wir ja jetzt erwachsen. Mit unseren Freundinnen gingen wir an die Strände nach Hermosa oder Manhattan, ja sogar bis hoch nach Santa Monica, aber nur ganz selten zum heruntergekommenen Venice Beach unserer Jugend. Und dann führte mich das College nach Washington und in eine Reihe von Jobs im Marketingbereich. Als ich wieder nach Südkalifornien zurückkam, ging es um die Stelle bei *Visratech,* die ich immer noch habe. Ich bin seitdem kein einziges Mal bei unserem alten Haus in Culver City gewesen, habe nie wieder die alten Treffpunkte aufgesucht.

Es ist jetzt fast zwei Wochen her, dass ich zuletzt in *Bo's Café* war. Seitdem habe ich noch ein paar Touren mit Andy in seinem Electra gemacht, aber der Reiz des Neuen ist verflogen. Langsam glaube ich, dass das Ganze zu nichts führt. Vielleicht war es doch nur der Zauber des Oldtimers. Das Ganze ist eine von diesen Geschichten, die aus dem Rahmen fallen und die man vielleicht ein, zwei Mal im Leben erlebt. Rückblickend stellt man dann fest, dass sie irgendwie alles auf den Kopf gestellt haben. Aber jetzt sieht es so aus, als ob alles wieder an Ort und Stelle wäre. Ich glaube, dass ich irgendwie fertig bin mit dem Café und diesen Touren, und außerdem bin ich ziemlich sicher, dass ich bald wieder nach Hause zurückkann. Wahrscheinlich habe ich nur mal eine Weile ein bisschen Abstand von all den Problemen gebraucht. Zu dem Zweck war es wirklich gut.

Und Andy ... na ja, er ist wirklich ein netter Kerl, der gern redet, mit ein paar ganz guten Erkenntnissen. Und wenn ich ehrlich bin, glaube ich auch, dass er genauso viel von den Gesprächen mit mir profitiert wie ich. Ich bin für ihn so etwas wie der Sohn, den er nie gehabt hat. Außerdem glaube ich, es ist ziemlich wichtig für ihn, dass ein jüngerer, erfolgreicher Geschäftsmann seine Weisheit und Erfahrung hilfreich findet. Das ist auch wirklich alles gut und schön, aber es gibt auch eine Grenze dabei, wieweit ich mich auf all das einlassen will. Wie auch immer die Leute im Café diese Sache mit dem Heranlassen und dem geschützten Raum sehen, für meine Begriffe ist das alles viel zu soft und zu langsam.

Vielleicht lass ich mich auch weiterhin ab und zu mal bei Bo blicken. Warum nicht? Die Leute da sind ja wirklich eine tolle Truppe. Klar, die meisten von ihnen haben doch keine Ahnung, wie ich lebe; und das müssen sie ja auch gar nicht. Aber ich werde ganz sicher nicht mit Leuten über meine schmutzige Wäsche reden, die bei *Visratech* nicht einmal eine Position zwei Ebenen unter meiner ausfüllen könnten.

Aber heute fahre ich noch mal ins Café, schau einfach mal unangemeldet rein. Sofort werde ich von Bos dröhnender Stimme begrüßt: „Wo ist denn der Anzug?“

„Hey, Bo“, sage ich und strecke ihm meine Hand hin. „Na ja, der Anzug kommt mir hier doch irgendwie fehl am Platz vor.“

„Oh ja, das kannst du laut sagen, Cherie.“ Er lacht. „Du kommst her und siehst aus wie der Dirigent von ’nem Symphonieorchester, dabei hamwer hier nur ’nen Haufen Banjospieler." Er lacht, bis er anfängt zu röcheln wie ein Tuberkulosekranker.

„Hey, sag mal", keucht er und versucht, wieder zu Atem zu kommen, „wie hat dir denn letztes Mal der Krabbencocktail geschmeckt?"

„Der war toll, Bo."

„Na, dann schlag dir den mal aus dem Kopf", sagt er mit funkelndem Blick und beugt sich zu mir vor. „Wir haben heute keine Shrimps. Wir haben nur fünf Tage alten Snapper mit Würmern. Den kriegste und sonst nix – und es wird dir schmecken!"

Ich kenne das Spiel ja mittlerweile. „Okay, dann nehme ich alten Snapper mit Würmern."

„Gut. Suchst du Andy? Der ist noch nicht da. Wo bleibt der Junge bloß?"

Ich zucke die Achseln. „Keine Ahnung. Ich hab ihm gar nicht Bescheid gesagt, dass ich komme. Hab gedacht, ich schau einfach mal so rein und gucke mal, wer da ist."

„Hank und Carlos sind da. Gegen die beiden wird dir der verwurmte Snapper wie etwas aus dem Paradies vorkommen." Er lacht wieder und schreit dann im Weggehen in Richtung Küche: „Einmal Snapper mit Würmern für die Terrassengesellschaft!"

Ich werde von der Gruppe, die mindestens ein Dutzend Leute umfasst, herzlich begrüßt.

Carlos rückt mir einen Stuhl zurecht. „Hey, Steven. Super, dich zu sehen, Mann. Was geht?" Er mustert mich von oben bis unten und taxiert meine Kleiderwahl. „Gut siehst du aus, Mann. Nette Uniform. Die meisten von euch wichtigen Typen ziehen sich so an, als ob ihr versucht, so zu tun, als wärt ihr ganz locker und lässig. Ihr habt alle eure gestärkten Khaki-Hosen und euer pastellfarbenes Polohemd mir dem kleinen Krokodil drauf. Ich liebe dieses Tierchen. Es ist echt cool. Das Statement ‚Hey, ich bin ein echt relaxter, wichtiger Typ‘ wird durch nichts so schön ausgedrückt wie durch so ein Krokodilshirt, das in eine gestärkte Hose gestopft ist. Nett.“ Er lacht und greift nach meiner Hand. „Hey, ich mach nur Quatsch. Echt schön, dass du da bist, Steven.“

Ich ergreife seine Hand und drücke sie fest. „Wo ist denn Andy?“

„Er war vor ’ner Weile hier“, antwortet Hank. „Aber er musste noch mal zurück zum Jachthafen. Und, was hast du bestellst?“

Ich drehe mich zu ihm. „Ich glaube, Snapper mit Würmern.“

Einige andere Leute auf der Terrasse begrüßen mich. Erst als alle wieder in ihre eigenen Gespräche und ihr Essen vertieft sind, beugt sich Carlos zu mir und fragt: „Und, wie ist es dir so ergangen?“

„Wie meinst du das? In Bezug auf was?“ Ich schaue zwischen den beiden hin und her.

„Du weißt schon“, sagt Carlos, „die Autotouren mit Käpt’n Andy.“

Ich kippele mit meinem Stuhl. „Ach so, ja, das ist eine gute Frage. Darüber hab ich auf dem Weg hierher auch gerade nachgedacht.“ Ich weiß nicht, wie viel ich sagen soll.

Hank grinst. „Du weißt nicht, wie viel du sagen sollst, oder? Schließlich kennst du uns ja noch kaum, und da bitten wir dich schon, dich bis auf die Unterhose auszuziehen.“

„Aargh“, stöhnt Carlos auf und schiebt die Schüssel mit der sämigen Fischsuppe von sich. „Wieder mal stellst du dein Talent unter Beweis, mir mein Mittagessen zu verderben.“

„Du schmeichelst mir“, sagt Hank und schielt auf die Reste in der Schüssel. „Du hast doch nichts dagegen, wenn ich das aufesse, oder?“

Die beiden sind wie ein altes Ehepaar auf einer Kreuzfahrt.

„Du hast recht, Hank“, sage ich. „Ich weiß wirklich nicht, wie viel ich euch erzählen soll.“

Hank stibitzt sich eine Krabbe von dem Cocktail, der mir in diesem Moment serviert wird, und sagt: „Du musst uns auch gar nichts erzählen. Du musst nur bereit sein, dein Essen mit uns zu teilen.“

„Na gut.“

„Willst du vielleict seine Strategie wissen?“, fragt Carlos plötzlich.

„Wie meinst du das?“

„Na ja, ich beobachte den alten Mann jetzt schon seit über drei Jahren“, sagt Carlos, lehnt sich zurück und verschränkt die Hände hinter dem Kopf. „Er ist einer von diesen seltenen Vögeln, die in der Mitte ihres Lebens was Grundlegendes kapiert haben, das die meisten Menschen nie checken. Er ist total gescheitert und hat dadurch was Großartiges geschenkt bekommen. Es hat ihn lange genug aus der Bahn geworfen, damit er anfangen konnte, genauer hinzuhören und hinzugucken. Als er nichts mehr zu verlieren hatte, hat er das Leben so gesehen, wie es wirklich ist. Das hat die Art, wie er das Leben angeht, komplett verändert, auch seine Freundschaften und seinen Lebensstil. Es hat ihm ganz viele Ängste genommen, und dadurch macht es jetzt viel mehr Spaß, mit ihm zusammen zu sein.“

„Und was genau hat er kapiert?“, frage ich.

Hank strahlt. „Das ist so cool“, sagt er. „‚Was hat er kapiert?‘ Das ist ja so wie Frodo, der Fragen über Gandalf stellt! Gefällt mir.“

Carlos schüttelt nur den Kopf. „Andy hat Folgendes rausgefunden: Es gibt einen riesigen stinkenden Unterschied zwischen dem Einfluss, den man auf Menschen hat, und der Autorität, die man durch einen Titel oder eine Funktion kriegt.“

„Jeder Depp kann irgendwie an einen Titel kommen“,

schnaubt Hank. „Viele Leute mit ganz toll klingenden Titeln wie Geschäftsführer, Direktor, Aufsichtsratsvorsitzender, Präsident haben Leute unter sich, die nur auf sie hören, weil sie es müssen."

Carlos nickt. „Ja, Informationen weitergeben kann jeder. Aber ich kenne nur eine Handvoll Leute, die wirklichen *Einfluss* haben."

Ich höre zwar zu, aber da Andy nicht dabei ist, beschließe ich, lieber das Thema zu wechseln. „Mal ehrlich, habt ihr nie das Gefühl, dass das alles zu nichts Greifbarem führt, Leute?", frage ich. „Dass dadurch nie etwas wirklich geklärt und gelöst wird? Irgendwie möchte ich sagen: ‚Nun komm schon, lass uns doch einfach weitermachen.' Was will der Typ denn noch von mir, einen Zettel mit Unterschrift von meinen Eltern oder was? Ihr versteht, was ich meine, oder?"

Die beiden sehen sich an, als ob sie zu klären versuchen, wer von ihnen beiden antworten soll. Es ist Carlos, der sich die Hände und den Mund mit seiner Serviette abwischt und dann antwortet.

„Hör mal, Steven, ich mag dich echt, Mann. Aber ich sag dir jetzt mal, wie das hier läuft. Ein toller Typ wie du, der ist ja vielleicht bereit, ein bisschen Zeit zu investieren, wenn es sich rentiert. So läuft es doch in den Konzernen, oder? Dieses oder nächstes Mal wird Andy dir einen Zaubermerksatz oder vielleicht auch zwei sagen, die dich frei machen. Du bist so an schicke, bunte Verpackungen gewöhnt, Mann. Aber wenn die Verpackung so aussieht, wie du sie gewohnt bist und erwartest, dann kriegst du auch all die Bevormundung und Herablassung, die dazugehören. Verstehst du, was Herablassung bedeutet?"

Ich starre ihn wütend an. „Ja, das weiß ich."

„Du wirst also ungeduldig, weil Andy dir nicht ganz schnell eine schöne, bunte Verpackung mit einer Patentlösung präsentiert, und dann dauert es auch nicht mehr lange, bis du dich hier nicht mehr blicken lässt. Hör mal, Steven, es geht hier nicht um ein paar kleine Verhaltensänderungen, die man mit einer neuen Technik erreicht oder so – um das Ablegen einer schlechten Gewohnheit oder um neue Methoden, dein verkorkstes Verhalten noch besser zu kaschieren. Solche kleinen Techniken, die ändern nämlich nicht das Geringste. Die enttäuschen dich langfristig nur, Mann, und du wirst noch zynischer und verschlossener. Und dann schenkst du Gott auch nicht mal mehr deine Aufmerksamkeit auf einem Parkplatz. Du richtest dich einfach in deinem Elend ein und denkst dir, dass mehr eben nicht drin ist. Also kauft sich der reiche Mann genügend Spielzeug, damit er beschäftigt ist und so tun kann, als ob es nicht wehtut. Genau dahin bringen dich nämlich Techniken, mein Freund."

Ich reagiere zu laut. „Was willst du eigentlich? Ich kapier das nicht. Ich sag euch mal was: Letztes Mal hat es erheblich mehr Spaß gemacht mit euch beiden. Also, was ist los?"

„Schau mal, wir sind doch nicht blöd", sagt Carlos. „Wir wissen, wohin das führt. Wir möchten, dass du bleibst und auch weiter herkommst. Du brauchst eine Gemeinschaft wie die hier, Mann, aber wir können dich nicht dazu zwingen oder überreden. Das, was Andy dir gibt, ist viel mehr, als du jetzt ahnst. Du hast keine Ahnung, was der alte Knabe dir da anbietet. Du erkennst es gar nicht. Du bist immer noch zu stolz."

Plötzlich klatscht er in die Hände und schüttelt frustriert den Kopf. „Ach – jetzt mache ich's schon wieder. Tut mir leid, Mann. Das kannst du jetzt echt nicht gebrauchen, dass auch noch Carlos an dir rumnörgelt."

„Nein, nur immer raus damit, Carlos. Wenn du mir was zu sagen hast, dann sag's einfach." Ich bin jetzt wirklich aufgebracht.

Carlos setzt sich auf seinem Stuhl zurück. „Wenn du unbedingt willst, dann mache ich weiter. Hast du was dagegen, wenn ich dir etwas sage, das ich bei dir beobachte, Steven?"

„Weiß nicht so genau." Ich schüttle den Kopf und verschränke die Arme vor der Brust. „Irgendwie kapier ich euch nicht, Leute. Ihr redet davon, dass das hier ein sicherer und geschützter Raum ist, aber keiner von euch beiden kommt mir jetzt gerade besonders sicher vor."

Carlos legt seine Gabel beiseite und klatscht sich mit den Händen auf die Knie, so als ob er gerade merkt, dass er einen anderen Ansatz verfolgen muss. „Das hängt wahrscheinlich ganz davon ab, was du unter ‚sicher' verstehst", sagt er. „Also, wenn sicher nur lieb und nett ist, dass jeder dich anlächelt und keiner irgendwas anspricht, dann ist das hier ganz bestimmt nicht sicher. Das ist dann eher ein Fall fürs Altersheim. Ich mag es nett. Sogar Hank mag es nett. Wenn's hart auf hart kommt, gewinnt Nett. Aber Nett reicht nicht für Sicher. Ein sicherer Ort ist kein softer Ort. Sicher und geschützt ist ein Ort, wo du das Schlimmste über dich selbst aussprechen kannst und sie dich nicht wegjagen, niederreden oder einfach gehen. Es bedeutet, jemanden zu haben, der auch dann bleibt, wenn du dich den Sachen stellst, für die du dich unglaublich schämst, Mann. Es ist der Ort, wo du der letzte Idiot sein kannst und trotzdem am nächsten Tag wieder ein Platz am Tisch für dich frei ist ... wo du nichts zu verbergen und nicht zu bluffen brauchst. Sicher zu sein heißt, *mehr* geliebt zu werden für deinen Scheiß und nicht weniger! Sicher bedeutet, dass man sich nicht aufzuplustern und den Macker zu spielen braucht oder gezwungen ist, ‚mal ganz ehrlich' zu sein und all den Mist."

„Echt, ohne Quatsch", fügt Hank hinzu. „Nichts ist schlimmer als ein Haufen von Typen, die sich gegenseitig überbieten mit ihren Problemen mit Pornos oder wie viel sie trinken, um ‚echt' zu sein. Es ist fast so, als ob sie damit angeben, dass sie echte Männer sind. Und dabei ist das doch auch nur 'ne andere Form, sich zu verstecken, denn man gibt dabei keinem die Erlaubnis, einem bei seinem Problem zu helfen. Blödes Spiel. Falsches Spiel."

„Weißt du", sagt Carlos, „es geht doch nicht darum, dass jeder den Müll hören muss, der sich so bei einem angesammelt hat. Wer will das schon? Und wer braucht das? Das kann ich auch ganz für mich allein haben. Sicher ist es da, wo ich dir meinen Müll erzählen kann, du ihn dir angucken kannst und bei der Lösung des Problems bei mir bleibst und mir zur Seite stehst. *Das* ist sicher, Mann."

Hank beugt sich vor und pickt sich noch einen Shrimp von meinem Teller. „Du willst doch sicher keine Meeresfrüchte mehr essen, die schon so lange auf deinem warmen Teller liegen, oder? Lass das lieber mich übernehmen. Ein so wichtiger Typ wie du kann es sich bestimmt nicht erlauben, sich 'ne Salmonelleninfektion einzufangen."

Ich sammle mich. „Okay, Carlos, du wolltest mir was sagen – ich bin bereit."

„Also gut. Es geht um dieses Zeug, um Lösungen innerhalb von Beziehungen, der echt gute Stoff. Aber das ist nicht nur schön, Mann. Weil es nämlich von dir verlangt, dass du dich für mehr interessierst als nur dafür, dass es dir besser geht, bevor es dir besser gehen kann."

Ich platze heraus: „Merkst du eigentlich, wie bescheuert das klingt?"

Hank wischt sich mit der Serviette den Mund ab und sagt dann langsam, aber so laut, dass alle es hören können: „Weißt du eigentlich, wie langweilig es für uns alle hier ist, mit anzusehen, welche Strategie du verfolgst?"

An unserem Tisch und auf der gesamten Terrasse breitet sich unbehagliche Stille aus.

Carlos legt seine Hand auf meinen Arm. „Vergib bitte meinem Freund, der gern die Lacher auf seiner Seite hat. Verstehst du jetzt, warum ich nicht so oft mit ihm ausgehe?" Carlos wirft Hank einen Blick zu, der besagt, dass von jetzt an er allein weitermacht. „Aber seine ungehobelte Urwüchsigkeit enthält auch eine ziemlich direkte Wahrheit. Merkst du, was du gerade versuchst?"

Ich starre ihn verständnislos an. Es kostet mich in dem Augenblick ziemlich viel Mühe, auf meinem Stuhl sitzen zu bleiben.

„Nein, merkst du nicht. Dann werde ich es dir sagen. Du versuchst, so zu tun, als würdest du Andy an dich heranlassen, aber in Wirklichkeit öffnest du dich nicht wirklich. Du versuchst, ihn *an einen Teil von dir heranzulassen,* aber nicht wirklich an *dich.* Kapiert? Und das ist doch nichts anderes, Mann, als ein etwas eleganterer Versuch, das Problem mit einer neuen Technik zu lösen. Und die wird genauso gut funktionieren wie deine letzten zwölf, nämlich gar nicht. So, wie du es drehst, muss es schiefgehen, weißt du? Du lässt nicht zu, dass es funktioniert, und dann wirfst du ihm vor, dass es nicht funktioniert. Also kehrst du lieber wieder zurück zu deinem alten Trott und glaubst, dass du dann wieder alles unter Kontrolle hast."

Ich beiße mir auf die Lippe, sehe ihn einfach nur an und widerstehe dem Impuls, ihm irgendeine Form von Genugtuung zu bieten.

„Aber die andere Option, die macht dir *wirklich* Angst, oder? Hast du schon mal Zahnschmerzen gehabt, Steven?", fragt er. „Du gehst unter keinen Umständen und auf gar keinen Fall zum Zahnarzt. Wir wissen ja alle, was die da mit einem machen. Spritzen ins Zahnfleisch und Leute, die einem mit ihren Händen im Mund herumfuhrwerken. Aber diese Zahnschmerzen sind so schlimm, dass du sie nicht aushalten kannst. Also fängst du an, zu Hause nach Schmerztabletten zu suchen. Du findest auch welche, nimmst eine, und zack – die Schmerzen sind wie weggeblasen. Und du machst weiter und schaffst es, dir einzureden, dass die Schmerzen bestimmt nicht wiederkommen. Aber du hast da drin eine dicke Entzündung, Mann! Und die geht von einer Schmerztablette nicht weg. Verstehst du, was ich meine?"

Er redet jetzt wieder in einem unglaublichen Tempo und ich komme kaum noch mit. „Ich muss dir sagen, Steven, Mann, es ist echt hart mit anzusehen, wie jemand seine Schmerzen überdeckt mit etwas, wodurch sie nur noch schlimmer werden. Und bis man dann endlich zum Zahnarzt geht, hat man einen total vereiterten Kiefer und Schmerzen ohne Ende."

„Okay", sagt Hank und tut so, als ob ihm schlecht wird, „wer hier wohl Leuten den Appetit verdirbt?"

Die beiden Typen sind echt angenehmer, wenn Andy dabei ist. Hank geht mir auf die Nerven, und Carlos' gönnerhafte Art mit seinem Slang nutzt sich auch ab. Ich frage mich langsam, was Andy in diesen Typen eigentlich sieht. Mitten in dem Gedanken werde ich von Carlos' Handy unterbrochen. Es ist Andy. Er ist aufgehalten worden und schafft es nicht zum Lunch. Sofort plane ich meinen unauffälligen Abgang.

Hank lächelt wissend. „Du musst jetzt los, oder?"

„Was?", heuchle ich Ahnungslosigkeit.

Carlos sagt: „Ich schon gut, Mann. Alles okay. Hank und ich, wir sind was für ganz Hartgesottene. Wir sind wie Wasabi. Hast du schon mal Wasabi gegessen? Schmeckt echt gut mit Sushi. Aber man sollte es auf keinen Fall pur und ohne was essen. Dann tränen einem die Augen, und man wünscht sich, man wäre nie geboren worden. So wirken Hank und ich anscheinend auf Leute. Eine Stunde in unserer Gesellschaft, und die Leute wünschten, sie wären tot."

Carlos lächelt mich an und greift nach seinem Glas. „Vielleicht sehen wir dich ja das nächste Mal, wenn du kommst, mit Sushi, hä?"

Ich lege das Geld für mein Essen auf den Tisch und fange an, mich zu verabschieden.

„Ich habe das Gefühl, dass eigentlich ich das Essen bezahlen müsste, weil ich so viel davon gegessen habe", sagt Hank und klopft sich auf den Bauch. „Das werde ich zwar nicht tun, aber ich dachte, es wäre nett, es dir wenigstens zu sagen."

Der Typ ist wirklich anstrengend.

Hank nickt mir zu. „Hey, noch was. Warte mal."

Ich setze mich wieder.

„Ich sage das jetzt, weil ich nicht weiß, ob ich dich noch mal wiedersehe."

Da liegt er vielleicht gar nicht so falsch. „Wieso denkst du das, Hank?", frage ich.

Meine vorgetäuschte Irritation ignorierend sagt Hank: „Andy musste den Wagen verkaufen."

„Was? Den *Electra*? Andy hat den Electra verkauft?"

„Jepp", antwortet er und schaut mich dabei nicht an.

„Und warum?"

„Ist 'ne lange Geschichte."

„Wieso hat er mir das nicht erzählt?", frage ich.

Hank schaut immer noch weg. „Ein junger Typ, den er aus der Gemeinde kennt, hat seinen Job verloren. Er hat eine Frau und drei kleine Kinder. Eine von diesen Wegrationalisierungsgeschichten im mittleren Management. Sie waren kurz davor, ihr Haus zu verlieren, also hat Andy herumtelefoniert und dem Typ 'ne neue Stelle in derselben Branche besorgt. Aber der Mann ist mit seinen Zahlungen so weit im Rückstand, dass er trotzdem sein Haus verlieren würde. Deshalb hat Andy den Wagen verkauft. Dafür kriegt er 'ne schöne Stange Geld und das deckt fast den ganzen Batzen ab. Keiner von uns hat davon gewusst, außer der Frau dieses Typen. Die ist hier letzte Woche plötzlich aufgekreuzt und hat Andy gesucht, um sich bei ihm zu bedanken. Sie hat Carlos, Cynthia und mir die ganze Geschichte erzählt. Das ist vielleicht ein

Vogel ....“

„Aber er hat den Wagen geliebt“, sage ich und stehe dabei auf. „Ich glaube, ich habe noch nie jemanden erlebt, der so viel Spaß an etwas hatte wie er an diesem Auto.“

„Ja, etliche von uns haben in dem Wagen ziemlich viele Touren mit dem alten Vogel gemacht.“

Ich bin immer noch völlig von den Socken. „Das kapier ich nicht. Wieso gibt er den Wagen auf, wenn er doch damit so viel Gutes bewirkt hat?“

„Vielleicht“, sagt Hank, dreht sich zu mir um und sieht mich an, „war er nicht mehr so sicher, ob das immer noch funktioniert.“

Ich weiß nicht, was ich sagen soll, und setze mich wieder. Carlos ist still und lässt Hank weiterreden.

„Hör mal, Steven, du hast mir nichts getan. Vergib mir also, wenn das, was ich sage, unpassend ist. In meinem Job habe ich es mit jeder Menge aufgeweckter, gerissener junger Typen zu tun, die voll durchstarten. Ich erlebe sie andauernd. Und meistens benutzen sie Menschen einfach nur, um weiterzukommen. Sie täuschen Interesse vor und geben einem das Gefühl, dass sie wirklich mit einem essen gehen wollten, und wenn sie dann gekriegt haben, was sie wollten, oder feststellen, dass sie das, was sie wollten, bei dir nicht kriegen, dann sind sie wieder weg. Ich erkenne solche Typen schon auf den ersten Blick, wenn sie zur Tür reinkommen. Das ist vielleicht nicht fair, aber normalerweise ist meine Trefferquote dabei ziemlich hoch.“

Hank macht eine lange Pause und sagt dann: „Ich will dir damit also nur sagen, dass du nett zu Andy sein sollst, wenn du deinen Abgang machst. Du liegst ihm wirklich am Herzen, und er mag dich. Wenn du jetzt gehst, dann sind wir es nämlich, die den Scherbenhaufen aufkehren müssen.“

Er sieht mir unbehaglich lange direkt in die Augen. „Danke

noch mal für die Shrimps." Er nickt. „Ich wünsch dir noch einen schönen Tag."

Ich bin gleichzeitig wütend und beschämt. Ich weiß nicht, was ich sagen soll. Ich möchte etwas sagen, das Hank in seine Schranken weist, möchte mich rechtfertigen und auf jeden Fall das letzte Wort behalten, wenn ich gehe, aber es kommt einfach nichts heraus. Ich stehe auf, murmele irgendwas Unverständliches und verlasse das Lokal.

„Die ganze Geschichte hier ist doch nichts als ein schlechter Witz!“

(Dienstagabend, 14. April)

„Diese ganze Geschichte hier ist doch nichts als ein schlechter Witz!“, brülle ich laut, als ich wieder im Wagen sitze und mit einem Affenzahn von Bos Parkplatz rausche. Ich rase die Lincoln Street hinunter, die Musik viel lauter als sonst, und schaffe gerade so alle Ampeln noch bei Grün. Ich habe das so satt! Innerhalb von ein paar Minuten bin ich dann im Fitnesscenter des *Marriott* und spiele in Gedanken immer noch mal diesen verrückten letzten Monat durch, untermalt vom Geräusch der Füße, die auf dem Laufband unterwegs sind und doch nur auf der Stelle treten.

Ich weiß nicht, was ich tun soll. Ich probiere jeden Scheiß aus, über den ich mich normalerweise lustig machen würde, nur um meine Frau davon zu überzeugen, dass ich ihr wirklich zuhöre. Wozu? Ich glaube, im Grunde gefällt es ihr, dass ich hier im Hotel bin. Jeder gewinnt dabei, und zwar auf meine Kosten. Ich gebe einer Horde Möchtegerns die Chance, auf mir herumzuhacken, nur weil ich erfolgreich bin.

Diese Typen sitzen alle herum, haben donnerstagnachmittags Zeit, weil sie eben nicht das können, was ich kann, und dann lass ich mich von denen auch noch zusammenfalten! „Steven, du bist zu stolz. Steven, du lässt niemanden an dich heran. Steven, du glaubst, dass du alle Antworten hast. Steven, du bist wütend."

Wie wäre es mit: „Hank, du steckst beruflich in der Sackgasse. Carlos, du redest zu viel und deckst deinen Freund Hank zu oft. Cynthia, du rückst den Leuten zu sehr auf die Pelle. Andy ... du bist ein Idiot, deinen Wagen zu verkaufen ..."

Also wieso kann jemand, der seinen Kram ganz gut auf die Reihe kriegt, nicht ein bisschen Anerkennung erwarten? Tiger Woods darf doch wohl auch sagen, dass er der beste Golfspieler der Welt ist, und das kommt kein bisschen arrogant rüber. Ich muss in Therapie, weil alle anderen Probleme haben und ich sensibel sein soll für den Umstand, dass sie schwächer sind? Wieso sollte ich so tun, als wäre ich genauso ein Versager wie all die anderen?

Die Geschwindigkeit meiner Argumente entspricht meinem zunehmenden Tempo auf dem Laufband. Vierzig Minuten später bin ich immer noch wütend, aber jetzt zusätzlich auch noch total fertig. Ich mache Schluss und gehe hinauf auf mein Zimmer.

Ich setze mich auf den Boden, mit dem Rücken ans Fußende meines Bettes gelehnt, ziehe die feuchten Socken aus und lege ein Handtuch zwischen das Bett und meinen Kopf. Ich bin immer noch wütend. Irgendwann stehe ich auf, um auf der Anrichte nachzusehen, ob frische Orangen da sind. Ich glaube, ich habe gestern die letzte gegessen. Aber es sind keine neuen da, und jemand hat sogar die Schüssel mitgenommen.

Na toll. Ich muss ein neues Serviceteam einarbeiten ... ich muss hier weg. Jetzt rege ich mich schon wegen ein paar Orangen auf!

Ich gehe hinüber zu meiner „Arbeitsstation" und setze mich in den ergonomischen Arbeitsstuhl, für den das Hotel in letzter Zeit Werbung macht. Ich schaue aus dem Fenster auf das Parkhaus. Irgendwo in der Ferne ist ein nerviges Piepsen zu hören von irgendeinem rangierenden Baufahrzeug. Inzwischen habe ich mir selbst eingeredet, dass ich wohl auch nichts Besseres verdient habe als diese miese Aussicht.

„Dreiunddreißig Tage. Ich wohne jetzt seit dreiunddreißig Tagen in einem Hotelzimmer." Ich bin selbst überrascht, dass ich diese letzten Worte laut ausgesprochen habe. „Und mit wem rede ich? Mit dir? Dann hör mir jetzt mal gut zu. Ich habe es satt. Ich habe das Gefühl, dass ich für dich auch noch was leisten muss, und du hörst entweder gar nicht hin oder schlägst dich auf Hanks oder Carlos' Seite. Und das habe ich jetzt satt. Weißt du, worüber ich nachdenke, wenn ich hier im Bett liege und nicht schlafen kann? Natürlich weißt du das. Ich blicke auf die letzten zehn Jahre zurück und frage mich: Gibt es irgendeinen Beweis dafür, dass du mir bei irgendwas von dem, was ich erreicht habe, geholfen hast? Gibt es etwas, das ich ohne deine Hilfe nicht geschafft hätte? Gibt es Hinweise darauf, dass du für meinen Erfolg verantwortlich bist, für meine Beförderungen, mein Vorankommen? Ich habe dich nicht um Hilfe gebeten, und ich habe auch keine von dir bekommen, soweit ich weiß. Aber in dem einzigen Bereich, wo ich dich darum gebeten habe, in der Beziehung zu meiner Frau, hast du so gut wie gar nichts getan. Du hast mich im Regen stehen lassen, allein, in einem Hotel, wo ich den Idioten gebe. Ich weiß, dass ich für diesen kleinen Ausbruch hier bezahlen werde; ich weiß ja, dass du alle Trümpfe in der Hand hältst. Aber eins sage ich dir: Entweder haben wir diese ganze Geschichte mit Gott nur als Hirngespinst in unseren Köpfen, oder du bist gar nicht so mächtig, wie es immer heißt."

Ich stehe auf, verlasse mein Zimmer und gehe nach unten zu meinem Auto, um zu einem Restaurant zu fahren, wo ich, wieder einmal, allein etwas essen werde.

„Auf Wiedersehen, Wasser mit Minze- und Erdbeeraroma!“

(Samstagmorgen, 18. April)

Heute also verabschiede ich mich von den Leuten, die „Sir“ zu mir sagen, vom Ausblick auf das Parkhaus und von dem Obst in Öl in Zimmer 643. Heute werden andere zuschauen, wie *ich* auschecke. 37 Tage! Ich glaube, dass nur Howard Hughes das schlagen kann. Für mich gibt es jetzt kein mit Minze und Erdbeere aromatisiertes Wasser mehr. Ich gehe heute wieder nach Hause.

Vor ein paar Minuten hat Lindsey angerufen. Sie hat geweint und mich gefragt, ob ich gern wieder nach Hause kommen würde. Ich weiß ja, dass noch nicht alles geklärt ist. Mir ist klar, dass es wieder zu Spannungen und Störfällen kommen wird. Ich weiß, dass das eine Menge Arbeit bedeuten wird. Aber es ist Zeit. Wir sind ein Ehepaar, und wir sind eine Familie. Heute muss ich noch wegen der Präsentation einer neuen Software auf einen Kongress nach San Diego, aber heute Nacht werde ich wieder in meinem eigenen Bett schlafen.

Ich möchte Andy anrufen und mich bei ihm für alles bedanken, was er getan hat, aber ich habe das letzte halbe Dutzend seiner E-Mails ignoriert. Ich möchte mich damit im Moment nicht beschäftigen. Er wird es schon merken. Ich werde ihn einfach demnächst mal anrufen. Aber diese ganze merkwürdige

Phase ist vor fünf Minuten zu Ende gegangen. Ich gehe wieder nach Hause.

Es ist schon nach 23:00 Uhr, als ich zu Hause in die Auffahrt fahre. Ich stelle den Motor ab und erinnere mich an den letzten Abend, an dem ich so hier draußen gesessen habe. Vieles hat sich seitdem verändert. Ich glaube nicht, dass sich so etwas wie an dem Abend jemals wiederholen wird. Es geht mir so viel besser als noch vor ein paar Tagen, als ich wütend war auf Gott und die Welt. Ich war es einfach alles müde.

Im Haus ist schon alles dunkel. Ich habe immer noch keinen Schlüssel, und Lindsey hat sogar den Code vom Garagentor geändert. Ich lasse also den Wagen draußen in der Auffahrt stehen und gehe zur Haustür, die sie wie verabredet unverschlossen gelassen hat. Als ich das Haus betrete, sehe ich ein flackerndes Licht aus dem Wohnzimmer. Ich gehe hin und finde Jennifer schlafend auf dem Sofa vor, im Dunkeln und bei laufendem Fernseher.

Leise spreche ich sie an: „Hey, Mädel."

„Hey, Papa", murmelt sie und setzt sich auf. „Da bin ich wohl doch eingeschlafen."

Ich setze mich neben sie. „Was hast du denn geguckt?"

„Weiß ich gar nicht mehr. Irgendeine Wiederholung."

„Du bist aber noch ziemlich spät auf, oder?"

„Ja. Ich hab nur noch auf ein Shirt gewartet, das ich in den Trockner gesteckt hatte. Dann wollte ich sofort ins Bett gehen."

Einen Moment lang schweigen wir beide.

„Ich bin froh, dass du wieder zu Hause bist, Papa", sagt sie, ohne den Blick vom Fernseher zu wenden.

„Danke."

Ich möchte eigentlich gerne ihre Hand berühren, lasse es

dann aber doch lieber. Jennifer zeigt ihre Zuneigung nicht gern und lässt auch kaum Nähe von anderen zu.

„Mama schläft schon 'ne ganze Weile."

„Aha."

Als ich aufstehe und aus dem Zimmer gehen will, hält mich Jennifers Stimme noch einmal zurück. „Du, Papa?"

„Ja?"

„Du weißt doch, dass ich deinen Streit mit Mama damals in der Nacht gehört habe, oder?"

„Ja. Eigentlich wollte ich auch noch mit dir darüber reden, aber irgendwie war dafür anscheinend nie der richtige Zeitpunkt."

„Schon gut", sagt sie. „Mama und ich haben schon darüber gesprochen."

„Gut." Ich bleibe stehen und warte, dass noch etwas kommt.

„Also, ich wollte nur sagen, dass wir einfach nett zueinander sein sollten, weißt du?"

„Klar. Das wollen wir doch alle. Aber ich glaube auch, dass es jetzt besser wird."

„Ja, klar."

Meine Tochter sieht zum Fernseher, aber ich weiß genau, dass sie nicht wirklich hinschaut. Sie ist wie ihr Vater. Es fällt ihr sehr schwer, jemanden sehen zu lassen, was in ihr vorgeht. Sie verhält sich so, als wäre ihr alles egal, aber ich weiß, dass es ihr sehr schwergefallen ist, das gerade eben zu sagen. Ich glaube, sie hat noch nie zuvor versucht, mir so etwas mitzuteilen. Wie viel Angst ihr das alles wohl macht? Sie ist erst 11 und hat offenbar das Gefühl, ihren Eltern dabei helfen zu müssen, miteinander zurechtzukommen.

„Papa?"

„Ja?"

„Sei nett zu Mama. Sie hat dich wirklich sehr lieb."

„Ich weiß. Ich versuche zu lernen, nicht mehr so ein Idiot zu sein.“

„Du bist kein Idiot, Papa.“

„Danke, Jenny.“

Sie schaltet den Fernseher aus. Ich bin auf dem Weg aus dem Zimmer, als ich noch einmal ihre Stimme aus dem Dunkeln hinter mir höre. „Ihr lasst euch doch nicht scheiden, oder?“

Und zurück in die Dunkelheit antworte ich: „Mach dir keine Sorgen, mein Schatz. Niemand lässt sich hier scheiden. Und jetzt geh ins Bett.“

Als sie die Treppe hinaufgeht, folge ich ihr noch und flüstere ihr nach: „Du weißt, dass ich dich sehr lieb habe, oder?“

„Klar. Ich hab dich auch lieb, Papa.“

„Ach, das war nur Alan."

(Mittwochmorgen, 6. Mai)

Ich bin inzwischen schon seit ein paar Wochen wieder zu Hause, und ich muss sagen, dass es so weit wirklich gut läuft. Es fühlt sich gar nicht so an, als ob wir besonders vorsichtig miteinander umgehen. Irgendwie finden wir alle drei wieder zueinander. Wir versuchen, häufiger als ganze Familie etwas zu unternehmen. Gestern Abend zum Beispiel war ich schon gegen 17:00 Uhr zu Hause, und dann haben wir einen Picknickkorb gepackt und sind zum Strand geradelt. Dort haben wir dann im Sand eine Decke ausgebreitet, haben kaltes Brathähnchen gegessen und dabei den Sonnenuntergang beobachtet. Das war schön, und genau so etwas habe ich vermisst.

Es ist Freitagmorgen, 5:45 Uhr. Ich taumele die Treppe hinunter und hoffe, dass Lindsey schon Kaffee gekocht hat. Da höre ich eine unbekannte Stimme aus der Küche. Als ich näher komme, merke ich, dass Lindsey den Anrufbeantworter abhört. Auf der letzten Treppenstufe bleibe ich stehen.

„Lindsey, ich wollte dir nur sagen, dass ich unser Gespräch gestern sehr gut fand und mich schon auf die Fortsetzung heute freue."

Ich stehe im Dunkeln und weiß nicht so genau, was ich da gerade gehört habe. Als ich in die Küche komme, beugt meine Frau sich gerade über den Tresen und spielt die Nachricht noch einmal ab. Sie hat mich nicht gehört und weiß nicht, dass ich auch in der Küche stehe.

„Lindsey, ich wollte dir nur sagen, dass ich unser Gespräch gestern sehr gut fand und mich schon auf die Fortsetzung heute freue."

Ich warte, bis die Nachricht zu Ende ist. Sie starrt den Anrufbeantworter an.

„Wer war das?", frage ich.

„Was? Ach, nur irgendjemand." Sie ist ganz eindeutig erschrocken.

„Wer?"

Sie schaut mir nicht in die Augen. „Ach, das war nur Alan. Er ist der Therapeut, von dem ich dir erzählt habe. Erinnerst du dich?"

Jetzt ist dieses Übelkeitsgefühl in der Magengegend wieder da, genau wie vor ein paar Wochen, als Lindsey den Kerl schon einmal erwähnt hat.

„Warum ruft er dich an, Lindsey?"

Sie seufzt so, wie sie es immer tut, wenn sie glaubt, dass ich gleich wieder die Kontrolle verliere. *Aber das werde ich nicht.*

„Ich habe vor einiger Zeit mit seiner Hilfe irgendwie nach einer Perspektive gesucht, erinnerst du dich? Und dann hat er mich um Hilfe wegen seiner Tochter gebeten. Das ist alles."

„Ein verheirateter Mann ruft doch keine verheiratete Frau an, um ihr zu sagen, dass er hofft, sie bald wieder zu sehen."

„Das hat er doch gar nicht – Steven, bitte. Da ist nichts."

Meine Stimme wird lauter. „Nein, Lindsey, das stimmt nicht."

„Es ist wirklich nichts zwischen uns. Er ist einfach nur ein Freund, okay? Er ist nur jemand, mit dem ich rede, genau wie mit noch einem halben Dutzend anderer Leute. Du redest doch auch mit Leuten."

Ich schüttle den Kopf. „Wieso musst du dich dann so verteidigen?“

„Bitte hör auf damit. Du machst es schon wieder. Du hast schon wieder dieses starre Gesicht. Bitte lass das und hör mir zu.“

Ich weiß doch, was los ist. Jetzt versucht sie wieder, sich irgendwie rauszuwinden. Ich weiß genau, dass mehr an dieser Sache ist. *Sag es doch einfach.*

„Ich hör dir gerne zu“, blaffe ich sie an, „sobald das, was du sagst, einen Sinn ergibt.“

Sie beherrscht sich, so als ob sie fest entschlossen ist, die Sache jetzt auszutragen. Ich merke genau, dass sie genauso frustriert ist wie ich.

„Okay, Steven, wie wäre es denn dann hiermit: Ich weiß ja nicht, ob du es schon bemerkt hast, aber ich bin ein geselliger Mensch. Es gibt eine Menge Dinge, die mich innerlich beschäftigen und über die ich gerne rede. Du bist meistens so beschäftigt oder abwesend, dass ich kaum die Chance habe, dir viel davon mitzuteilen. Frag deine Tochter. Sie redet eigentlich ständig mit mir. Und du fragst dich, wieso du sie nicht dazu bringen kannst, auch nur einen Piep darüber rauszubringen, wie es in der Schule läuft. Sie weißt, dass du nicht zur Verfügung stehst, und hat gelernt, dich nicht zu stören.“

Lindsey geht zum Spülbecken hinüber. „Frauen müssen einfach mehr reden, und manche Männer kapieren das. Und mehr ist das mit Alan nicht – er ist nur ein Freund, dem es nichts ausmacht zu reden. Was soll daran Verteidigung sein?“

„Lindsey, merkst du eigentlich, dass du jedes Mal, wenn ich etwas sage, was dir nicht passt, die ‚Steven ist immer abwesend‘-Karte ziehst? Jedes Mal.“

Sie dreht sich von der Spüle zu mir um. „Merkst du eigentlich, dass ich das tue, weil du nun mal wirklich ständig abwesend *bist*?“

„Das ist so blödsinnig unfair. Es ist nicht wahr, und es ist unfair."

„Steven, ich möchte, dass du jetzt einmal tief durchatmest. Wenn du ein Gespräch führen möchtest, dann können wir ein Gespräch führen. Aber das hier ist kein Gespräch. Das hier ist der geladene Typ, der gleich wieder total ausrastet. Du wirst jetzt jeden Moment wütend und sagst einen Haufen Dinge, von denen du dir später wünschen wirst, du hättest sie nie gesagt. Und dann werde ich zur Tür hinausgehen und irgendwo hinfahren. Später werde ich dich vom Handy aus anrufen und dir sagen, dass es so nicht läuft und ich so auch nicht weitermachen kann. Und dann wirst du sagen, dass es dir leidtut, und dann wird es wieder ganz lange schwierig sein zwischen uns. Oder wir können jetzt sofort eine Pause einlegen, und ich mache dir eine Tasse Kaffee, und du kannst aufhören, ein Kontrollfreak zu sein, und wir machen einfach weiter."

„Weißt du was, Lindsey, diese Rede der gerechtfertigten Empörung kannst du dir sonstwohin stecken. Du versuchst doch, was vor mir zu verbergen!", schreie ich fast. „Du hältst mir einen Vortrag, und dann soll ich den Mund halten, und du kannst munter weiter dein Doppelleben führen."

„Du bist doch schon wieder völlig außer dir."

„Dann geh doch! Ich habe es satt."

„Halt den Mund, Steven. Du weckst Jennifer noch auf."

„Halt du doch den Mund! Ich hab alles richtig gemacht. Und du hast mit irgendeinem Psychotypen angebandelt, während ich in diesem mistigen Hotel gelebt habe."

„Raus hier, Steven. Nicht ich werde gehen, sondern du gehst."

„Nein, das mach ich nicht noch mal. Das hier ist mein Haus. Geh du doch und kriech bei deinem Lover unter."

Sie schreit so laut, wie ich noch nie jemanden schreien gehört habe: „Raus hier! Raus hier! RAAAUUUS!" Sie rennt zum Telefon.

Ich schreie: „Was machst du da? Wen rufst du an?"

„Die Polizei. Ich rufe die Polizei! Raus aus dem Haus. Sofort!“

Sie schreit und weint gleichzeitig. Ich höre, wie die Tür von Jennifers Zimmer aufgeht. „Mama? Was ist denn los?“

Und dann stürze ich aus dem Haus.

Sekunden später sitze ich im Wagen und bin in südlicher Richtung unterwegs. Ich habe keine Ahnung, wohin. Irgendwann merke ich, dass ich in die Berge hinauffahre, von wo aus man einen Blick aufs Meer hat. Ich parke den Wagen in derselben Gegend, in die damals Andy mit mir gefahren ist. In meinem Kopf krachen tausende Explosionen. Ich zittere immer noch.

Es ist wieder passiert. Ich bin ausgerastet. Was hab ich nur getan? Ob ich sie jetzt anrufen soll? Was ist, wenn sie recht gehabt hat? Was, wenn das mit diesem Typen wirklich völlig harmlos ist?

Ich sitze völlig erschlafft da und weiß, dass ich schon so oft genau an diesem Punkt gewesen bin. Und jedes Mal verspreche ich, dass ich mich hüten werde, so etwas je wieder geschehen zu lassen. Das Erbärmliche daran ist, dass ich es dann sogar selbst glaube. Immer noch schwer atmend schaue ich über das Tal, wo gerade meine gesamte Welt im freien Fall ins Chaos stürzt, und dann kommt mir der Gedanke, dass das alles vielleicht nie mehr besser wird; dass ich nicht in der Lage bin, mich selbst wieder zurechtzubiegen; dass Lindsey und Jennifer weiterhin darunter zu leiden haben werden. Warum bleibt Lindsey eigentlich noch bei mir? Vielleicht tut sie es ja dieses Mal nicht mehr.

Was mache ich nur?

Oh Gott, was ist nur los mit mir? Meine Ehe geht kaputt. Ich bin wieder ausgerastet. Ich versetze diese Frau, die einmal alles war, woran ich denken konnte, immer wieder in Angst und Schrecken. Bitte hilf mir. Ich weiß nicht mehr, was ich tun soll. Ich habe solche Angst, dass ich immer so bleibe. Hilf mir. Ich lasse meinen

Kopf in die Hände sinken. *Hörst du mich? Hilf mir. Bitte. Hilf mir.*

Nach ein paar Minuten hebe ich den Kopf wieder. Was kommt jetzt? Ich hab das alles schon so oft durchgemacht.

Einer von uns steigt ins Auto und fährt ohne Ziel einfach los – normalerweise ist sie das. Dann fühle ich mich den ganzen Tag schrecklich, und dann stehe ich irgendwann heute Abend oder morgen früh vor Lindsey und entschuldige mich. Das geschieht so regelmäßig, dass man die Uhr danach stellen kann. Ich werde alles auf mich nehmen, auch wenn ich nicht davon überzeugt bin. Ich möchte nur, dass alles wieder so wird wie ... wie es war. Ich werde sie bitten, mir zu vergeben. Ich werde ihr Blumen schicken, und ich werde Briefe schreiben, in denen steht, was für ein Idiot ich doch bin. Ich bin wie ein Schauspieler in so einer Seifenoper, der versucht, sich irgendwie wieder in sein altes Leben hineinzuschwatzen.

Das Traurigste daran ist, dass Lindsey gelernt hat, das Spiel mitzuspielen. Sie hat ihre Rolle in dem ganzen Wahnsinn gefunden. Bis jetzt hat sie mich genug geliebt, um mir immer wieder zu vergeben. Sie versucht zu vergessen und tut so, als ob ab sofort alles besser wird.

Aber warum fühlt es sich jetzt so anders an?

Weil ich mir selbst auf die Schliche gekommen bin, deshalb. Habe ich das schon jemals gedacht? Jetzt traue ich schon nicht einmal mehr meiner eigenen Reue. All die Jahre habe ich mich immer wieder für mein beschissenes Verhalten entschuldigt. Aber eigentlich hat es mir gar nicht leidgetan. Nicht wirklich. Ich habe mir selbst die Arroganz zugestanden, ihr und allen anderen wehzutun, weil ich größer und stärker war – und die anderen schwächer.

Oh Gott. Ich habe mich die ganze Zeit selbst belogen. Wie komme ich da nur wieder raus? Ich möchte noch mal von vorne anfangen, alles Alte über Bord werfen. Bitte hilf mir. Ich weiß nicht, ob ich das hier schaffe. Bitte hilf mir, neu anzufangen.

Irgendwann raffe ich mich auf und fahre wieder den Berg hinunter, östlich vorbei an Culver City, vorbei an Venice, dann vorbei an Marina del Rey, den ganzen Weg zurück zu unserem Haus nach Manhattan Beach. Ich biege in unsere Straße ein. Lindseys Wagen ist weg. Ich rufe sie auf ihrem Handy an ... dann noch mal. Sie geht nicht dran.

Ich hinterlasse keine Nachricht.

„Ich bin total durch den Wind, Andy."

(Freitagmorgen, 8. Mai)

Wie ich dort in unserer Auffahrt stehe, bin ich völlig fertig, als mir klar wird, was ich aufs Spiel gesetzt habe. Ich schaue in den Rückspiegel. Mein Haar ist fettig und zerzaust, mein Mund fühlt sich an wie mit Kreide gefüllt und ich muss mich unbedingt rasieren. Jetzt sollte mich das *Wall Street Journal* mal sehen.

Plötzlich kommt mir der Gedanke: *Darüber kann ich mit niemandem reden … außer mit Andy. Ich weiß nicht so genau, was er damit anfangen wird, aber ich muss ihn anrufen.*

Doch dann erinnere ich mich wieder, dass ich ja all seine Nachrichten gelöscht habe, und seine Nummer habe ich auch nicht gespeichert. In meinem Kopf dreht sich alles. Ich renne ins Haus, ziehe den Schlafanzug aus und irgendwelche Sachen an, die auf dem Fußboden herumliegen, und steige wieder ins Auto. Ich fahre zu *Bo's Café*, das noch nicht geöffnet hat, doch Bo ist gerade draußen und quittiert eine Lieferung. Er will schon anfangen, mit mir herumzuflachsen, als er merkt, in welchem Zustand ich bin.

„Wen brauchst du denn, *Cher*?"

Ich erzähle ihm, dass ich auf der Suche nach Andy bin.

Bo gibt mir die Adresse eines Anlegers in dem Jachthafen, wo auch das Boot meines Chefs liegt. Ich schäme mich bei dem Gedanken, wie oft ich dort schon gewesen bin, ohne den Mann auch nur zu bemerken, der inzwischen so wichtig für mich geworden ist.

Der Hafen ist ungefähr zwei Kilometer entfernt, und ich mache mich zügig zu Fuß auf den Weg, weil ich eine unglaubliche Dringlichkeit empfinde, etwas zu unternehmen, bevor noch mehr Schaden entsteht. Ich habe schon die halbe Strecke hinter mir, als mir dämmert, dass ich ja mit dem Wagen zu Bo gefahren bin.

Ich gehe trotzdem zu Fuß weiter.

Es ist 9:00 Uhr, als ich schließlich beim Jachthafen ankomme. Ich renne den Steg entlang, an dem die Boote liegen, aber Andy ist nirgends zu sehen. Ein paar Mal rufe ich seinen Namen. Nichts. Erschöpft und völlig überfordert breche ich auf einer Bank zusammen. Die Sonne wird vom Wasser reflektiert und blendet mich so stark, dass ich so gut wie nichts sehen kann. Ich fühle mich wie verkatert.

Ich habe keine Ahnung, wie viel Zeit vergangen ist, als ich eine Stimme höre. „Sind Sie wegen eines Bootes hier, Sir?"

Ohne aufzublicken antworte ich: „Nein, danke, ich sitze hier einfach nur."

„Also, Kumpel, herumlungern ist hier aber nicht gestattet."

Ich blicke auf und sehe Andy vor mir stehen. Er grinst mich an.

Ich lächle matt.

„Erwischt ...", sagt er. Er trägt das gewohnte Hawaii-Hemd, Cargo-Shorts, Flip-Flops und eine Sonnenbrille. In der Hand hält er zwei dampfende Becher Kaffee.

„Bo hat mich angerufen und gesagt, dass du vielleicht vorbeikommst. Hey, du siehst ja furchtbar aus."

Ich schaue an mir herunter und sehe erst jetzt, was ich angezogen habe. In der Eile zu Hause habe ich einfach das genommen, was ich am Tag zuvor beim Badezimmerstreichen angehabt habe. Ich bin also in Hausschuhen, Jeans und einem abgeschnittenen Sweatshirt mit lila und blauen Farbflecken durch den gesamten Jachthafen von Del Rey gelaufen ... ganz prima.

Dankbar greife ich nach dem Kaffeebecher. „Wie oft hast du das Boot von meinem Chef schon an eine Gruppe verliehen?"

„Ach, ein paar Mal schon. Tolle Jacht."

„Weißt du, wer ich damals war?"

Keine Reaktion. Er setzt sich neben mich auf die Bank. Nur einfach etwas Warmes in der Hand zu halten, tut schon gut ... es fühlt sich real an.

Das Leben findet wirklich statt.

„Ich bin total durch den Wind, Andy."

„Na, wenigstens hast du nicht dein Gespür für das Offensichtliche verloren." Er gibt mir einen freundschaftlichen Klaps auf den Oberschenkel.

„Tut mir leid, Andy", sage ich. „Es tut mir wirklich leid. Ich habe nicht zurückgerufen und auch deine E-Mails nicht beantwortet, aber jetzt muss ich trotzdem unbedingt mit dir reden."

Bevor er antwortet, pustet Andy lange in seinen Kaffee. „Aha. Aber weißt du, ich glaube, da muss ich dich enttäuschen."

„Was?" Ich verschlucke mich beinah an dem Kaffee, den ich gerade im Mund habe.

„Ich muss zwei Boote sauber machen, und ich glaube, dass ich nicht unbedingt die geeignetste Person bin, um die Sachen mit dir durchzuackern."

„Willst du mich verarschen?", frage ich. „Ich glaube, du bist die *einzige* Person, die das mit mir durchackern kann."

„Na ja, aber weißt du, es gibt da ein Problem." Er pustet

immer noch in seinen Kaffeebecher und starrt dabei geradeaus.

Ich wende mich ihm ein ganz klein wenig zu. „Ich hab's vermasselt, weil ich mich nicht mehr bei dir gemeldet habe, oder?"

Andy steht auf und geht zu dem Geländer, von dem aus man einen Blick über die Boote und den Hafen hat. Er steht von mir abgewandt, als er spricht.

„Dein Vater hat mich immer über dich auf dem Laufenden gehalten, und zwar schon lange bevor wir uns im *Fenton's* getroffen haben. Du liegst mir jetzt schon 'ne ganze Weile am Herzen. Schon Dutzende Male hatte ich mir zurechtgelegt, was ich sagen würde, wenn sich jemals die Gelegenheit ergeben würde, mit dir zu reden. Oft war ich kurz davor, mich dir hier im Jachthafen vorzustellen, aber irgendwie war es nie der richtige Zeitpunkt. Als ich also schließlich die Chance bekam, an deinem Leben Anteil zu nehmen, war mir das vielleicht zu wichtig, und deshalb konntest du mich nicht an dich heranlassen. Darüber habe ich in den letzten Wochen viel nachgedacht."

Ich sitze da und starre ihn nur an, und ich habe absolut keine Ahnung, was ich dazu sagen soll.

Irgendwann breche ich dann das Schweigen. „Das habe ich alles nicht gewusst, Andy. Ich weiß nur, dass das nichts mit dir zu tun hat. *Du* hast gar nichts falsch gemacht. Das ist alles meine Schuld. Hank hat mich schon vorgewarnt, dass ich ganz genau das tun würde, dass ich mich nicht mehr bei dir melden würde. Ich glaube nicht, dass du dir vorstellen kannst, wie sehr mir zuwider ist, dass er recht behalten hat, aber so ist es. Er hat genau gemerkt, in welche Richtung es bei mir ging."

Ich raffe mich auf und stehe ihm jetzt gegenüber. Lange kann ich ihm nicht in die Augen sehen, also fange ich an, auf und ab zu gehen. Ich habe wirklich Angst. Meine Hände sind feucht. Ich versuche etwas zu sagen, aber es kommt nichts heraus. Schließlich hole ich tief Luft und murmle eher, als dass ich spreche, immer noch nicht in der Lage, ihn direkt anzusehen: „Ich weiß nicht, was ich sagen soll, Andy. Es tut mir so leid. Das war alles neu für mich, und ich wusste nicht, was ich damit anfangen soll. Ich lasse Leute nicht einfach so an mich heran. Das habe ich noch nie getan. Das wurde mir alles zu nah und zu eng, und deshalb bin ich weggelaufen. Ich laufe oft weg."

Ich halte inne und sehe ihn so lange an, bis er mir in die Augen schaut. „Ich weiß, das klingt blöd, aber ich brauche dich, Andy. Ich stecke wirklich bis zum Hals im Dreck. Ich habe Lindsey unglaublich wehgetan und es wieder mal so richtig vermasselt. Ich weiß nicht, an wen ich mich wenden soll, wenn du nicht mit mir sprichst."

Er sieht mich mit ausdrucksloser Miene an.

„Sag doch mal was, Andy, oder lässt du mich einfach hier schmoren?"

Immer noch nichts. Ich fange einen Blick von ihm auf, gerade lang genug, um den Hauch eines Lächelns darin zu entdecken.

„Hör mal, Andy", sage ich mit einer Stimme, die sehr viel ernster klingt, als ich gedacht hätte. „Ich rühre mich nicht von der Stelle. Du hast also die Wahl. Es sieht für deinen Chef ganz bestimmt nicht toll aus, wenn irgendein obdachloser Penner hier im Jachthafen herumhängt. Ich werde eine Szene machen und mit deinem Namen um mich werfen wie mit Konfetti. Das, was ich erreicht habe, habe ich nicht durch Passivität erreicht."

Ich gehe ein paar Schritte auf ihn zu. „Ich könnte dir doch beim Bootereinigen helfen. Das merkt doch bestimmt keiner."

Er trinkt noch einen kleinen Schluck von seinem Kaffee, wirft einen langen, gründlichen Blick auf meine Kleidung und lächelt.

„Na das würde schon passen, und mit deinem Outfit solltest du mit den Lenzpumpen anfangen."

Ich lächle. „Das habe ich wahrscheinlich verdient."

„Genau“, seufzt er. „Komm, machen wir uns an die Arbeit.“

Er dreht sich um und geht ohne ein weiteres Wort den Steg entlang. Ich folge ihm.

In den folgenden Stunden reinigen Andy und ich zusammen Boote. Er macht mich mit den Pumpen verschiedener Modelle vertraut, und ich erzähle ihm alles, was passiert ist, ohne etwas auszulassen, einschließlich der Stelle, wo ich Gott angebettelt habe, und meiner Erkenntnis, wie sehr ich meine Frau verletzt habe.

Als wir fertig sind, klettern wir an Deck des Bootes, das wir gerade gereinigt haben. Er blickt eine Weile über den Hafen, bevor er etwas sagt.

„Mal sehen, ob ich das jetzt alles richtig verstanden habe“, sagt Andy und reibt sich das Kinn. „Du hast also zu deiner Frau Folgendes gesagt: ‚Halt du doch den Mund! Ich hab alles richtig gemacht. Und du hast mit irgendeinem Psychotypen angebandelt, während ich in einem Hotel gelebt habe.‘ Und weil du das Gefühl hattest, das genügte noch nicht, hast du noch einen draufgesetzt mit den Worten: ‚Das hier ist mein Haus. Geh doch und kriech bei deinem Lover unter.‘ Und dann bist du zur Tür raus. Hab ich das richtig verstanden?“

Jetzt, wo ich die Worte aus seinem Mund höre, klingen sie wirklich furchtbar. „Na ja, nicht genau in dieser Reihenfolge, aber ... ja.“

„Puuuh. Und ich bin derjenige, der hier Boote betreut, während über dich das *Wall Street Journal* ein Porträt bringt! Es gibt wirklich keine Gerechtigkeit in diesem Universum.“

Ich schüttle den Kopf. „Wahrscheinlich habe ich das auch verdient, oder?“

„Ja, hast du.“

Er zieht eine Zigarre aus seiner Hemdtasche, schneidet das Ende ab und zündet sie an. Dann sieht er mich an und sagt: „Also, Steven, sieht ja ganz so aus, als müssten wir nicht mehr ganz bei Null anfangen."

„Was soll denn das heißen?"

„Ich weiß nicht, ob du es bemerkt hast", antwortet er, „aber bis jetzt habe ich noch nicht viel unternommen, um mich mit den konkreten Problemen zu befassen, die du mir anvertraut hast."

„Doch, das ist mir schon das eine oder andere Mal durch den Kopf gegangen", sage ich.

„Möchtest du gern wissen, warum nicht?"

„Ja, es wäre wirklich überaus freundlich von dir, es mir zu verraten."

Er stößt eine Rauchwolke aus. „Du warst noch nicht so weit. Und jetzt, nun ja, jetzt bist du es."

„Nur damit ich das jetzt richtig verstehe ... Ich versetze meine Frau in Angst und Schrecken, sodass sie laut schreit und die Polizei rufen will, und dadurch bin ich jetzt so weit?"

Er legt den Kopf ein wenig schräg. „Nun ja, nicht exakt. Den Wutanfall-Schaden-Reue-Kreislauf – den hattest du ja schon."

„Ja", lache ich leise ironisch. „Ein paar Mal."

„Und in der Vergangenheit war es bis jetzt ja immer so, dass du traurig warst über das, was du getan hattest, wenn die Wut wieder abgeklungen war. Aber heute ist außerdem noch Demut mit ins Spiel gekommen. Da bin ich fast sicher."

„Woher weißt du das?"

„Aufgrund von zwei Faktoren." Er steckt die Zigarre in den Mund und hält zwei Finger hoch. „Heute gestehst du zum ersten Mal ein, dass die Ursachen tiefer liegen als auf der Verhaltensebene."

Ich höre aufmerksam zu und warte auf die Pointe.

„Hast du das kapiert? Das ist wichtig. Das ist praktisch schon die halbe Miete. Du gestehst die Tatsache ein, dass du versuchst, andere mit deiner Wut zu kontrollieren. Es geht hier nicht darum, deine Wut irgendwie in den Griff zu kriegen oder zu beheben. Es geht darum, wer du bist und weshalb du tust, was du tust. Und das ist ein Riesenunterschied."

Ich hebe die Hand. „Könntest du den einen Satz bitte noch einmal wiederholen, den mit dem Kontrollieren anderer?"

„Du gibst zu, dass du andere durch deinen Zorn unter Kontrolle zu halten versuchst."

„Ja, so hatte ich das auch verstanden ... und du sagst, dass das ein springender Punkt ist?"

Er nickt. „Der zweite Punkt, weshalb ich es weiß, ist der, dass du mir gegenüber offen bist. Bis jetzt hast du immer nur mit mir darüber verhandelt, ob du mir deine Wut anvertrauen sollst. Das ist wie Monopoly. Das kostet dich nichts. Und es ist ganz sicher keine Demut. Demut ist, dich Gott und anderen zu öffnen – dich als ganze Person –, und wenn ich mich nicht irre, dann tust du das gerade. Du gewährst mir Zugang zu *dir*, lässt mich wirklich an dich heran." Er nimmt die Zigarre wieder aus dem Mund, deutet damit auf meine Brust und lächelt dabei.

Schließlich steht er auf und kommt zu mir. Genau wie Cynthia steht er jetzt ganz nah bei mir. Er schaut mir tief in die Augen und sagt: „So, mein Freund, jetzt sind wir endlich zur richtigen Zeit am richtigen Ort. Dieser Augenblick lässt sich nicht beschleunigen, erzwingen oder herbeimanipulieren. Auf dem Weg zu diesem Moment hin gibt es keine Abkürzungen. Aber jetzt sind wir so weit, mit echtem Geld zu spielen. Das ist ein heiliger Moment, mein Freund. Ich bitte dich, mir das Privileg zu gewähren, dich zu beschützen."

Ich stehe ebenfalls auf und gehe an Deck auf und ab. „Das kapier ich nicht. Du hast nur darauf gewartet, dass ich zusammenbreche? Warum haben wir nicht einfach losgelegt, um zur Ursache meiner Wut zu gelangen? Vielleicht hätte ich es dann nicht noch mal so grandios vermasselt."

„Na ja, erstens hatten wir ja schon losgelegt. Wir haben

daran gearbeitet, eine Beziehung aufzubauen, in der du mir vertrauen kannst. Und nebenbei hast du etwas darüber erfahren, was dir in deiner eigenen Welt fehlt. Und bevor du das nicht herausgefunden hattest und wusstest, dass du mir vertrauen kannst, hätte es gar nicht funktioniert. Wie gesagt, ich hätte dir zwar Antworten geben können, aber du brauchtest zunächst einmal eine Grundlage dafür. Eine Grundlage der Gnade."

Wir stehen nebeneinander, und er sieht mich an wie ... ich weiß nicht, wie. So als ob er nach etwas hinter meinen Augen sucht. Ich kann mich nicht erinnern, dass schon jemals in meinem Leben jemand so mit mir gesprochen hätte. Und es fühlt sich gut an.

„Aber um deine Frage vollständig beantworten zu können", sagt er und dreht sich wieder zum Meer hin, „sind ein paar tiefgreifendere Erklärungen nötig. Wirkt der Kaffee inzwischen?"

Ich schüttle einmal kräftig den Kopf wie jemand, der seine Benommenheit abschütteln will. „Das hoffe ich doch, dass er wirkt."

„Lehn dich einfach zurück und lass jetzt mal den alten Käpt'n reden."

Ich lasse mich auf einer Bank nieder und stelle meinen halb leeren Kaffeebecher neben mich.

„Hast du schon mal was von Scham gehört?"

„Scham", wiederhole ich unbestimmt.

Er nickt. „Jeder stolpert irgendwann mal in eine hässliche Erfahrung rein, die wir als Scham bezeichnen." Er beginnt an Deck auf und ab zu gehen, so als ob das Boot ihm gehört. „Es ist wie in diesem Traum, in dem du nackt herumläufst. Weißt du, was ich meine?"

„Ich hasse diesen Traum", sage ich.

„Ja, der ist übel. Vielleicht nicht ganz so schlimm wie der mit dem Clown, der mich mit einer Axt jagt, aber fast. Kennst du den auch? Oder den, wo du versuchst wegzulaufen, aber deine Füße sind wie angenagelt?"

„Du unterbrichst dich gerade selbst."

„Genau. Also, bis wir erwachsen sind, erleben wir Hunderte Male Scham. Vielleicht wirst du beim Abschlussball beschämt. Vielleicht nimmt dich dein Sportlehrer vor der versammelten Klasse auseinander, oder du kommst auf eine Party, und deine Freundin macht mit irgendeinem Typen von einer anderen Schule rum. Oder jemand verletzt so sehr deine Würde, dass du überzeugt bist, das kannst du niemals jemandem erzählen. Die meisten Leute würden zwar sagen, dass sie solche Schamgefühle gar nicht kennen, geschweige denn sie in sich tragen, aber das stimmt nicht."

Andy sieht mich an. „Kannst du mir folgen?"

„Absolut. Brenda Magnusson beim Schulball 1991."

„Es ist egal, wie fähig, intelligent oder routiniert du bist. Irgendwo da tief in dir drinnen hast du es weggesteckt. Und keiner kann über längere Zeit mit diesem Gefühl der inneren Entblößung fertig werden. Weißt du, was Scham mit dir macht? Sie nimmt eine Bloßstellung oder mehrere aus deiner Vergangenheit – etwas, das dir so richtig zugesetzt hat –, und überzeugt dich davon, dass du immer so sein wirst, wie du dich im Augenblick dieser Bloßstellung gefühlt hast. Für den Rest deines Lebens. Ganz schön traurig, was?"

„Ja", sage ich und schaue dabei an ihm vorbei.

„Also basteln wir uns Feigenblätter, um uns selbst zu schützen, und zwar in Form einer ausgedachten Geschichte, die wir über uns selbst erschaffen. Es ist eine Geschichte, von der wir glauben, dass sie uns davor schützen kann, diese Scham zu spüren, und so verhindern wird, dass andere unsere Blöße bemerken. Wir möchten nicht, dass andere in uns die Person sehen, die uns die Lüge eingeredet hat. Also erschaffen wir fast unbewusst eine Lüge, um uns vor der Lüge zu schützen. Eine ganz schlechte Kombination."

„Moment mal, ein bisschen langsamer bitte. Bin ich diese Person, von der die Lüge behauptet, ich sei so?"

„Wir lernen nach und nach, unsere eigene Geschichte umzuschreiben, uns neu zu inszenieren, aber das ist eine gefälschte Geschichte. Wir perfektionieren eine manipulierte, unwahre Geschichte, die uns entweder als unterlegen darstellt, als überlegen oder als eine ziemlich schizophrene Mischung aus beidem. Diese manipulierte Geschichte wird dann die Linse, durch die wir unser gesamtes Leben betrachten. Menschen, die sich *unterlegen* und dadurch minderwertig fühlen, nun ja, die geben sich meist selbst die Schuld an allem und halten sich selbst für die Ursache vieler Probleme ... und den Vietnamkrieg. Jemand, der sich überlegen fühlt, gibt anderen die Schuld und betrachtet *sie* als Grund für all seine Probleme ... und den Vietnamkrieg. Beides beruht auf einer Lüge. Der unterlegene Typ mit den Minderwertigkeitsgefühlen kann einem leidtun, und der überlegene Typ – na ja, der ist einfach anstrengend. Er glaubt normalerweise, dass seine Frau, seine Kollegen oder der Typ vor ihm im Straßenverkehr sein Problem sind. Er braucht nichts – von niemandem."

Plötzlich hält er inne, als ob ihm schlagartig etwas klar wird.

„Ja, das bin dann wohl ich", sage ich.

„Ach", sagt er und blinzelt, so als ob er sich gerade wieder erinnert, wo er ist. „Ich würde nicht, na ja, äh ... ja. Das bist du. Ein Paradebeispiel."

„Ich merke, worauf du hinauswillst."

Er räuspert sich. „Also, der Motor für jedes gestörte Verhalten, wie beispielsweise Wut, ist diese zentrale Lüge, die wir einsetzen, um unsere Geschichte umzuschreiben. Und unglücklicherweise setzt die nur unsere Scham fort und verstärkt sie sogar noch. Sie geht vielleicht für eine Weile in den Untergrund, verschwindet aber nie völlig. Und das Traurigste ist, dass die Lüge nie das bewirkt, was wir uns von ihr erhofft haben, dass sie nämlich unsere Scham zudeckt. Und ganz sicher löst sie sie auch nicht auf. Sie macht uns vielleicht vorzeigbarer, aber sie trägt auch nicht das kleinste bisschen dazu bei, diesen Zustand der Beschämung zu lösen. Und inzwischen hat auch jeder in unserem Umfeld das bemerkt und ist schon von dem Mann verletzt worden, der sich selbst für relativ vorzeigbar hält."

„Ich nehme an, das hier dient nicht dem Ziel, dass ich mich besser fühle, oder?"

„Nee." Andy hebt eine Hand, um mir zu signalisieren, dass ich weiter zuhören soll. „Du wolltest aber von mir, dass ich deine von Scham gespeiste Wut behebe, ohne mich an dich und deine Überlegenheitsgeschichte heranzulassen."

„Ach, wollte ich das?"

„Du hast einfach versucht, dein schlechtes Benehmen so zu modifizieren, dass du zu Hause nicht noch mal rausfliegst ... das wollte ich damit sagen."

Ich zucke die Achseln.

„Weißt du, mir war klar, dass diese Strategie bei dir genauso wenig funktionieren würde, wie sie bei mir funktioniert hat. Ich wusste, dass nur ein echter Freund bei dir die Scham als Antrieb deines Verhaltens würde ansprechen dürfen." Er sieht mich an. „Ich glaube, deshalb bist du heute hergekommen ... oder?"

Ich denke daran zurück, wie ich vorhin noch im Wagen in meiner Garagenauffahrt gesessen habe, allein und ohne einen Funken Hoffnung. „Ja", sage ich. „Ja, das könnte durchaus der Grund sein, weshalb ich hier bin."

Andy fängt plötzlich an, total dämlich zu grinsen. „Weißt du eigentlich, auf wessen Boot wir gerade sind?"

„Na klar. Das ist das Boot unserer Firma. Ich hab schon so oft auf dieser Bank hier gesessen."

Andy fährt mit der Hand über ein Stück der Reling. „Ja,

eine fünfundvierzig Fuß lange Prinzessin. Sie beherbergt einen starken Turbodieselmotor und ist aus Fiberglas. Und sie hat vierhundert Pferde da unten – Pferde, die im Wasser fliegen können. Innendrin ist sie mit poliertem Ahorn verkleidet, mit Büffelleder und kalifornischen Berberteppichen. Sie ist mit einem Radar ausgerüstet, der einen Schlepper in einer Entfernung von vierundzwanzig Meilen findet, und sie kann mit zwanzig Knoten übers Wasser tanzen, bevor sie 500 Meter vom Steg weg ist. Zwanzig Knoten, mein Freund!"

Ich schaue mich an Deck des Bootes um, von dem ich gedacht habe, dass ich es gut kennen würde. „Wow. Ich bin beeindruckt. Auf all das habe ich nie so besonders geachtet. Normalerweise sitze ich hinten und schmiere irgendwelchen potenziellen Kunden Honig um den Bart."

„Zu meinem Job als Hafenmeister", sagt er und fährt dabei immer noch langsam mit der Hand über die Reling, „gehört, dass ich die Boote auschecke, und nebenbei pflege und warte ich auch ein paar davon und halte die Motoren fit. Also schippere ich ab und zu auch ein bisschen damit in der Bucht herum. Das ist fast so, als würde man ein Dutzend Jachten besitzen. Was hältst du davon, wenn wir die Lady hier mal auf eine kleine Spritztour ausführen?"

„Dir ist aber schon klar, dass mein Leben gerade ein Trümmerhaufen ist, oder?"

„Aber klar." Er lächelt mich an. „Das haben wir doch jetzt eindeutig festgestellt, denke ich."

„Und du findest wirklich, wir sollten ...?"

„Jepp."

„Na gut. Heute hab nicht ich das Sagen."

„Gut."

Ich suche mir einen gepolsterten Sitz, lehne mich zurück und schaue zu, wie Andy einmal der Länge nach über das ganze Boot geht und pingelig genau alles kontrolliert. Dann macht er das

Boot los und setzt sich auf den Kapitänssitz, um den Motor zu starten. Der reagiert ganz geschmeidig mit einem tiefen, leisen Röhren. Es ist, als ob das Boot Andy gehört.

Schon bald hat er es vom Liegeplatz wegmanövriert, und wir bahnen uns ganz langsam unseren Weg zwischen endlosen Reihen von Booten hindurch in Richtung Hafendamm.

Das ist wie im Film. Der Schauplatz und die Umstände sind so abwegig, dass es den Anschein hat, als wäre dies alles von langer Hand vorbereitet. *Ich bin auf der Jacht meines Chefs und werde von einem verrückten Typ mit Baseballkappe herumgeschippert, der mir beibringt, nicht so wie mein Chef zu werden.*

Ich muss laut lachen. Ich stelle mir vor, wie Gott neben mir steht, mir auf den Rücken klopft und sagt: „*Und – wie hab ich das eingefädelt? Vielleicht solltest du auf den Typen hören. Es hat mich ziemlich viel Mühe gekostet, dich hierherzulotsen.*“

Es ist alles sehr friedlich, und ich lasse mich einlullen vom leisen Dröhnen des Motors. Wie ist das möglich? Ich schwänze die Arbeit – niemand weiß, wo ich bin, und im Moment ist mir das auch völlig egal. In der Stunde, in der mein schwerstes Scheitern ans Licht gekommen ist, kann ich zum ersten Mal seit meiner Kindheit das Meer genießen.

Andy macht da weiter, wo er aufgehört hat, während er das Boot durch den Hafendamm hinaus aufs offene Meer manövriert. „Die meisten Therapeuten sind dazu ausgebildet, mit dir zusammen an einem bestimmten Verhalten zu arbeiten, Steven. Das nennt man Behaviorismus.“

Ich rücke näher zu Andy hin, damit ich ihn trotz des Motorengeräusches verstehen kann.

„Nur weiter“, sage ich.

„Es ist wie das komplizierte Spiel Hau-den-Maulwurf. Da kommen Maulwürfe aus Löchern und du haust mit einem Gummihammer drauf. Man bekommt so viele Punkte, wie man Maulwürfe erwischt hat. Eine Weile geht alles locker vom

Hocker und man sammelt jede Menge Punkte. Aber dann wird das Spiel schneller. Wir glauben, dass wir ein bestimmtes Verhalten im Griff oder sogar ganz ausgemerzt haben, und dann kommen gleichzeitig vier neue Viecher hoch. Irgendwann haben wir für nichts anderes mehr Kraft und Zeit, als Maulwürfe platt zu hauen. Die Therapeuten schicken ihre Kinder auf die Uni, damit die uns dann ebenfalls beibringen können, wie wir die kleinen Tiere schneller und besser treffen können."

Andy blickt von den Kontrollinstrumenten auf. „Aber keine Verhaltensaxt kann die Scham weghauen, durch die diese Lüge überhaupt erst auslöst wird, welche dann die Maulwürfe loslässt."

Er lässt dieses Bild erst ein Weilchen bei mir sacken, bevor er weiterredet. „Und dann gibt es andere Leute, die möchten an dem arbeiten, was sie unsere *Wurzelverhaltensweisen* nennen. Das ist Psychologie. Man versucht, den Weg zurückzuverfolgen bis zu einem bestimmten Ereignis in der frühen Kindheit. Man deckt Begebenheiten auf und untersucht diese, um die Frage zu klären, wieso man eine Unter- oder Überlegenheitsgeschichte braucht. Aber ein guter Psychologe wird dich auch immer darauf hinweisen, dass man jetzt lediglich die Elemente dieser Geschichte identifiziert hat und die Ursachen dafür. Das ist zwar unglaublich hilfreich und fühlt sich vielleicht auch gut an, aber gelöst ist dadurch noch gar nichts. Die Scham, die bleibt nämlich immer noch bestehen. Denn letztlich kann auch keine noch so scharf geschliffene psychologische Axt diese innere Scham beseitigen, die immer wieder diese Lüge auslöst, durch die dann wieder die Maulwürfe losgelassen werden."

Wir gleiten dahin, hinaus in tiefere Gewässer. Ich möchte ihm irgendwie signalisieren, dass ich ihm folgen kann, aber ich glaube nicht, dass er mich hören würde, also blinzele ich einfach weiter in die Sonne.

„Genau in dem Augenblick, in dem bei dir die totale Desillusionierung einsetzt, tritt Jesus aus dem Schatten und steht neben dir. Er schaut dir in die Augen und sagt: ‚Ich habe deine Scham vor zweitausend Jahren auf mich genommen, und damit habe ich bewirkt, dass sie dich niemals wieder beherrschen darf. Sie gehört jetzt nicht mehr zu dir. Es ist vorbei. Das ist die Wahrheit.'"

„Ist das jetzt der Bekehrungsaufruf?"

„Ja." Er lächelt. „Wahrscheinlich schon."

„Also, ich sag dir mal was. Da ist für mich einfach zu viel Magie im Spiel. Zu viele Spiegel, zu viel doppelter Boden, zu viel Rauch."

Er lächelt wieder. „Lass mir einmal meinen Willen, ja?" Er hat sich auf seinem Kapitänssitz zu mir umgedreht und aufgehört zu lenken.

Ich zeige zum Ruder. „Andy, willst du nicht ..."

„Ach ja, entschuldige." Jetzt lenkt er wieder.

„Aber wieso erleben die meisten Menschen diese Freiheit dann nicht?", fragt er.

Ich schaue ihn nur verständnislos an.

„Das ist keine rhetorische Frage. Wenn Gott unsere Scham von uns weg und auf sich genommen hat, wieso erleben wir dann diese Freiheit nicht?"

„Ich weiß es nicht."

Andy tippt auf das Steuerrad. „Also, jedenfalls nicht, weil wir nicht bemüht oder gebildet genug wären. Wir haben nicht gelernt, dass wir uns darauf verlassen können, dass das, was er über uns sagt, wahr ist. So einfach ist das. Weißt du, theologische Gedanken helfen einem da kein bisschen weiter."

„Was du nicht sagst."

„Und es ist keine Sache des Willens oder der Entschlossenheit, etwas zu glauben, was man einfach nicht glauben kann. Es bedeutet nur, dass man bereit sein muss, die neuen Kleider anzuziehen und sich vorzustellen, wie es wohl aussehen würde, wenn man glauben könnte, dass er die Scham wirklich weggenommen hat. Ich brauche nicht mehr auf die Person zu hören, von der die Scham behauptet, das sei ich."

Etwas von dem, was Andy da sagt, ergibt langsam einen Sinn.

„Wenn wir nicht glauben, was Jesus behauptet, getan zu haben", sagt Andy, „ist es schwer zu akzeptieren, dass wir uns selbst solche Lügen erzählen, und noch schwerer ist es, sie durch unsere wahre Identität zu ersetzen, die Gott uns gibt. Er bietet uns dieses neue Leben an, dieses Leben, zu dem wir uns mithilfe unserer gefälschten Geschichten über uns selbst den Weg hinzumogeln versucht haben. Und er tut das ohne jede Verurteilung. Er lächelt, legt seinen Arm um uns, schaut sich mit uns zusammen unser verkorkstes Leben an und sagt uns, dass er verrückt nach uns ist. Ihn überrascht gar nichts, und nichts bewirkt, dass er weglaufen möchte. Er weiß doch schon seit vor der Erschaffung der Welt von unseren Problemen, und er weiß auch, in welche Richtung es jetzt weitergeht. Und das versetzt der Scham einen vernichtenden Schlag, indem es ihr nämlich den Boden entzieht."

Wir sind jetzt ganz langsam geworden und dümpeln vor einer gewaltigen Reihe Betonwellenbrecher entlang, durch die der Jachthafen vom offenen Meer getrennt ist.

„Jesus bittet uns also, ihm zu vertrauen, ihm nichts vorzutäuschen oder etwas für ihn zu leisten. Und langsam entdecken wir, dass es noch mehr Leute gibt, denen wir dabei helfen können, dieses Vertrauen zu entwickeln." Er schaut zu mir herüber. „Sogar ein so verkorkster Typ wie ich kann einem Freund einen sicheren und geschützten Raum anbieten. Sogar ein Mann, der so mit Fehlern behaftet ist wie ich, kann einem Freund helfen, sein Lügenmärchen durch eine wahre Geschichte zu ersetzen und neu zu schreiben – die Geschichte, dass Jesus Christus *durch mich wirkt.* Das ist Steven Kerner an seinem schlimmsten

Tag." Er dreht sich einmal ganz zu mir um und sagt: „Und das, das sage ich dir, das bringt's."

„Okay. Langsam kann ich dir folgen", sage ich. „Aber ich bin bei deiner Aussage nicht ganz mitgekommen, dass jeder diese Scham kennt. Ich kapiere, dass es Leute gibt, die von Scham getrieben sind. Aber ich? Vielleicht gibt's bei mir zu viel Arroganz und Stolz, aber ich habe in meinem gesamten Leben keine zehn Minuten Scham empfunden oder gar darunter gelitten."

„Dann erklär mir doch mal bitte, Steven", sagt er und beugt sich vor, „was bei dir der Antrieb für dieses Bedürfnis ist, jeden zu besiegen, der dir in den Weg kommt? Was treibt dich dazu, immer mehr als hundert Prozent zu wollen? Was bringt dich dazu, dich immer wieder selbst dafür fertigzumachen, dass du deine überzogenen Erwartungen an dich selbst nicht erfüllen kannst? Was bringt dich dazu, dich ständig mit anderen zu vergleichen oder andere klein zu machen? Woher soll das alles denn kommen, wenn nicht aus einer tief sitzenden, angeborenen Furcht heraus, dass du nicht genügst und dass andere das merken könnten? Es gibt nur einen Zustand, der zu einem solchen Verhalten antreibt. Er fängt mit S an und reimt sich auf Kram."

Ich blicke auf und sehe ihn an. „Okay, dann verrat mir doch mal Folgendes – warum hat sich das alles nicht geändert, als ich Christ geworden bin?"

„Sehr gute Frage."

Andy fängt an, sich durch die Durchfahrt im Hafendamm zurück zu der Anlegestelle zu fädeln. „Die meisten Leute glauben, dass wir einfach so auf wundersame Weise bis in Ewigkeit glücklich leben werden, wenn wir erst mal an Jesus glauben, und dass uns dann die gebratenen Tauben in den Mund fliegen." Er macht eine Pause. „Aber dann stellen wir fest, dass wir immer noch ganz genau wissen, wie man anderen wehtut und beschissene Lebensentscheidungen trifft. Und wenn wir das merken, dann macht es uns richtig fertig. Und das ist der Punkt, an dem die umgeschriebene Geschichte wieder ins Spiel kommt. Sie flüstert uns nämlich zu, dass wir ein solches Leben ja auch gar nicht verdient haben und dass Jesus völlig abgestoßen und angewidert ist von unserem Versagen. Wenn wir uns dann ordentlich selbst fertiggemacht haben, fangen wir an, uns selbst mit allen Mitteln geradezubiegen, um diese Abscheu abzuschwächen, von der wir glauben, dass er sie für uns empfindet. Willkommen in dem, was vielerorts als Kirche durchgeht! Und damit spielen wir dem Selbsthass schön weiter in die Hände. Viele Gemeinden sorgen dafür, dass ihre Mitglieder in schöner Regelmäßigkeit daran erinnert werden, wie angewidert Jesus eigentlich von ihnen ist. Und das ist die größte Lüge in dieser ganzen Mixtur – die Überzeugung, dass wir uns selbst geradebiegen können, die Überzeugung, dass er möchte, dass wir das versuchen, die Überzeugung, dass er wütend auf uns ist, wenn wir uns dabei nicht noch mehr anstrengen."

„Er will nicht, dass wir selbst versuchen, unsere Fehler zu beheben?"

„Steven, wenn wir uns wirklich selbst in Ordnung bringen könnten, wieso hätte denn dann wohl Jesus sterben müssen?"

Ich schaue aufs Deck und halte schließlich meine Handflächen nach oben.

„Dieses gesamte Gefühl, dass ich nicht genüge, dass mit mir etwas grundlegend falsch ist, das wird aufgelöst auf genau dieselbe Weise, auf die man überhaupt Zugang zur Gnade bekommst, – nämlich indem man akzeptiert, dass man es sich nicht verdienen kann. Zieh dir mal Folgendes rein, Steven: Jesus bietet uns eine völlig neue Geschichte an – eine Geschichte ohne Minderwertigkeitsgefühle, Unzulänglichkeit und Unsicherheit. Keine Versuche mehr, irgendjemandem zu beweisen, dass ich jemand bin, von dem ich genau weiß, dass ich der eben nicht bin. Aus. Vorbei."

„Das unterscheidet sich so dermaßen von allem, was ich bisher über den Glauben und über Jesus gehört habe", sage ich. „Es ist so ... ganz anders."

Ein paar Jachten und kleinere Boote gleiten aus ihren Liegeplätzen heraus und in den offenen Hafen hinein. Die Sonne steht jetzt hoch genug, dass sie das Kielwasser der Boote mit schimmerndem Gold und Orange sprenkelt. Es ist unglaublich schön hier draußen. Wie oft habe ich hier schon gesessen und das nicht bemerkt?

Andy unterbricht meine Gedanken. „Ich sag dir mal, in was du dich da reinmanövriert hast. Wenn du ehrlich bist, fühlt es sich doch wirklich gut an, wenn sich jemand um dich kümmert; wenn man jemanden hat, der bei einem bleibt und der einem bei dem beisteht, was einen jahrzehntelang zum Ausrasten gebracht hat."

Ich nicke. „Ja, stimmt."

„Aber das macht einem auch Angst. Das ist ein bisschen so wie in der ersten Zeit, nachdem wir uns für ein Leben mit Gott entschieden haben. Wir sind wirklich gespannt und aufgeregt, aber an irgendeinem Punkt fangen wir an, uns zu fragen: *Was macht Gott wohl jetzt mit mir, wo ich ihm mein Leben anvertraut habe?* Wir bekommen wieder Angst, und zwar vor dem einen, der unsere Festungsmauern überwunden hat, um uns seine Liebe zu schenken. Wir sind immer noch überzeugt, dass wir es eigentlich nicht wert sind, geliebt zu werden. Und unser Annehmen der Gnade ist immer noch sehr verletzlich und zerbrechlich. Du bist in deinem Job sehr erfolgreich, Steven, aber ganz tief in deinem Inneren bist du davon überzeugt, dass du diesen Erfolg eigentlich nicht verdient hast. Ja, dass du es nicht einmal wert bist, geliebt zu werden. Der Gedanke, dass jemand dich lieben möchte, kommt dir immer wieder komisch vor, oder?“

Ich blicke aufs Wasser hinaus und bin noch nicht in der Lage, Andy schon zu antworten.

„Aber du musst es annehmen. Das ist etwas ganz anderes, als zu versuchen, andere oder Gott genug zu lieben. Es bedeutet zu sagen: ‚Wenn Gott sagt, dass ich es wert bin, geliebt zu werden, dann bin ich es wert.‘ Es heißt, zu vergessen, was die alten Tonbänder in deinem Kopf sagen, und stattdessen zu beschließen: Ich halte mich an die Bewertung und Einschätzung Gottes.“

„Okay“, sage ich. „Ich glaube, das schaffe ich.“

„Es wird sich zunächst anfühlen, als ob du die Büchse der Pandora geöffnet hättest, weil du dich und all den Müll in deinem Innern nämlich kennst. Und du hast furchtbare Angst, dass jemand anders das sehen könnte. Aber jetzt kommt der Unterschied ...“ Andy beugt sich noch weiter zu mir vor. „Das macht jetzt nichts mehr. Wenn sie die Wahrheit über dich erkennen, dann wirst du sogar *froh* darüber sein. Du wirst von nun an dir selbst gegenüber ein ganz anderes Gefühl haben. Und das liegt daran, dass du deinen Müll jetzt nur noch durch Gottes Augen siehst, durch die Augen der *Liebe* ... und nicht mehr durch die der Verurteilung.“

„Aber das muss ich nicht sofort und auf einen Schlag können, oder?“

„Willst du mich veräppeln?“ Er lehnt sich wieder zurück und lacht. „Guck dir doch nur mal Petrus an. Er ist öfter in seine neue Identität hinein- und wieder herausgeschlüpft, als Bette Middler bei einem Konzert das Kostüm wechselt.“

Ich schaue Andy jetzt eigentlich mehr zu, als dass ich zuhöre. Er hat wirklich Freude an diesem Gespräch. Auf diesen Augenblick hat er lange gewartet.

Vom Meer her weht jetzt eine leichte Brise. Die Boote im

Jachthafen schaukeln und knarren, während wir reden, so als ob sie sich freuen, dass wir da sind.

„Andy, schon seit dem Augenblick, als wir uns kennengelernt haben, frage ich mich, warum du das alles tust. Bin ich für dich eine Art ‚Projekt'? Wolltest du meinem Vater damit einen Gefallen tun? Weißt du, was ich jetzt glaube?"

Er sieht mich an.

„Ich glaube, du wolltest einfach einen Freund. Ich glaube, du wolltest dich um mich kümmern."

„Das stimmt. Das stimmt! Mir liegt sehr viel an dir. Wieso sollte ich wohl sonst mit einem arroganten Idioten in der Gegend herumfahren, der glaubt, dass meine Sonnenbrille blöd aussieht?"

„Nicht blöd." Ich lächle. „Sie macht dich nur – na ja – alt."

Er lacht schallend. „Sieh mich an, Steven. Ich *bin* alt. Ich habe an dem Abend die *Ed Sullivan Show* im Fernsehen geguckt, als die Beatles zum ersten Mal in Amerika auftraten."

„Was für 'ne Show?" Ich habe zwar schon von dieser alten Fernsehshow gehört, aber es fühlt sich einfach gut an, ein bisschen mit ihm zu flachsen.

Andy sieht mich mitleidig an. „Außerdem", sagt er, „sind Sonnenbrillen heute unmäßig teuer, und man sieht damit aus wie Puck, die Stubenfliege."

Andy zieht ohne ersichtlichen Grund an dem Tau der Schiffsglocke über seinem Kopf. „Ja, Gott hat mir irgendwie eine Art Liebe für dich und Interesse an dir geschenkt, ob du nun rausfindest, wie du das annehmen sollst, oder nicht. Egal, ob du je kapierst, wie du deine Frau lieben oder dich von ihr lieben lassen kannst, oder nicht – ich werde dein Freund sein. Ich möchte dich unterstützen."

„Ich glaube, ich habe es immer so empfunden, dass, wenn ich jemanden zu nah an mich heranlasse, diese Person dann Einfluss auf mich bekommt oder sogar die Kontrolle über mich."

„Kontrolle ist immer ein Ausdruck von Überlegenheit. Deshalb lässt du auch niemanden an dich heran", sagt er. „Kontrolle bedeutet, die Macht eines Titels oder einer Position einzusetzen. Aber jemanden zu beschützen, das ist ein Ausdruck von Liebe."

„Du meinst also, dass ich eines Tages dort hinkommen werde?", sage ich.

„Ja, das glaube ich. Und ist dir eigentlich schon aufgefallen, dass wir kaum noch über irgendwelche Symptome reden? Du glaubst nicht mehr, dass das Ziel darin besteht, irgendein fehlerhaftes Verhalten von dir zu beheben und dich zurechtzubiegen, oder?"

„Wahrscheinlich nicht."

„Ist doch cool!"

Ich nicke. „Es sei denn, man hat irgendwo eine Frau, die an Scheidung denkt."

„Geduld, mein Freund", sagt er. „Und übrigens, wahrscheinlich denkt sie nicht erst seit heute an Scheidung."

Ich lache leise in mich hinein. „Danke für die Ermutigung."

Er zündet sich seine Zigarre neu an und fängt wieder an zu paffen. „Okay, okay. Bleib du nur bei der Sache und konzentrier dich. Ich will nämlich auf einen ganz bestimmten Punkt hinaus. Was beschützende Liebe nämlich noch bewirkt, ist Verletzlichkeit. Ich nehme an, du hättest niemals daran gedacht, jemandem einmal all das anzuvertrauen, was du in den letzten paar Stunden alles über dich herausgelassen hast. Das ist der Grund, weshalb es nie um eine Technik geht, nie um etwas nach dem Motto: ‚Sich öffnen in fünf Schritten'. Ich habe nie einen Plan oder eine Strategie mit dir gehabt. Ich habe mir nur gewünscht, dass diese Verletzlichkeit irgendwann zum Vorschein kommt. Das allein, mein Freund, nämlich offen und transparent zu leben, wird deine Ehe auf den Kopf stellen."

„Wie meinst du das?", frage ich.

„Na ja, ich glaube, du bist traurig über das, was du schon tausend Mal getan hast. Du bist traurig darüber, dass ans Licht gekommen ist, dass du Lindsey verletzt hast. Ich glaube, dass du wirklich *viel* Traurigkeit empfunden hast, ja sogar Reue. Aber vielleicht ist jetzt das erste Mal, dass du erkennst und dich der Tatsache stellst, dass es hier um mehr geht als um ein Verhaltensproblem – du gibst nämlich tatsächlich zu, dass du deine Wut benutzt, um deine Welt zu kontrollieren."

„Moment mal", sage ich. „Habe ich das gesagt?"

„Ja, ich glaube, das hast du gesagt."

Ich denke einen Moment lang nach und sage dann: „Okay. Das verstehe ich, aber wenn du es so sagst, klingt es wie irgendwas total Spektakuläres."

„Und du entdeckst außerdem, dass du nicht weißt, wie du es aufhalten kannst. Zum ersten Mal kannst du diese Wahrheiten nehmen und sie Gott und vielleicht auch bald Lindsey hinhalten. Dieses Mal tust du wirklich Buße. Weißt du eigentlich, was das ist, Buße?"

Mit dieser Frage hat er mich kalt erwischt, weil ich immer noch dabei bin, darüber nachzudenken, ob und wie ich meine Wut dazu benutze, um Kontrolle auszuüben. „Äh, klar. Buße. Also, das heißt doch, aufzuhören, das zu tun, was man falsch gemacht hat, und sich um hundertachtzig Grad zu drehen. Richtig?"

Er verzieht das Gesicht. „Na, wenn das keine konkrete Antwort ist." Und dann sagt er mit gespieltem Ernst: „Also, ich weiß gar nicht, warum wir das nicht schon längst gemacht haben. Einfach aufhören mit dem, was wir gemacht haben. Komm, lass uns das doch einfach machen. Was hältst du davon?" Er klopft sich in gespielter Entschlossenheit auf die Schenkel.

Ich starre ihn wütend an. „Das ist jetzt wieder so ein Beispiel dafür, wie du etwas, das ich sage, einfach nur blöd klingen lässt."

„Ja, kann schon sein. Das ist nur so, weil diese blöden Klischees zu den Denkweisen gehören, durch die du überhaupt erst in den ganzen Schlamassel hineingeraten bist. Glaubst du nicht, dass du deine Angelegenheiten nicht schon längst auf die Reihe gekriegt hättest, wenn du glauben würdest, dass du einfach aufhören könntest, dich so zu verhalten, wie du es tust, Steven?"

Ich zucke mit zunehmendem Frust die Achseln. „Ich weiß nicht, was du hören willst, Andy. Ich fühle mich wieder wie in der Mittelstufe in der Schule, und mein Physiklehrer will eine ganz bestimmte Antwort haben. Wieso sagst du es mir nicht einfach, damit wir weitermachen können?"

„Ich erinnere dich an deinen Physiklehrer in der Mittelstufe?"

„Manchmal schon."

„Hatte der auch immer so kleine weiße Spuckekügelchen in den Mundwinkeln?"

„Ja."

„Also gut", sagt er. „Es ist nur so: Wenn ich es dir jetzt sage, wirst du glauben, du hast alles kapiert. Eigentlich möchte ich, dass du selbst darauf kommst, damit du erkennst, dass das, was du bis jetzt geglaubt hast, dich nicht dorthin bringt, wo du hinwillst. Sogar jetzt noch suchst du nach einer schnellen Lösung, nach der richtigen Formel, um so schnell wie möglich wieder zur Normalität mit Lindsey zurückzukehren."

Er steht auf und kommt zu mir herüber, bis er ganz nah vor mir steht. Den nächsten Satz sagt er sehr langsam und eindringlich. „Und deine Version von Normalität ist genau das, was deine Frau dazu zwingt, ein Leben ohne dich in Betracht zu ziehen. Verstehst du, was ich meine?"

Ich seufze. „Nur weiter. Im Moment ist es nur so, dass mir

die Zeit davonläuft."

„Du vertraust dem alten Käpt'n immer noch nicht, was? Meinst immer noch, dass du es schon irgendwie hinkriegst. Du brauchst bloß ein paar Merksätze, dann kriegst du das schon wieder geregelt. Steven, das ist so, als ob Osama bin Laden glauben würde, er bräuchte nur eine Runde Golf mit dem Dalai Lama zu spielen, und schon sei er rehabilitiert und könne mit einem Gospelchor auf Tournee gehen."

Ich mache eine Geste zu dem Wellenbrecher hin. „Dir ist aber schon klar, dass gerade niemand dieses Boot lenkt, oder?"

Andy dreht sich wieder um, lenkt kurz ... lässt aber dann die Hände sinken.

„Hey, guck doch mal! Wir treiben genau auf die großen Betondinger zu. Mannomann, wenn wir da reinkrachen, das wäre für alle Beteiligten ziemlich übel, was?"

Ich schaue zu dem rasch näher kommenden Hafendamm hin. „Mach keinen Quatsch, Andy. Ich hab's ja kapiert. Ich weiß jetzt, worauf du hinauswillst."

„Ich fahre immer so verrückt, weißt du? Ich mache immer diese Riesenschlenker, und dauernd möchte ich aufstehen und herumlaufen. Ich weiß auch nicht, was mit mir los ist. Wieso übernimmst du nicht einfach das Kommando? Du bist doch schon so oft auf diesem Boot gewesen."

„Hör auf damit, Andy. Ich habe keine Ahnung, wie man ein Boot lenkt. Ich habe auch nie zugeschaut, wie es bedient wird. Ich kann das nicht. Und jetzt setz dich und lenk das Boot."

Wir sind mittlerweile keine 200 Meter mehr von den Wellenbrechern entfernt und bewegen uns immer noch weiter darauf zu.

„Puuuh", ruft er aus wie ein unbeteiligter Beobachter. „Die Dinger kommen jetzt aber echt nah. Ich glaube, wenn ich dir einfach zeigen würde, wie man das Steuerrad bedient, dann könntest du hier übernehmen und uns aus der Klemme helfen. Also, wenn ich du wäre, würde ich das machen. Du bist doch der Typ mit den Antworten. Du bist doch der tolle Manager. Hier, das ist dein Boot." Andy wirft die Hände in die Luft. „Mann, ich weiß anscheinend plötzlich nicht mehr, was ich tue."

„Hör auf damit, Andy!", schreie ich. „Du riskierst deinen Job. Du riskierst unser *Leben*."

Er dreht sich zu mir um und sieht mich wieder an. „Wirklich? Ich hätte nämlich gedacht, dass du das hier lösen kannst. Du brauchst doch niemanden. Mann, diese Felsen sehen wirklich spitz und scharf aus, was? Stell dir doch bloß mal vor, was die mit einem Bootsrumpf anrichten könnten. Da werde ich sicher so einiges erklären müssen."

Ich springe von meinem Platz auf. „Du bist ein Idiot, Andy! Bist du bereit, das Boot zu zerstören, nur um mir etwas deutlich zu machen?"

Ich renne zu dem Sitz, nehme das Steuerrad in die Hand und drehe heftig daran, um das Boot von den Felsen wegzumanövrieren. Aber es ist schon zu spät, um noch abzudrehen. Ich gerate in Panik und drehe das Rad heftig in die andere Richtung. Keine 100 Meter mehr von dem Damm entfernt kommt Andy von hinten und zieht die Maschinenhebel in den Rückwärtsgang. Einen Moment lang noch bewegt sich das Boot weiter vorwärts, um dann langsam mit einem tiefen Röhren rückwärtszugleiten.

Andy setzt sich wieder ans Steuerrad, während ich auf meinen Platz zurückgehe.

„Mann, sieh dir das an", staunt er. „Ich habe mich immer gefragt, wozu diese Griffe wohl da sind. Das war echt knapp!"

Behutsam lenkt er das Boot wieder in ruhigere Gewässer zu den Liegeplätzen.

Ich atme schwer und balle die Hände zu Fäusten, um ihn

nicht zu schlagen. Sein lächerliches Spiel hat mich in meiner größten Furcht bestärkt: dass er nämlich komplett übergeschnappt ist.

Über eine Minute lang sagen wir beide nichts. Er fährt wieder große Schleifen im Hafenbecken.

„Du bist ein Idiot“, sage ich.

„Ja, ich weiß auch nicht, was ich mir dabei gedacht habe.“

„Hör auf, Andy. Hör auf damit!“

Er dreht sich wieder zu mir um und sagt ganz ruhig, aber entschieden: „Nein, hör *du* auf, Steven. Hast du überhaupt eine Ahnung, was ich da gerade gemacht habe?“

„Du hast mit einem blöden Vergleich etwas Blödes aussagen wollen. Und dabei hast du beinahe ein echt teures Boot zerlegt.“

„Also“, sagt Andy, „wir waren keinen Augenblick in Gefahr. Wir hatten noch reichlich Zeit, um zu wenden, aber das hast du nicht gewusst. Wenn du allerdings weiter auf deine Weise versucht hättest, die Richtung zu ändern und der Gefahr zu entkommen, dann wären wir tatsächlich in Gefahr gewesen. Als wir auf den Damm zugefahren sind, war es einfach zu spät zum Wenden, sosehr du es auch versucht hast.“

„Ich will nichts mehr von dir hören.“

„Hör doch mal zu! Du könntest der beste Kapitän der Welt sein, und trotzdem wärst du auf die Wellenbrecher aufgelaufen, und zwar weil du geglaubt hast, dein Lenken würde etwas ändern.“

Ich kann ihn im Moment nicht ansehen. Und das habe ich auch nicht vor.

„Genau das Gleiche machst du in deinem Leben, und zwar schon lange bevor ich dich kennengelernt habe. Genau an dem Punkt bist du gerade – ungefähr zehn Meter von dem Damm entfernt. Das Boot bewegt sich in ziemlich schnellem Tempo darauf zu, und du unternimmst alles, was in deiner Macht steht, um es zu wenden, aber du kannst es nicht lenken. Und schließlich ist ein Punkt erreicht, an dem Lenken nicht das Geringste mehr ändert. Auch eine scharfe Kurskorrektur nützt da nichts mehr. Gott versucht schon lange, dir das klarzumachen, aber du hast eine solche Panik geschoben und so wild an dem Lenkrad herumgedreht, dass du ihn gar nicht gehört hast. Sogar jetzt noch möchtest du nach Hause gehen und die Probleme da irgendwie im Hauruckverfahren beheben. Aber dieses Mal wird das nicht gut ausgehen. Hörst du mir eigentlich zu? Du bist drauf und dran, deine Frau, deine Tochter und vielleicht auch noch deinen Job zu verlieren. Und du bist sauer auf mich, weil ich versuche, irgendwie deine Aufmerksamkeit zu gewinnen. Jetzt mach mal halblang."

Es ist wieder still.

Schließlich frage ich: „Was soll ich also tun?"

„Ich werde jetzt mal um des Argumentierens willen so tun, als wolltest du auf deine Frage wirklich eine Antwort hören, Steven", sagt er. „Lass jemanden auf dich aufpassen. Und zwar mich, den Typ, der dir gegenübersitzt. Weil *ich* nämlich vor zehn Jahren voll auf den Felsen gebrettert bin, weiß ich inzwischen zufällig, wo die Hebel für den Rückwärtsgang sind. Gott kann mich einsetzen, um dir aus diesem Schlamassel herauszuhelfen, in spiegelglatte Gewässer, in denen du noch nie gewesen bist."

Endlich blicke ich wieder auf und sehe ihn an. „Also war ich vielleicht doch noch nicht so weit, wie du noch vor zwanzig Minuten gedacht hast?"

„Ich weiß es nicht. Sag du es mir."

„Andy, ich weiß wirklich nicht, ob ich im Moment lüge, bluffe, so tue, als ob, oder die Wahrheit sage. Jedes Mal, wenn ich glaube, dass ich jetzt wirklich dabei bin, habe ich mir wieder nur selbst was vorgemacht. Aber ich glaube, dass ich in diesem Augenblick zum ersten Mal überzeugt bin, dass du weißt, was du mit mir anstellen sollst."

„Ja, ich gebe mir Mühe, aber ganz genau weiß niemand, wie das geht. Ich bin immer noch ein äußerst fehlbarer Trottel. Jesus ist es, der genau weiß, was er für dich tun kann", sagt er. „Und wahrscheinlich würde *er* dir dabei auch nicht das Gefühl geben, völlig bescheuert zu sein. Das tut mir leid. Aber manchmal muss einfach jemand anfangen, um dich dann in seine Richtung zu schieben."

„Entschuldige bitte, dass ich wieder versucht habe, das Steuer zu übernehmen. Wo waren wir stehen geblieben?"

Andy macht eine Pause und holt tief Luft. „Ich versuche, das Motiv hinter dem Verhalten zu erkennen. Das ist eines der Dinge, die uns von Säugetieren unterscheiden. Das und diese Sache mit dem opponierbaren Daumen. Ich glaube, Gott will, dass du nicht nur einfach deine Wut erkennst, sondern dir auch die Scham eingestehst, die dich dazu bringt, alles um dich her kontrollieren zu wollen.

Wenn du Lindsey diese unbewusste Strategie erklärst, wenn du zugibst, dass du durch deine Wut die Kontrolle über alles um dich her bekommst, dann wird sie dir zum ersten Mal seit sehr langer Zeit wieder glauben."

„Das ist alles?" Ich lasse den Kopf hängen. „Alles, was ich tun muss, ist zuzugeben, dass ich ein Idiot bin?"

„Genau."

„Aber das mache ich doch ständig."

„Ja", sagt er, „aber dieses Mal hast du ihr außerdem noch dein echtes Selbst zu bieten. Und wenn du das tust, dann ist das für sie der sicherste Ort der Welt – der Ort, wo sie ihren eigenen Mann finden kann. Wenn du dein Verhalten nur als Wut-Problem siehst und es dabei belässt, kannst du deine Wut immer irgendwie rechtfertigen. Du bist überzeugt, dass deine Wut nicht da wäre, wenn die Leute – wie Lindsey – sich ein bisschen zusammenreißen würden. Wenn du aber zugibst, dass die Wut da ist, *weil du willst, dass sie da ist*; wenn du bekennst, dass du deine Wut benutzt, um die Kontrolle zu haben – dann sagst du ihr damit, dass deine Wut jetzt nicht mehr gerechtfertigt ist. Du bist besiegbar. Darauf hat sie all die Jahre gewartet. Sie hat mit einem Terroristen gelebt, der nie fair spielt. Und sie hat gelernt zu überleben, indem sie verhandelt, um wenigstens den vorübergehenden Anschein von Frieden zu erreichen. Aber vertrauen tut sie dem Terroristen schon seit Jahren nicht mehr ... also hat sie auch schon seit Jahren nicht mehr seine Liebe angenommen. Und so seid ihr beide immer weiter auseinandergedriftet – die ewig gleiche Leier."

„Meine Güte." Ich stoße einen tiefen Seufzer aus. „Meinst du, du könntest einen Teil davon für mich aufschreiben?"

Wir haben unseren Liegeplatz erreicht. Andy manövriert das Boot in die freie Lücke. „Es ist jetzt fast so weit, dass wir dich nach Hause schicken können. Aber solange die Tür offen ist, möchte ich erst noch etwas anderes sagen." Er lenkt behutsam und sieht mich nicht an, während er spricht. „Bist du bereit?"

„Klar."

„Das kann aber jetzt noch mal ziemlich wehtun."

„Du meinst natürlich im Unterschied zu all dem anderen von heute?"

„Deine Scham hat dich dazu getrieben, deine Umwelt zu kontrollieren", sagt er. „Also hast du deine Wut als Methode benutzt. Das ist schon schlimm genug. Aber noch längst nicht so schlimm wie der nächste Gedanke. Bereit?"

„Nein."

„Du hast gedacht, dass du andere kontrollierst", sagt er. „Dabei bist es aber die ganze Zeit du gewesen, der kontrolliert worden ist. Du bist in deine eigene Falle getappt, hast dein eigenes Gift getrunken." Er blickt auf, um zu sehen, ob ich ihm noch folgen kann. „Also, wenn du Gott gerade gebeten hast, dir dabei zu helfen, andere nicht mehr durch deine Wut zu kontrollieren, dann bist du wieder bei Null. Wieder ein Verhalten, das behoben und besiegt werden muss. Wenn du jetzt aber feststellen würdest, dass du da selbst nicht rauskommst, egal, wie viel Mühe du dir gibst und wie sehr du es auch versuchst, *dann* würdest du Gott wirklich brauchen. Und jetzt sprechen wir über wirkliche *Buße*. Erkennst du den Zusammenhang jetzt?"

Fast unfreiwillig stöhne ich auf. „Und ich kann wirklich gar nichts tun?"

„Nein. Aber jetzt Folgendes: Bei der Buße geht es nicht darum, etwas am eigenen Scheitern und Versagen zu ändern. Buße bedeutet nicht mehr, als einzugestehen, dass man am eigenen Scheitern und Versagen nichts ändern kann. Buße bedeutet nicht, zu bestätigen, dass man etwas Falsches getan hat, sondern es bedeutet zuzugeben, dass man nicht in der Lage ist, das zu tun, was eigentlich richtig wäre. Gott wartet und sehnt diesen Augenblick herbei mit allem, was er hat und ist."

„Dann wartet er wahrscheinlich schon sehr lange", sage ich.

„Ja, das glaube ich auch."

Wir sind jetzt wohlbehalten wieder an unserem Liegeplatz angekommen. Andy macht den Motor aus und bewegt sich in Richtung Steg.

„Also, es ist Zeit, Steven. Jetzt brauchst du mich erst mal nicht mehr. Du musst jetzt erst mit Jesus reden und dann mit Lindsey."

„Und was soll ich da sagen? Ich meine, zu Jesus?"

Andy dreht seine Handflächen nach außen. „Tut mir leid, da kann ich dir nicht helfen. Das ist wirklich eine Sache zwischen dir und ihm. Sag ihm einfach die Wahrheit. Er arbeitet schon seit Langem mit dir auf diesen Augenblick hin. Und er ist ein Spezialist im Interpretieren von Gemurmel und Seufzen."

Ich fühle mich noch genauso verloren und unsicher wie

vorhin. „Was soll ich denn zu Lindsey sagen? Sie vertraut mir genau so weit, wie sie mich werfen kann.“

„Da kann ich helfen“, sagt er. „Erstens wird sie dir wahrscheinlich wirklich nicht trauen, egal, was du ihr erzählst. Und das wird sicherlich auch noch eine ganze Weile so bleiben. Sie muss dich beobachten und überprüfen können, ob deine Buße auch wirklich echt ist. Vertrauen kann man niemandem einreden. Auch wenn sie dir vielleicht noch nicht ganz abnimmt, dass du dich völlig geändert hast, kann sie dir ja vielleicht doch abnehmen, dass du ernst meinst, was du sagst. Vielleicht nimmt sie dir noch nicht ab, dass du im Augenblick irgendwas machst, aber sie kann dir wenigstens deinen guten Willen und deine Ernsthaftigkeit abnehmen, und das ist schon ziemlich viel. Für den Augenblick kannst du nicht mehr erwarten. Sie glaubt dir schon lange nichts mehr. Wenn du deinen Fuß wieder in die Tür bekommen willst, dann frag sie, ob du dich bei ihr melden darfst. Wenn sie Nein sagt, dann lass dich darauf ein und gib ihr so viel Zeit, wie sie braucht. Nur das wird sie dazu bringen, sich zu fragen, wer du bist und was du mit ihrem Mann angestellt hast.“

Andy lächelt mich an, und ich kann nicht anders, als sein Lächeln zu erwidern.

„Sag ihr nicht, dass dir irgendwas leidtut, bevor du nicht bereit bist, ganz konkret die Wahrheit darüber zu sagen, was du die ganze Zeit gemacht hast. Sie weiß, dass dir dein Verhalten leidtut, aber sie wartet schon seit Jahren darauf, dass du ihr die Wahrheit über dich selbst sagst. Das könnte schon eine ganze Weile dauern. Also überstürz nichts. Dann, und erst dann, solltest du sie um Verzeihung bitten. Vielleicht wird sie sich erst weigern, dir zu verzeihen. Und wahrscheinlich sollte sie das auch. Sie ist ziemlich empört. Auch dabei musst du bereit sein, alles sie allein bestimmen zu lassen. Die Tatsache, dass du so weit bist, dir vergeben zu lassen, heißt noch längst nicht, dass sie auch schon so weit ist, dir zu vergeben. Das Schlimmste, was du tun kannst, ist, etwas von ihr zu verlangen, wozu sie noch nicht bereit ist. Verstehst du, was ich meine?“

Ich deute auf mein Outfit. „Ich bin in Hausschuhen durch die Gegend gelaufen ...“

„Sag ihr die Wahrheit über das, was du über dich selbst herausgefunden hast, was hinter deinem Verhalten steckt. Erzähl ihr von deinen Ängsten. Sag ihr, dass du Gott dein Herz ausgeschüttet hast und dass dir klar geworden ist, wie dringend und verzweifelt du ihn brauchst, damit sich etwas ändert. Sag ihr, dass du kapiert hast, dass du völlig außer Kontrolle warst und keine Ahnung hast, wie du das ändern kannst. Sag ihr all das.“

„Meinst du nicht, es würde ihr noch mehr Angst machen zu hören, dass ihr Mann außer Kontrolle geraten ist?“

„Glaubst du im Ernst, das wäre etwas Neues für sie?“ Er gibt mir einen leichten Klaps auf die Schulter. „Das macht ihr keine Angst. Was ihr Angst macht, ist die Tatsache, dass du es nie begriffen hast. Sie hat so lange mit ansehen müssen, wie du dich selbst belügst. Jetzt wird sie dich zum ersten Mal seit sehr langer Zeit so sehen, wie du wirklich bist. Zum ersten Mal wird sie wissen, dass ihr Mann nicht länger ein wütender Kaiser ohne Kleider ist.“

„Ich bin wahrscheinlich der schlimmste Ehemann im gesamten Orange County.“

„Nein. Nicht der schlimmste.“ Ein Lächeln zieht ein ganz klein wenig seine Mundwinkel nach oben. „Es gibt mindestens noch vier üblere. Drei von ihnen sitzen im Gefängnis. Aber der andere Typ ist noch auf freiem Fuß und hat einen festen Job.“

Ich muss laut lachen.

„Und wenn du das alles getan hast“, sagt Andy, „dann wäre es toll, wenn du ihr davon erzählen könntest, dass ich in alledem bei dir bin. Erzähl ihr von unseren Treffen. Erzähl ihr von *Bo's Café* und den Leuten, die du da kennengelernt hast. Erzähl ihr von deiner Zeit im *Marriott* und auch vom *Fenton's*. Lass sie teilhaben an dem Prozess, der dich bis hierher gebracht hat."

Ich sehe ihn an. „Das ist vielleicht schwerer zu erklären als der erste Teil. Aber ich habe schon damit angefangen."

„Sag ihr, dass dir langsam klar wird, wie sehr du ihr im Laufe der Jahre wehgetan hast, indem du dich ihr nicht geöffnet hast. Sag ihr, dass sie dein Vertrauen verdient hat und dass du bereit bist, das zu lernen. Lass sie mit in diesen Prozess hinein. Sag ihr, dass du ohne sie nicht mehr leben kannst. Vielleicht wird sie zunächst denken, dass du das alles von einer Stichwortkarte abliest, aber das hier ist keine Strategie für eine tolle Rede an einem Abend, sondern für den Rest eures Lebens."

Andy legt seine Hand auf meinen Arm. „So, Steven, überrede ich dich jetzt nur zu irgendwas und lege dir Worte in den Mund, oder bist du bereit, dich deiner Frau wirklich zu öffnen?"

Nach einem Moment nicke ich. „Ja. Vielleicht zum ersten Mal in meinem Leben, Andy."

„Dann verzieh dich", schreit er unvermittelt. „Ich hab zu tun. Boote verleihen und so. Wir treffen uns wieder, wenn du so weit bist. Schreib mir dann einfach."

Im Weggehen drehe ich mich noch einmal zu Andy um. „Wahrscheinlich sollte ich mich jetzt bei dir bedanken, aber ich glaube, das hebe ich mir lieber für später auf und schau erst mal, wie alles so läuft, wenn du nichts dagegen hast."

„Gut. Gott segne dich, Steven."

„Hm. Er ist wahrscheinlich derjenige, von dem ich im Moment lieber nichts hören möchte. Im Moment würde ich auch keinen Segen von ihm verlangen."

„Na gut. Dann möge Gott dich *ertragen*. Okay?" Er lächelt.

„Kling schon besser", sage ich und nicke ihm zum Abschied noch einmal zu.

„Bis bald, Andy."

„Sieh mal einer an. Andy hat recht gehabt.“

(Freitagnachmittag, 8. Mai)

Vor ungefähr einer Stunde bin ich vom Jachthafen wieder weggefahren. Irgendwann habe ich gemerkt, dass ich auf der 101 Richtung Norden unterwegs war. Ich musste einfach fahren, um einen klaren Kopf zu bekommen. In Malibu angekommen, habe ich wieder kehrtgemacht und bin jetzt auf der Rückfahrt.

Kein Radio, kein Telefon, nur Stille in meinem Mercedes.

Meine Gedanken gehen spazieren. Ungefähr 15 Kilometer hinter Las Flores fange ich dann an zu reden.

„Wahrscheinlich habe ich gedacht, dass ich irgendwie rauskriegen muss, wie es geht, und es dann selbst schaffen. Ich bin schon immer schlauer gewesen als die meisten anderen. Aber wieso kann einer mit meiner Intelligenz seine eigene Ehe ruinieren, bei der Arbeit abfällig beurteilt werden und sich insgesamt so mies fühlen? Andy hat gesagt, du wartest nur darauf, dass ich dich das frage.“

Ich fahre weiter. Meine Gedanken schweifen zu einzelnen kleinen Erinnerungsfetzen aus der Vergangenheit: die Kindheit; meine erste Freundin; wie ich auf der Motorhaube meines Mustangs sitze; im College mit Ronnie Oliveri; wie ich mich mit Sangria betrinke; mein erster Job nach dem College; meine Hochzeit ... es stimmt, ich war immer der angespannte, berechnende, latent wütende Typ wie der, der später im *Fenton’s* saß.

Es ist, als ob meine Gedanken alte Aktenordner durchforsten in dem Versuch, irgendetwas herauszubekommen ...

„Vor ungefähr einem Monat habe ich gesagt, dass es mir so vorkommt, als ob mir jemand etwas zuflüstert. Es ist dasselbe Flüstern, das ich schon mein ganzes Leben lang höre. Ich habe mich davor versteckt, aber es ist immer da gewesen. Das warst immer du, oder?"

Ich fahre noch weiter. „Mir ist jetzt klar, dass ich dir und so ziemlich jedem anderen die Schuld gegeben habe, das sollst du wissen. Ich benutze meine Wut als Waffe meiner Wahl – um meinen Willen zu bekommen, um meine Welt im Griff und unter Kontrolle zu haben und meine Standpunkte und Positionen durchzusetzen. Das mache ich jetzt schon so lange so, dass ich gar keine anderen Möglichkeiten kenne. Ein großer Teil von mir möchte mit all dem absolut nicht konfrontiert werden. Ich möchte fahren, so schnell ich kann, irgendwohin, wo ich mich verstecken kann, wo ich mich nicht dem zu stellen brauche, wer ich bin und was ich angerichtet habe."

Ich rase an der Ausfahrt *Pacific Palisades* vorbei.

„Nein. Ich bin fertig mit dem Weglaufen. Es ist Zeit, dass ich mich all dem stelle, so wie du es willst."

Ich habe inzwischen Santa Monica erreicht und nehme den Ort ganz bewusst wahr. Als ich den palmengesäumten Boulevard entlangfahre, sind alle meine Sinne geschärft. Das hier ist der Schauplatz meiner Erfolge, der Ort, wo ich mir einen Namen gemacht habe. In diesen Restaurants hier bin ich bekannt, geachtet und werde bevorzugt behandelt.

Als ich vor der Ampel mit der langen Rotphase an der Wilshire stehe, nehme ich meine Umgebung intensiv wahr. Nach dem Morgen, den ich hinter mir habe, empfinde ich alles als surreal, hohl und dünn. Als ich jetzt vor den vollen Restaurants und Bistros stehe, kommt mir alles so verändert vor. In ein paar Jahren wird eine ganz neue Generation Mittdreißiger hier die Fensterplätze besetzen.

Ich parke an der Palisades Beach Road am Park, von dem aus man den Santa Monica Pier überblickt. In meinem Anstreicher-Outfit mische ich mich unauffällig unter die Leute auf der Straße. Jeden Moment werden jetzt gut gekleidete Kollegen in die Lokale mit Meerblick einfallen und an Tischen mit gestärkten weißen Leinentischtüchern verhandeln und feilschen, die am Morgen und Vormittag von eifrigen Assistentinnen und Sekretärinnen reserviert worden sind. Eigentlich müsste ich unter ihnen sein und mir wieder meinen Weg durch einen weiteren Tag bluffen.

Stattdessen schlendere ich zu einer etwas abgelegenen Stelle am Geländer eines Steges. Jetzt habe ich einen freien Blick aufs Meer und auf das Wahrzeichen der Strandpromenade unter mir – das Riesenrad.

„Andy sagt, dass ich bei all meinen Anstrengungen, alles zu kontrollieren, der Einzige bin, der wirklich betrogen wird. Und dieser Gedanke macht mich wirklich fertig. Ich möchte irgendeine Form von Buße auferlegt bekommen, aber ich glaube, genau das ist auch ein Teil des Problems: Ich kann nichts von alledem wiedergutmachen, auch nicht mit noch mehr Schauspielerei. Bitte vergib mir all meine Lügen und meine Vortäuschereien und all die Verletzungen, die ich anderen dadurch zugefügt habe. Ich halte es kaum aus, dass es sich so anfühlt, als ob ich mein Leben – und auch die Zeit von anderen Leuten – total vertan habe."

Ich höre auf zu reden, als ein Pärchen an mir vorbeigeht. Ich drehe mich um und warte, bis sie weiter weg sind.

„Andy sagt auch, dass ich dir all das Zeug anvertrauen soll, über das ich nie geredet habe, aber ich weiß gar nicht so recht, wie das geht. Und wahrscheinlich habe ich immer gedacht, dass du es total abstoßend finden und mich dann noch mehr verabscheuen würdest. Ich habe gedacht, dass du dich um die wirklich großen und wichtigen Angelegenheiten kümmerst, aber vielleicht bist du ja wirklich auch hier in den kleineren dabei. Das möchte ich wirklich gern glauben, und wahrscheinlich ist das auch meine einzige Chance, das alles durchzustehen."

Ich hole tief Luft und bereite sorgfältig vor, was ich als Nächstes sagen will. Irgendwie habe ich mein ganzes Leben lang darauf gewartet, zu dem Punkt zu gelangen, an dem ich es sagen kann.

„Es tut mir leid, wozu ich dich all die Jahre gemacht habe. Jetzt, in diesem Moment, wünsche ich mir, dass du mein echtes Ich annimmst – wenn es wirklich stimmt, dass du dazu bereit bist. All meine Ängste und meinen ganzen Müll. Das alles gebe ich dir. Ich will es nicht mehr."

Ich möchte noch mehr sagen, aber ... ich glaube, er weiß schon, was ich sagen will.

Eigentlich möchte ich hier nicht weggehen. So gut habe ich mich seit ... ich kann mich gar nicht mehr erinnern, wie lange, nicht mehr gefühlt. Aber ich muss unbedingt zu Lindsey.

Langsam gehe ich wieder den Steg hoch und durch den Park zurück zu meinem Auto. Ich bleibe stehen und schaue über die Straße zu den inzwischen gut gefüllten Restaurants hinüber. Santa Monica wird ganz langsam übermalt mit etwas Echtem. Auf dem Weg zu meinem Wagen bemerke ich einen Obdachlosen mit fettigem, verfilztem Haar, der auf einer Bank sitzt und an den Händen Socken trägt. Ich registriere, wie ich „Hallo!" zu ihm sage. Ich lasse meinen Mercedes an, fahre ganz langsam vom Bordstein weg auf die Straße und dann an der Küste entlang zurück nach Hause.

Carlos hat gesagt, ich sei ein Heiliger an seinem schlimmsten Tag und dass ich jetzt gerecht gesprochen bin. Ich. Ich glaube, heute ist der allererste Tag, an dem ich versuche, auch so zu leben. Was, wenn ich wirklich nur dadurch definiert bin und durch nichts anderes? Steven, der sich wie ein Idiot aufführen kann ... ist ein Heiliger. Gute Güte!

Ich will nicht mehr ständig mit irgendwelchen Folgen fertig werden müssen. Das habe ich mein ganzes Leben lang getan. Jetzt kann ich das nicht mehr und will es auch nicht mehr. Oder ich ende so, dass ich mit gar nichts mehr fertig werde.

Während ich mich langsam aus Santa Monica hinausfädele, versetzt mich der Gedanke in Angst und Schrecken, womit ich wohl zu Hause konfrontiert werde. Aber das habe ich nicht in der Hand. Ich kann mich nur Gott anvertrauen.

Ich lächle und bin überrascht, dass ich wirklich anfange zu glauben, was ich gerade gedacht habe. Was für ein unglaubliches Gefühl!

Und als ich auf der anderen Seite der Manhattan Bay bin, sage ich: „Ich bitte dich mit allem, was in mir ist, um eine Sache: Bitte lass Lindsey etwas in dem hören, was ich sage, das es ihr möglich macht, mir zu glauben. Und darüber hinaus weiß ich nicht, worum ich bitten soll. Bitte kümmere du dich darum."

Ich fühle mich wie jemand, der ganz bewusst und mit voller Absicht zu seiner eigenen Hinrichtung fährt. Zehntausend Gedanken wetteifern um meine Aufmerksamkeit.

Ich habe nicht einmal so sehr Angst davor, dass Lindsey wütend sein könnte, sondern zum ersten Mal ist der Gedanke viel wichtiger, dass sie mir vielleicht nicht verzeiht oder dass sie mich aus denselben falschen alten Gründen wieder zurückkommen lässt wie bisher. Bis jetzt ist mir das immer egal gewesen. Ich wollte nur einfach, dass alles wieder normal wurde. Jetzt weiß ich nicht, was ich tun soll, wenn sie mich nur aus dieser resignierten Angst heraus wieder zurückkommen lässt.

Lass sie einfach so stehen, wie sie ist.

Ich biege in die Sackgasse ein, in der wir wohnen. Lindseys

Wagen steht in der Auffahrt. Es bewegt sich jetzt alles wie in Zeitlupe. Melanie Patton ist draußen vor dem Haus und wässert ihre Sträucher, und sie hat sich ganz eindeutig dort postiert, um meine Rückkehr nicht zu verpassen. Ihr verächtlicher Blick folgt meinem Wagen. Es ist ein Blick, der besagt: *Ich habe dir noch nie über den Weg getraut. Seit ich dich zum ersten Mal gesehen habe. Wenn ich sie wäre, würde ich dich abservieren.*

Ich halte vor unserem Haus und stelle den Motor ab. Einen Moment lang bleibe ich noch einfach so sitzen.

Lass mich das jetzt bitte nicht vermasseln.

Und dann bin ich im Haus. Es ist sehr still. Lindsey ist weder in der Küche noch im Wohnzimmer. Ich gehe nach oben, am Bad vorbei zu unserem Schlafzimmer. Das letzte Zimmer am Ende des Ganges ist Jennifers. Ich gehe zur Tür. Dort ist Lindsey und legt Wäsche.

„Hallo ...", sage ich zögernd.

Sie dreht sich um und sieht mich an. Ich hasse es, dass ich schuld bin an diesem Blick. Es ist ein zerbrechlicher, aber entschlossener Ausdruck voller Selbstschutz. Sie hat Zeit gehabt, um eine Rede vorzubereiten, von der ich hoffe, dass sie sie nicht zu halten braucht.

Viel zu schnell platzt es aus mir heraus: „Lindsey, ich muss dir so viel sagen."

Sie hat sich wieder umgedreht und legt weiter Wäsche.

„Sag mir bitte Bescheid, wenn du bereit bist, mir zuzuhören."

Keine Reaktion. Als ich mich umdrehe, um das Zimmer zu verlassen, sagt sie ganz ruhig: „Ich bin noch nicht so weit zu reden, Steven. Ich muss allein sein."

Das kommt in einem sehr zurückhaltenden Tonfall heraus, der meine Befürchtung bestätigt, dass auch der letzte Rest von Vertrauen, den wir vielleicht noch gehabt haben, unwiderruflich hinüber ist. *Bitte, Gott, nimm mir meine Angst.*

Einen Moment lang bleibe ich noch stehen, um zu entscheiden, ob ich noch etwas sagen soll, verlasse dann aber das Zimmer und gehe die Treppe wieder hinunter. Ich gehe ganz langsam und hoffe, dass sie mir etwas hinterherruft, weil sie gemerkt hat, dass ich ihre Bitte respektiere, aber das tut sie nicht. Ich gehe zur Haustür hinaus und dann weiter die Sackgasse entlang, in der unser Haus liegt. Als ich schließlich irgendwann stehen bleibe, bin ich mitten im Crescent Park, fast anderthalb Kilometer von zu Hause entfernt. Ich setze mich auf eine Bank und bin nur unglaublich erschüttert. Ich habe Angst, dass Lindsey mich verlassen wird, wenn ich nichts tue, aber kurz darauf kommt mir dann ein ganz neuer Gedanke.

Mir wird plötzlich etwas klar. *Das habe ich noch nie zuvor getan. Ich habe sie noch nie in Ruhe gelassen, wenn sie mich darum gebeten hat. Und ich habe das nicht gemacht, um mir dadurch selbst einen Vorteil zu verschaffen. Jetzt habe ich es getan, weil ich will, was sie will – sonst nichts. Ich liebe sie, aber ich werde nicht versuchen, sie damit unter Kontrolle zu bekommen. Sieh mal einer an. Andy hat recht gehabt.*

Es ist früher Abend, als ich von der Bank aufstehe und mich auf den Heimweg mache. Ich betrete das Haus und treffe Lindsey in der Küche am Spülbecken an. Sie macht Essen. Ich gehe die Treppe hinauf, aber ihre Stimme hält mich auf.

„Du siehst wirklich schlimm aus."

Ich bleibe stehen und schaue an mir herunter. „Und so bin ich den ganzen Tag unterwegs gewesen."

Wir stehen beide reglos da und wissen nicht, was wir sagen sollen.

„Meine Schwester hat gesagt, dass ich mich von dir scheiden lassen soll."

„Wahrscheinlich hat sie mit Melanie Patton geredet."

Sie dreht sich ein bisschen weiter zu mir um, die Hände

immer noch im Spülbecken. „Willst du weiter da stehen bleiben?“

„Eigentlich wollte ich mich umziehen.“

Wieder Schweigen.

„Hilfst du mir, den Tisch zu decken?“, fragt sie. „Wenn du fertig bist?“

Ich nicke, gehe nach oben und ziehe mich um. Als ich wieder nach unten komme, fange ich schweigend an, drei Teller, drei Gläser und drei Bestecke zu decken. In den folgenden paar Minuten findet ein völlig verschrecktes Ehepaar ein ganz klein wenig Trost im vertrauten Ablauf der Essensvorbereitung. Irgendwann setzt sich Lindsey ans gegenüberliegende Ende des Esstischs, ohne mich anzusehen.

„Ich habe Angst, Steven.“

„Ich weiß.“

„Ich weiß nicht, was ich tun soll.“

„Ich habe auch Angst, Lindsey. Aber ich versuche, sie Gott zu bringen.“

„Wie oft sind wir schon genau an diesem Punkt gewesen?“

„Viel zu oft. Wo ist Jennifer?“, frage ich, ohne vom Serviettenfalten aufzublicken.

„Ich habe ihr erlaubt, noch drüben bei Kati zu bleiben, bis das Essen fertig ist.“ Sie klopft mit einer Gabel gegen einen der Teller und sagt: „Ich schaff das einfach so nicht mehr. Ich will nicht mehr, Steven. So kann ich einfach nicht weitermachen. Es muss sich was ändern ... oder ... ich weiß nicht, was ich tue.“

Ich würde sie am liebsten unterbrechen und ihr alles erzählen, was ich in den vergangenen paar Stunden erlebt habe, aber das tue ich ja immer. Ich versuche immer, die Kontrolle zu übernehmen, sie zu unterbrechen und auf Linie zu bringen. Also stehe ich einfach nur da, rücke Teller auf dem Tisch hin und her und nicke.

Sie fragt: „Wo bist du denn in dem Aufzug gewesen? Doch

nicht im Büro, oder?“

„Ich war bei Andy, und danach bin ich eine Weile einfach herumgefahren.“

„Und was hat er gesagt?“

„Ich habe keine Ahnung, wo ich anfangen soll, Lindsey. Ich habe viel nachgedacht.“

„Worüber zum Beispiel.“

„Ich glaube, über ganz gute Sachen.“

Sie blickt auf. Das ist unser erster echter Blickkontakt heute. „Dann erzähl mal.“

Ich hole tief Luft. „Jedes Mal, wenn ich nach einem Streit nach Hause gekommen bin, habe ich das getan, um mich mit einer Entschuldigung bei dir für mein Verhalten freizukaufen. Weißt du, ich bin mir nicht mal sicher, ob ich jemals der Meinung war, dass diese Auseinandersetzungen überhaupt mein Problem waren. Ich habe mir immer gesagt, dass du mich ja schließlich wütend gemacht hast mit deiner irrationalen Reaktion, die wohl jeden aufregen würde.“

Sie wendet sich mir zu. „Sollen das etwa die ganz guten neuen Sachen sein? Dann muss ich dir nämlich sagen ...“

Ich bitte sie mit einer Geste, sich zu gedulden. „Also habe ich mich jedes Mal für mein Verhalten entschuldigt und dir versprochen, nicht wieder wütend zu werden. Wie viele Blumensträuße habe ich gekauft und wie viele Geschenke, um dich wieder zurückzukaufen? Aber das hat nie etwas geändert.“

Sie schaut auf ihre Hände hinunter. „Nein, es ist immer schlimmer geworden. Viel schlimmer, Steven.“

„Ich weiß. Und das liegt daran, dass ich gedacht habe, *du* wärst das Problem. Ich habe immer gedacht: *Klar, ich raste vielleicht zu oft und zu schnell aus, aber in fast allem anderen bin ich im Recht. Alle anderen sind total verkorkst und ich kassiere die Prügel, weil ich darüber wütend werde und die Beherrschung ver-*

liere. Und ich war überzeugt, dass ich recht hatte!“

Sie sieht mich abwartend an. „Und ...?“

„Und ...“ Ich mach eine kleine Pause. „... ich hatte unrecht. Nichts von alledem hat gestimmt. *Nichts* davon. Es ist alles eine Lüge, die ich mir selbst aufgetischt habe.“

„Wie meinst du das?“

„Lass mich versuchen, erst mal alles zu erzählen, okay? Ich habe für mindestens vier Tage Stoff.“

Sie lehnt sich auf ihrem Stuhl zurück.

„Ich habe Wut als Waffe benutzt, um Kontrolle auszuüben, Lindsey. Über dich, im Job und sogar über Jennifer. Ich werde wütend, um meinen Willen durchzusetzen. Ich habe wirklich geglaubt, das würde funktionieren. Und dann habe ich dir das neulich wieder angetan, und da habe ich gemerkt, dass es nichts als Show war. Ich habe gemerkt, dass du recht hattest. Ich war am Boden zerstört, weil ich gemerkt habe, dass ich dich und mich selbst jahrelang belogen habe. Aber das konnte ich dir gegenüber nicht zugeben. Ich hatte Angst vor dem, was dann passieren würde. Da hätte ich es auch noch gar nicht erklären können. Jedenfalls war das der Punkt, an dem ich dann angefangen habe, abends nach der Arbeit in der Gegend herumzufahren. Ich wusste nicht, was ich sonst tun sollte. Ich wusste nur, dass ich nicht mehr ich sein wollte.“

Lindsey sagt: „An dem Abend ... als du angerufen und mir gesagt hast, dass ich nicht mit dem Essen warten soll – dieses erste Mal, da hatte ich solche Angst, dich zu verlieren. Ich hatte keine Ahnung, was ich tun sollte.“

Ich sehe den Schmerz in ihrem Blick. Schmerz, den ich so lange einfach ignoriert habe. „Und dann habe ich Andy kennengelernt“, berichte ich weiter. „Er hat es lange genug mit mir ausgehalten, dass ich in der Lage war, mich dem zu stellen – mich meiner Scham zu stellen.“

Ich schaue ihr in die Augen und hoffe, dass sie spürt, wie

ernst ich es meine.

„Das Schwierigste, was er zu mir gesagt hat, war, dass in Wirklichkeit *ich* von meiner Scham kontrolliert werde, während ich versuche, mit meiner Wut andere zu kontrollieren. Und du hast dabei so lange die Hauptlast getragen. Du bist mit einem gestörten Mann verheiratet." Ich hebe die Hände über den Kopf wie ein Soldat, der sich in der Schlacht ergibt. „Ist das nicht verrückt? Mich so reden zu hören?"

Lindseys Stimme klingt zögerlich. „Ich warte schon so lange darauf, dass du etwas in dieser Richtung begreifst. Und jetzt, wo du es aussprichst, weiß ich nicht, was ich tun soll. Soll ich sagen: ‚Na gut', und dann einfach weitermachen, als wäre nichts gewesen?"

„Nein. Das hast du viel zu oft getan."

„Ich weiß nicht, was du hier gerade tust und warum du das sagst. Ich will das alles nicht noch mal durchmachen, Steven." Jetzt kommen Lindsey die Tränen. „Das schaffe ich einfach nicht. Ich weiß nicht, ob ich dir überhaupt noch irgendetwas glauben kann."

„Ich weiß." Ich möchte so gern ihre Hände in meine nehmen. „Das ist genau richtig, Lindsey. Das ist gut. Ich weiß auch gar nicht, ob du mir überhaupt irgendetwas glauben *solltest*. Nur weil ich gerade mal ein paar Erleuchtungen gehabt habe, kann das nicht ein Jahrzehnt übler Manipulation ungeschehen machen."

„Stimmt. Das kann es nicht." Sie steht plötzlich auf, wirbelt herum und zeigt wütend mit dem Finger auf mich. „Mach das nicht, Steven! Das ist nicht fair. Treib nicht dein Spiel mit mir! Mach das nicht!"

„Ich ..."

„Halt den Mund!", schreit sie. „Ich hatte mich entschieden. Ich hatte Antworten auf all die Rechtfertigungen, von denen ich wusste, dass du sie liefern würdest. Und dann kommst du mir mit diesem Mist! Wo war das alles denn vor drei Jahren? Hä? Mach das nicht. Ich pack das nicht mehr!"

Sie ist aufgestanden und geht in der Küche herum, fuchtelt mit den Armen und knallt Töpfe auf den Herd, und dabei laufen ihr die ganze Zeit Tränen übers Gesicht.

„Was soll ich tun?", schreit sie und kommt zum Tisch zurück. „Sag's mir! Wo soll ich denn hin mit all diesem ... Schmerz?"

„Es tut mir leid. Ich weiß es nicht."

Sie kommt auf mich zugerauscht und schreit: „Okay. Du hast gewonnen. Das war's. Du hast gewonnen. Du hast mich kleingekriegt. Und dieses Spiel mit den eingeübten Sätzen, das du mit meinem Kopf spielst – ich glaube dir kein verdammtes Wort von dem, was du sagst! Hast du mich verstanden? *Ich traue dir nicht!*"

Ich möchte sie so gerne an mich ziehen und sie festhalten, aber sie ist noch nicht fertig. Und das sollte sie auch nicht sein. Alles, was ich sagen kann, ist: „Du hast ja recht."

Sie macht einen Satz von mir weg, geht zum Küchentresen und wendet sich wieder von mir ab. „Ich bin jetzt so weit, dich zu verlassen, Steven, und ich *werde* dich verlassen."

„Ich weiß."

„Was soll das heißen, du weißt es?" Jetzt schluchzt und schreit sie gleichzeitig. „Du weißt gar nichts. Seit wir geheiratet haben, weißt du nichts! Wenn das die heutige Version von noch mehr Blumen und Geschenken ist, dann spar dir das. Ich bin zu müde für so was. Es ist zu spät. Ich bin fertig mit dir."

Jetzt schießt sie von einer Seite der Küche zur anderen, schiebt etwas in den Backofen, knallt die Ofentür zu und wirbelt weiter herum, ohne auch nur ein einziges Mal in meine Richtung zu schauen.

„Wenn du glaubst, dass ein paar nette Worte, die dir jemand

vorgesagt hat, alles wieder ins Lot bringen, dann bist du noch dümmer, als ich gedacht habe. Behandle mich nicht wie eine Idiotin! Mach das nicht, Steven!“

Ich sitze am Tisch. „Möchtest du, dass ich eine Weile nach oben gehe oder so?“

Sie wirbelt wieder zu mir herum und schreit: „Hör auf damit! Hör auf, den ruhigen, verständnisvollen Ehemann zu spielen! Weißt du, was ich möchte? Weißt du das?“

„Sag’s mir.“

„Ich möchte, dass du mir die *Wahrheit* sagst. Ich brauche keine schlauen Formeln von einem Therapeuten. Was ich brauche, ist, dass du mir sagst, was los ist. Erinnerst du dich noch an heute Morgen, Steven? Weißt du, dass Jennifer völlig verstört war? Sie schreibt mir den ganzen Tag SMS aus der Schule. Was soll ich ihr denn sagen? Sie wird in ein paar Minuten zu Hause sein. Was soll ich ihr sagen? Sag’s mir!“

Ich stehe auf. „Okay“, sage ich sanft, aber entschlossener. „Kannst du einmal kurz zuhören?“

Sie setzt sich wieder auf ihren Platz am Esstisch und schluchzt in ihre Hände. „Was soll ich denn machen, Steven? Bitte hilf mir ...“ Sie legt ihren Kopf auf den Tisch und schluchzt jetzt völlig unkontrolliert.

Ich trete näher, halte aber immer noch Abstand. „Ich habe keine Ahnung, was du tun sollst. Ich bin noch nie in meinem ganzen Leben so durcheinander gewesen“, sage ich.

Keine Reaktion. Nur Schluchzen.

„Lindsey, ich weiß, dass sich das alles wie eingeübter Mist anhört. Aber ich bete, dass du weißt, dass es das nicht ist. Du brauchst nichts zu sagen. Hör einfach zu, und wenn ich fertig bin, dann kannst du mich als Lügner bezeichnen und mich bitten zu gehen. Und ich verspreche dir, dass ich es tun werde.“

Keine Reaktion.

„Ich habe mich dir nie wirklich geöffnet ... jedenfalls nicht mein wahres Ich. Ich habe dich nicht für vertrauenswürdig gehalten – ich weiß auch nicht, warum –, also habe ich dich auf Abstand gehalten, um mich selbst zu schützen. Ich habe die Wut benutzt, um mir dich und auch alle anderen vom Leib zu halten. Und vielleicht noch verletzender als meine Wut war, dass ich nicht zugelassen habe, dass du mich siehst, wie ich bin, oder dass du mich sogar liebst. Du hattest all diese Liebe zu geben, all das, was du mir sagen wolltest, und jedes Mal, wenn du es versucht hast, habe ich dich dafür bezahlen lassen. Was soll ich sagen? Ich kann das nicht wiedergutmachen. Es tut mir so unglaublich leid, und zwar nicht, weil ich will, dass wieder alles normal wird – als ob es das überhaupt jemals war –, sondern weil ich dieses Mal möchte, dass du weißt, du hattest recht. Mir ist jetzt klar, dass ich dich manipuliert und ausgeschlossen habe. Und ich möchte dich dafür um Verzeihung bitten. Nicht nur für die Dinge, die ich gesagt habe, oder dafür, dass ich dir das Herz gebrochen habe, sondern dafür, dass ich all die Jahre versucht habe, dich mit meiner Wut zu kontrollieren. Oh Gott, Lindsey, jetzt, wo ich das erkenne, tut es mir so leid, was ich dir angetan habe ... und du brauchst mir nicht zu vergeben. Das *solltest* du nicht einmal. Aber ich wünsche es mir auf jeden Fall – wenn du glaubst, dass du das jemals kannst."

Ich lege direkt neben ihr meine Hände auf die Tischplatte.

„Es ist meine Schuld, dass du dich fragen musst, wer du eigentlich bist. Ich habe dir deine Träume ausgetrieben. Ich erwarte nicht, dass du mir vertraust, und ich bitte dich auch nicht darum. Ich vertraue mir ja nicht einmal selbst – ich bin wie ein verängstigtes kleines Kind, das nach allem schlägt und tritt, was in seine Nähe kommt. Versuch einfach nur Folgendes zu glauben: Es tut mir echt und ehrlich und unsagbar leid. Ich habe vor Gott Buße getan, so gut ich es kann und weiß. Und ich habe ihn zum ersten Mal gebeten, das zu tun, wozu ich nie in der Lage war."

Lindsey richtet sich langsam ein bisschen auf dem Stuhl auf und sieht mich an. Ihr Gesicht ist rot und verquollen, und tränennasse Haarsträhnen kleben ihr an den Wangen.

„Ich kann das gar nicht richtig ausdrücken, Lindsey. Zum Teil ist es das, was Andy mir gezeigt hat, aber da ist noch mehr. Ich versuche nur, es zu verstehen und mit meinen Worten wiederzugeben. Was auch immer du als Nächstes tust, für mich war es wichtig, es dir gegenüber auszusprechen."

Sie schnieft. „Du drückst das eigentlich ganz gut aus."

„Lindsey." Ich möchte sie so unglaublich gern berühren, aber ich tue es trotzdem nicht. „Wenn sich etwas ändern soll, dann muss es bei mir anfangen. Ich glaube, dass Gott mir Andy geschickt hat. Ich glaube, er will mir zeigen, wie ich diese verkorkste Figur demontieren kann, die ich selbst erschaffen habe. Das sind zwar Andys Gedanken, aber es ist das Beste, was ich seit Jahren gehört habe – vielleicht sogar jemals gehört habe. Ich muss anfangen, das zu glauben, wie Gott mich sieht und was er über mich denkt, und dann entsprechend leben. Für ihn bin ich kein Versager, kein hoffnungsloser Fall. Ich will versuchen, das zu glauben. Das ist meine Strategie, mehr nicht. Wenn du nicht anfangen kannst, das zu glauben, dann ... solltest du mich wirklich verlassen."

Sie schüttelt den Kopf, schaut auf den Tisch hinunter und wischt sich die Augen. „Ich bin so durcheinander, Steven. Bist du das wirklich, oder ist es das, wovon Andy sich wünscht, dass du es glaubst?"

Ich lächle. „Du kennst mich, Lindsey. Das hätte ich allein gar nicht erkennen können. Ich glaube, deshalb ist Andy da. Zum ersten Mal seit Langem habe ich die Hoffnung, dass ich das lernen kann. Ich glaube also, dass es sowohl Andy ist als auch ich selbst. Ob es seine Gedanken sind, Gottes Gedanken oder meine – ich muss es einfach glauben."

Ich lächle ein wenig und mache einen Schritt zu ihr hin, lasse ihr aber immer noch Raum. „Ich brauche dich. Du kennst und durchschaust mich besser als jeder andere Mensch. Du kannst mir die Wahrheit sagen. Ich möchte, dass du mir sagst, wenn du merkst, dass die Wut wieder hochkommt, dass ich wieder versuche, mich selbst zu schützen, wenn ich Angst bekomme oder um mich schlage oder sonst etwas tue. Du kannst mich darauf aufmerksam machen; das wünsche ich mir. Und wenn ich das nicht zulasse, dann solltest du mir nicht mehr vertrauen, und ich sollte gehen."

„Du willst wirklich, dass ich dir das sage? Woher soll ich denn wissen, dass du mich auch lässt?", fragt sie.

„Bestimmt werde ich nicht immer positiv und gelassen darauf reagieren. Ich bin das ja gar nicht gewohnt. Aber erinnere mich dann einfach daran, was du da gerade machst, und ich werde dann versuchen, mir von dir helfen zu lassen."

„Du meinst das wirklich ernst, oder?"

„So ernst, wie ich nur irgend kann. Und selbst wenn du es nicht sehr geschickt anstellst, werde ich wirklich alles tun, um auf dich zu hören. Wenn du mir sagst, was du siehst, ist das hundert Mal besser, als wenn ich selbst versuche, es in der Hitze des Augenblicks herauszubekommen. Es wird sicher nicht einfach werden, aber du kannst mich da gern testen und herausfinden, ob ich es wirklich ernst meine."

Sie hat sich jetzt wieder von mir abgewandt, und ich nehme an, dass sie dabei ist, sich die Sache zu überlegen. Ich knie mich an ihrem Stuhl neben sie. „Siehst du mich mal an?" Sie tut es. „Das hier ist kein neuer Versuch, mir einen Freifahrtschein dafür zu besorgen, um so weiterzumachen wie bisher. Glaubst du mir das?"

Einen Moment lang schaut Lindsey nach unten. Dann richtet sie sich auf und sieht mir sehr lange sehr tief in die Augen. Wir sind nicht einmal einen Meter voneinander entfernt.

„Ich glaube dir“, sagt sie schließlich. „Ich weiß zwar nicht, was das alles bedeutet, aber ich glaube wirklich, dass du es ernst meinst. Irgendwie kann ich nicht recht glauben, dass es länger anhält als bis zum nächsten Ausbruch, aber wenn du meinst, dass ich es kann, will ich dir helfen.“

„Danke.“

Sie schaut mir immer noch in die Augen. „Ich habe dich schon so oft wieder an mich herangelassen. Ich habe immer gehofft, dass du dich ändern würdest, aber eigentlich habe ich nie geglaubt, dass es tatsächlich passieren würde. Ich habe nur immer gedacht, dass ich alles verliere, wenn ich es nicht tue. Trotz allem liebe ich dich. Und ich habe mir immer gewünscht, dass deine Entschuldigungen echt wären. Ich wollte einfach nicht, dass unser gemeinsames Leben vorbei ist. Wie verquer ist das eigentlich? Ich glaube nicht, dass ich dir *jemals* geglaubt habe. Und ich glaube auch jetzt nicht, dass sich wirklich etwas ändern wird.“

„Das ist kein bisschen verquer. Das ist normal. Du hast einfach Angst gehabt. Du wusstest nicht, was du sonst tun solltest.“

Sie schaut auf ihre Hände, die ineinander verkrampft auf ihrem Schoß liegen. „Ich habe mich heute trotzdem dafür entschieden, dir zu verzeihen, und zwar nicht, weil ich Angst davor hätte, dich zu verlassen. Wenn das hier nur ein Spiel ist, dann bin ich weg. Aber ich glaube, dass du mir die Wahrheit sagst und es ernst meinst, und zwar zum ersten Mal seit sehr langer Zeit. Ich möchte herausfinden, ob du dir wirklich von mir helfen lässt, was auch immer das bedeuten mag. Ich möchte immer noch ... mit dir zusammen sein.“ Sie blickt auf und sieht mich an. „Ist dir eigentlich klar, wie lange ich darauf schon hoffe? Nein. Das kann es gar nicht. Das kannst du unmöglich wissen ..."

Ihre Stimme bricht, und sie fängt wieder an zu weinen, aber es ist jetzt anders. Sie lehnt sich an mich. Ich möchte sie so verzweifelt gern festhalten, aber ich warte immer noch einen Moment, weil ich sie nicht erschrecken will. Doch sie drückt sich ganz fest an mich, und da nehme ich sie in den Arm.

Und ich halte sie so zärtlich und vorsichtig, wie ich noch nie im Leben etwas gehalten habe.

„Und wie geht es jetzt weiter?"

(Montagabend, 11. Mai)

Das Wochenende ist ausgefüllt mit langen Spaziergängen in unserer Gegend. Langsam fangen Lindsey und ich an, all das an- und durchzusprechen, was wir so lange ignoriert haben. Manchmal werden diese Gespräche auch hitzig, aber dann merke ich, wie ich mich sofort wieder zurücknehmen und beruhigen kann. Ich fange an zu lernen, es ein bisschen schneller zuzugeben, wenn sie mir zu verstehen gibt, dass meine Wut wieder hochkocht.

Ich nehme mir den Montag frei, was Lindsey überrascht. Wir fahren die Küste hinauf zu einem kleinen Café in Carpinteria, wo wir oft gewesen sind, als wir ganz frisch verheiratet waren. In derselben Nische, in der wir unseren ersten Hochzeitstag gefeiert haben, sitzen wir lange bei wunderbarem Essen und Wein. Das Lokal ist fast leer. Ich erzähle ihr, wie ich Andy kennengelernt habe und von meinem ersten Besuch in *Bo's Café*. Ich berichte ihr von Cynthia, Carlos, Hank und Bo selbst. Wir sind immer noch unsicher und gehemmt im Umgang miteinander, aber als ich dann anfange, vom Humor der Leute auf der Dachterrasse im Café zu erzählen, da entspannen wir uns allmählich und können sogar zusammen lachen.

Später am Abend lehnen wir uns beide zurück und schließen unser Essen mit Biscotti und Espresso ab. Wir sind zufrieden, miteinander schweigen zu können. Irgendwann fragt Lindsey mich: „Und wie geht es jetzt weiter?“

Etwas Wunderschönes und noch sehr Zartes, Zerbrechliches geschieht hier gerade, aber wir sind uns beide einig, dass wir nicht wissen, wie wir damit weiter umgehen sollen und wie es mit uns weitergehen soll. Unsere Liebe und das verbindliche Ja zueinander noch einmal zu bekräftigen, das allein wird nicht reichen. Es gibt immer noch so vieles, an das wir uns nicht heranwagen. Wir haben beide Angst, dass wir schon bald herausfinden, wie wir den Zauber, den Gott ein paar Tage lang für uns bewirkt hat, wieder rückgängig machen können.

Ganz plötzlich schlage ich etwas vor, das bis gestern noch absolut lächerlich geklungen hätte. Ich bitte sie, mich ins Café zu begleiten.

„Lindsey“, sage ich, „wir müssen zusammen dorthin.“ Ich merke, wie ich Andys Worte wiederhole: „Da gibt es einen Shrimps-Cocktail, der Rachitis heilen würde. Sie servieren ihn auf einem Teller. *Auf einem Teller*, stell dir das mal vor!“

Sie lacht mich an. „Und du glaubst nicht, dass es ihnen was ausmachen würde, wenn ich da auftauche? Es ist doch dein Refugium.“

„Wenn sie dich erst mal kennen, werde ich wahrscheinlich gar nicht mehr eingeladen.“

„Ich würde Andy wirklich gern kennenlernen.“

„Das fände ich auch schön.“ Ich drücke fest ihre Hand.

„Ich schicke ihm eine E-Mail, dann kann er uns abholen. Das fände er bestimmt toll. Du musst unbedingt mal in seinem Wagen mitfahren. Wir haben nicht zufällig noch ein paar aus der Mode gekommene Sonnenbrillen zu Hause herumliegen, oder?“

„Ich weiß nicht. Warum?“

„Vielleicht brauchst du eine. Aber egal, ich bin sicher, dass er genug davon hat. Du wirst den Electra lieben. Wart’s ab.“

„Aber hast du mir nicht erzählt, dass er den Electra verkauft hat?“, fragt sie.

„Ja, das hat er“, antworte ich. „Ja, das hat er.“

Es ist 11:30 Uhr und ich gehe die Treppe zur Dachterrasse des Cafés hinauf. Ich habe vorher angerufen und erfahren, dass Andy erst nach 12:00 Uhr kommt. Perfekt. Als ich auf der Terrasse ankomme, entdecke ich Cynthia, Carlos und Hank, die alle an ihrem Stammtisch zusammensitzen. Ich bin unglaublich nervös. Ich werde von den vieren und auch von anderen Leuten begrüßt. Ich schweige, als ich vor ihnen stehe.

Carlos sagt: „Willst du was sagen, Mann?“, und dann: „Ach, ich verstehe – wir spielen Pantomime!“ Aufgeregt reibt er sich die Hände. „Moment. Ich liebe dieses Spiel! Zwei Worte? Ist es ein Filmtitel? Nun komm schon, Mann. Gib uns einen Tipp. Ganz allein funktioniert das doch nicht.“

Ich liebe Carlos.

Ich weiß nicht so genau, was ich als Nächstes tun soll. Alles, was ich mir auf der Fahrt hierher zurechtgelegt habe, kommt mir jetzt schmalzig vor. Also greife ich stattdessen in meine Tasche, ziehe einen einzelnen Schlüssel daraus hervor und lege ihn vor Hank auf den Tisch.

„Was ist das?“, fragt er.

„Das ist der Schlüssel von Andys Electra.“

Es wird ganz still auf der Terrasse, und alle starren nur auf den Schlüssel.

„Aber ... wie ...?“, stammelt Hank und ist nicht in der Lage, den Satz zu Ende zu bringen.

„Das ist eine lange Geschichte“, antworte ich und wiederhole damit den Satz, den Hank beim letzten Mal zu mir gesagt hat. Er blickt zu mir auf und sieht mich sehr lange an. Und dann erscheint auf seinem Gesicht ganz langsam ein tiefes, warmes Lächeln. Er nickt mir zu, ich lächle zurück und nicke ebenfalls.

Ich drehe mich um und sehe, dass Cynthia und Carlos strahlen wie stolze Eltern. Manchmal laufen die Dinge besser, als man es sich jemals hätte zurechtlegen können. Und das hier ist eine solche Gelegenheit.

„Hank, sag doch bitte Andy, dass die Papiere im Handschuhfach liegen. Der Wagen gehört ihm."

Hank sieht mich an und dann zu Carlos hinüber. Er schüttelt den Kopf, sieht dann wieder mich an und lächelt. „Das mach ich doch gern, Steven."

Ich will wieder gehen, drehe mich aber nach ein paar Schritten noch einmal um und gehe noch einmal zurück.

Ich schaue Hank direkt in die Augen. „Danke, Hank. Es war deine Fürsorge für Andy, durch die er letztlich seinen Wagen zurückbekommt, und die Tatsache, dass dir was an mir liegt, hat mich dazu gebracht, ihn zurückzukaufen."

Hank schiebt seinen Stuhl zurück, steht auf und greift nach meiner Hand. Er schüttelt sie sehr fest und sehr langsam. „Nein, da irrst du dich, Steven. Das hast alles du gemacht, mein Freund. Das hast alles du gemacht."

Ich winke allen noch einmal kurz zu und wende mich dann endgültig zum Gehen. Ich möchte diesen Moment nicht verderben, indem ich irgendwas Blödes sage. Als ich bei der Treppe ankomme, schaue ich noch einmal zurück. Hank steht immer noch mit dem Schlüssel in der Hand da.

„Wie konnte ich nur diese Art von Leben verpassen?“

(Donnerstagmittag, 14. Mai)

Die Scheinwerfer von Andys Electra scheinen mich dankbar lächelnd auf dem Parkplatz zu verfolgen, als ich zu meinem Wagen gehe. Der neue Eigentümer hatte sich einverstanden erklärt, Andys Wagen in dem Zustand, in dem er ihn gekauft hat, frisch gewachst und makellos poliert, vor 12:00 Uhr mittags zu *Bo's Café* zu bringen. Bei dem Preis, den er von mir verlangt hat, ist das auch das Mindeste, was ich verlangen kann. Eigentlich wollte der Typ den Wagen nämlich gar nicht wieder verkaufen. Er sagte, dass er schon ewig nach genau so einem Wagen gesucht hätte. Das ist natürlich für einen potenziellen Käufer keine besonders gute Ausgangsposition beim Verhandeln.

Ich kann immer noch kaum glauben, dass es mir überhaupt gelungen ist, den Wagen bei dem neuen Eigentümer aufzuspüren. Ich habe zu dem Zweck einen Freund angerufen, der eine Software besitzt, mit der man kürzlich erfolgte Immobilien- und Autokäufe zurückverfolgen kann. Bedingung ist dabei allerdings, dass die Umschreibung noch nicht vollständig abgeschlossen sein darf. Es war aber kein Eintrag über einen Electra Baujahr 1970 in Südkalifornien zu finden. Und dann fiel mir ein, dass ich ja die Foren von Oldtimer-Fans durchforsten konnte. Das ist eigentlich verrückt, denn es gibt mindestens zwei Dutzend solcher Foren! Und das für ein Auto, das nicht mehr hergestellt wird, seit ich ein kleiner Junge war! Nachdem ich seitenlange Diskussionen über die Höhe der Rückenflosse und über die unterschiedlichen Eigenschaften unterschiedlicher Auspufftöpfe durchkämmt hatte, stolperte ich schließlich darüber: Ein Typ prahlt damit, dass er sein Traumauto gefunden und gekauft hätte. Dort stand:

„*Der Wagen ist unglaublich! Ein tadelloser 1970-er Buick Electra, ein kirschrotes Cabrio. Ein Cabrio! Wie stehen denn normalerweise die Chancen, dass einem so ein Wagen über den Weg fährt? Man sieht sie überhaupt nicht mehr. Der Knaller! Und das Beste: Der Vorbesitzer hat vorn neue Ledersitze aus einem Wagen eingebaut, der früher mal Cary Grant gehört hat. Cary Grant!*“

Da war ich sicher, dass ich Andys Wagen gefunden hatte. Und mir war außerdem klar, dass mich der Rückkauf mehr kosten würde als mein nagelneuer Mercedes. Aber das war mir egal. Ich war völlig aus dem Häuschen darüber, dass ich ihn überhaupt aufgetrieben hatte.

Als ich jetzt wieder die Küste hinauffahre, bin ich von einem Gefühl unglaublicher Zufriedenheit erfüllt. Ich glaube, ich kann mich nicht erinnern, jemals etwas so Befriedigendes getan zu haben – vielleicht in meinem ganzen Leben noch nicht.

Wo bin ich eigentlich die ganze Zeit gewesen? Wie konnte ich nur diese Art von Leben verpassen?

Das hat Andy mir beigebracht. Er hat gewartet, dass ich es von ihm lerne, damit ich es dann wieder weitergeben kann. Ich bin sicher, er hätte niemals gedacht, dass es einmal auf diese Weise zu ihm zurückkommen würde.

Sieh mal einer an!

Es ist eine phänomenale Rückfahrt zur Arbeit. Ich kann gar

nicht aufhören zu grinsen.

Es ist jetzt Zeit, auf Andys Angebot zurückzukommen, uns wieder einmal zu treffen. Ich beschließe, nichts von dem Wagen zu sagen, obwohl ich es kaum aushalte, es nicht zu tun. Aber ich will nicht alles wieder kaputt machen. Ich werde warten, bis er von sich aus davon anfängt. Im Wesentlichen verläuft unser E-Mail-Kontakt dann folgendermaßen:

Hey, Andy, alter Freund!

Ich muss über so vieles mit dir reden. Als wir uns das letzte Mal gesehen haben, hast du gesagt, ich solle mich melden, wenn ich so weit wäre, und dann würdest du mich abholen. Ich glaube, ich bin jetzt so weit. Und wenn du nichts dagegen hast, würde auch meine Frau gern mitkommen.

Mit herzlichen Grüßen
Steven

Hey, Steven,

so, so ... Lindsey möchte also in dem alten Buick mitfahren. Ich sag doch, die Damen mögen alte Electras. Schwer zu erklären. Sie sind ja eigentlich nicht so sexy wie deine Sportflitzer. Aber irgendwas an diesem gut gefederten Herumkutschieren trifft offenbar einen Nerv bei ihnen.

Also Donnerstag, 11:00 Uhr?
Andy
Hup einfach, dann kommen wir raus. Danke für alles, Andy.

Steven

Ich frage mich jetzt nur: Ist das der Dank, mit dem du gewartet hast, bis du siehst, wie es so läuft?
Andy

Ja, ich glaube schon.
Steven

Dann: gern geschehen.
Andy

Und gerade, als ich denke, das war's jetzt – dass er den Wagen nicht erwähnt –:

Hey, Steven ...?

Ja?

Danke, mein Freund. Ich weiß nicht, was ich sagen soll. Danke ...
Andy

„Na, da hat der Anzugtyp also tatsächlich 'ne Frau gefunden, was?"

(Donnerstag, 21. Mai, später Vormittag)

Er müsste jeden Moment da sein. Ich bin jetzt noch aufgeregter als an dem Tag, als Andy bei mir in der Firma aufgetaucht ist. Wir sind kurz davor, in unbekannten Gewässern zu segeln. Was, wenn Lindsey ihn nicht gleich mag? *Ich* mochte ihn jedenfalls nicht sofort. Was ist, wenn die vielen Leute im Café sie erschrecken? Was ist, wenn sie mit dem Humor der Leute dort nichts anfangen kann?

Lindsey kommt schüchtern die Treppe herunter. Sie trägt eine Sonnenbrille mit Oversize-Gestell.

Ich lächle zu ihr hoch. „Wo hast du die denn aufgetrieben?"

„Chanel. Ist 'ne Retrobrille. Die sind im Moment gerade ziemlich angesagt."

„Danke. Damit machst du Andy bestimmt eine Riesenfreude."

Und dann hören wir die Hupe.

Wir kommen zur Haustür heraus und sehen Andy hinter der weit geöffneten Tür des Beifahrersitzes stehen. Er trägt Shorts, Flip-Flops, eine Sonnenbrille, die unvermeidliche Kappe und eines von seinen drei Hawaii-Hemden. Heute ist es das dunkelblaue mit den Hula-Mädchen drauf. Grundgütiger!

Lindsey ist den ganzen Morgen ungewöhnlich ruhig gewesen, sodass ich jetzt die Sache in die Hand nehme. „Andy, das ist meine Frau Lindsey. Ich habe ihr schon alles über dich erzählt, oder wenigstens so viel, wie ich dachte, dass sie ertragen kann."

Andy ignoriert mich völlig, lächelt Lindsey an und greift nach ihrer Hand. „Ich freue mich wirklich, Sie kennenzulernen, schöne Frau", sagt er mit einer nur ganz leicht angedeuteten Verbeugung. „Wenn Sie mir die Bemerkung gestatten", fügt er hinzu und deutet auf ihr Sommerkleid, „ist Gelb wirklich absolut Ihre Farbe."

Ich werfe ihm einen Blick zu, der besagt: *Übertreib's nicht, Alter.*

Lindsey strahlt bei Andys Begrüßung übers ganze Gesicht. Sie sieht toll aus, sogar mit der lächerlichen Brille.

Und dann schließt sie plötzlich Andy in die Arme und umarmt ihn sehr zärtlich.

Haben Sie schon einmal erlebt, wie die Zeit anscheinend stehen bleibt und ein Moment ewig lange dauert? Das hier ist ein solcher Moment. In Gedanken gehe ich blitzschnell noch einmal zurück zu dem Abend im *Fenton's*, als Andy mir versprach, dass sein Auto uns an die Orte bringen würde, wo ich hinmüsse. Und jetzt umarmt meine Frau dankbar und voller Hoffnung diesen merkwürdigen Typ, der mich an diese Orte gebracht hat.

„Na, also das ... das nenn ich mal 'ne Sonnenbrille. Siehst du, Steven? Hab ich's dir nicht gesagt? Das ist nicht nur eine Sache meiner Generation. Auch Klassefrauen mit Modebewusstsein tragen sie."

Ich bringe es nicht übers Herz, es ihm zu sagen ...

Während er uns auf die beiden Beifahrersitze dirigiert, murmelt er vor sich hin, aber so laut, dass wir es beide hören können: „Ich staune immer wieder darüber, wie der eine Ehepartner einen so tollen Geschmack haben kann und der andere so wenig. Der Typ muss unglaublich küssen können. Sonst verstehe ich das auch nicht."

Und dann sind wir auch schon unterwegs. Er hat recht gehabt. Lindsey liebt das Auto. Und sie kommt mir in Andys Gesellschaft völlig begeistert und gelöst vor. Es ist ein wunderschöner, klarer Tag, und sie strahlt, als er Gas gibt und die Küstenstraße von Manhattan Beach zu *Bo's Café* entlangbraust.

Ich schaue zu meiner Frau hinüber. Ihr schönes dunkles Haar flattert im Wind. Sie hat die Augen geschlossen und atmet tief die kühle Morgenluft ein. Dann rückt sie näher an mich heran und schiebt ihren Arm in meinen.

Zum ersten Mal seit sehr langer Zeit bin ich wirklich in diesem Moment gegenwärtig, genieße ihn ganz und gar, bin wirklich dabei. Ich habe so lange mein Leben von außen und aus der Distanz betrachtet, alles und jeden darin beurteilt. Und damit habe ich auch die Freuden des Lebens verpasst. In diesem Augenblick ist es, als ob diese ganze Art und Weise des Lebens oben zum nicht vorhandenen Autodach hinausfliegt.

Es dauert gar nicht lange, bis ich mich etwas mehr aufrichte und feststelle, dass wir den Washington Boulevard hinunterfahren – dieses Asphaltband, das nach Los Angeles zurückführt und dann irgendwann zu einer einspurigen Straße schrumpft, die Venice von Marina del Rey trennt und schließlich in der Sackgasse ein paar Schritte von der Strandpromenade und vom Café entfernt endet.

Meine innere Anspannung kehrt zurück.

Wie wird meine in Bezug auf Hygiene sehr empfindliche Frau reagieren, wenn Hank und Carlos Essen von ihrem Teller naschen?

Bo begrüßt uns, als wir durch die mit Jalousien versehene Eingangstür kommen.

„Na, da hat der Anzugtyp also tatsächlich 'ne Frau gefunden, was? Ist ja nicht zu glauben."

„Bo", greift Andy ein, „das ist Stevens Frau Lindsey."

Sie lächelt. „Steven hat mir schon viel von Ihnen erzählt, Mr Bo."

„*Mr* Bo?" Einen kurzen Moment überlegt er und legt dann den Kopf schräg.

„Hmmm. Das gefällt mir. Das gefällt mir sogar sehr!"

Dann schreit er ins Restaurant hinein, den Angestellten am Tresen zu, die nur ein paar Meter entfernt stehen: „Habt ihr das gehört, ihr da drinnen? Diese schöne Frau, die nennt mich *Mr* Bo! Wird langsam Zeit, dass ihr auch alle damit anfangt, so 'ne Art von Respekt zu zeigen! Von heute an heiß ich hier Mr Bo.

Mr Bo!", sagt er und lacht noch einmal laut auf. „Das gefällt mir. Das klingt richtig gut." Dann wirbelt er wieder herum und sieht meine Frau an. „Ihr Essen geht heute aufs Haus, schöne Lady. Der Anzug zahlt doppelt, aber *Sie*, Sie haben das Essen frei!"

Wir werden durch das Restaurant geschleust und dann die Treppe hinauf auf die Dachterrasse. Das Café hat mir gefehlt. Hank und Carlos sitzen an demselben Tisch wie immer, mitten auf der Terrasse, so als ob sie gar nicht aufgestanden sind, seit ich das erste Mal hier gewesen bin. Ich glaube, Hank trägt sogar dasselbe Hemd.

Andy rückt Lindsey einen Stuhl zurecht und benimmt sich wie ein Maître. Er sagt: „Nehmen Sie doch bitte hier Platz, junge Dame. Ich habe schon angerufen und Bescheid gesagt, dass Sie beide kommen würden. Bo wollte, dass wir heute alle an dem besonderen Tisch hier sitzen."

Bo reicht Lindsey höflich eine Speisekarte und blafft dann den Rest von uns an: „Okay, folgendes Angebot: Es ist fast alles aus, was auf der Karte steht. Ihr kriegt gekochten Karpfen und Muscheln, die noch von letztem Sonntag übrig sind. Ihr kriegt alles auf eine Rechnung und nicht jeder einzeln. Vielleicht gibt dann ja wenigstens einer von euch mal ein anständiges Trinkgeld und ich kriege nicht wieder einen Haufen Kleingeld. Einen schönen Tag noch und macht nicht so'n Chaos!" Dann wendet er sich Lindsey zu und murmelt: „Mögen Sie Shrimps?"

„Äh ... ja", sagt sie.

„Dann haben Sie heute Glück, schöne Lady", sagt er und schnappt sich die Karte aus ihrer Hand. „Ich kümmere mich persönlich um Sie."

Während Bo sich umdreht und die restliche Meute auf der Terrasse belästigt, hole ich tief Luft und sage: „Lindsey, das ist Carlos, und das hier ist Hank." Und unsicher füge ich hinzu: „Ich ... ich hab dir ja schon viel von ihnen erzählt."

Carlos und Hank springen auf wie Siebtklässler, die gerade im Begriff waren, etwas auszufressen.

Hank platzt heraus: „Hallo, wir sind die Wasabi-Brüder. Alles, was Sie über uns gehört haben, ist wahr."

Carlos stellt sich direkt vor Hank und ergreift Lindseys Hand. „Bitte lassen Sie sich von Carlos Badillo vor meinem Freund hier beschützen. Es geht ihm nicht so gut. Und bitte geben Sie ihm nichts zu essen, denn dann werden Sie ihn nie wieder los. Willkommen in *Bo's Café*, Lindsey. Wir freuen uns alle sehr, dass Sie hier sind."

Hank tritt zurück und stellt sich wieder neben Carlos. Stolz sagt er: „Wir waren ein paar Mal ziemlich grob zu Ihrem Mann. Eigentlich waren wir nicht sicher, ob wir ihn überhaupt noch mal zu Gesicht bekommen würden." Er zwingt sich zu einem Gesichtsausdruck, der fast einem Lächeln ähnelt.

Bo drängt sich mit Cynthia am Arm dazwischen und strahlt dabei, als hätte er einen Preis gewonnen. Er bugsiert Cynthia auf den Stuhl neben Hank und sagt: „Die Lady hier *müssen* Sie kennenlernen. Sie hält all die verrückten Krebse hier auf Kurs. Wenn sie in der Nähe ist, traut sich hier keiner, sich mit 'nem miesen Trinkgeld aus dem Staub zu machen. Wenn es mehr Gäste gäbe wie sie, dann würden Sie vielleicht eines Tages erleben, wie Bo den Krabbenschuppen hier dichtmacht, in Richtung Trinidad zieht und den ganzen Tag nichts anderes mehr macht, als Rum zu trinken und Sudokus zu lösen."

Er lacht, als ob dies das Witzigste ist, was ihm an diesem Tag über den Weg gelaufen ist. Und die Meute auf der Terrasse lacht mit.

Direkt hinter den beiden kommt jetzt Cynthias Mann Keith herein, der die Pilotenuniform einer Passagierfluglinie trägt.

„Hey, seht mal!", sagt Carlos und macht eine tiefe Verbeugung. „Der Überflieger kommt aus dem Orient zurück! Mit Spezereien und ... ja was noch ... Abakussen? Hey, Mann! Willkommen zu Hause."

Alle stehen auf, um Keith zu begrüßen. Keith sieht so aus, wie man hofft, dass der Pilot eines Fliegers aussieht, in den man steigt – groß, professionell, solide und stabil. Seine Begrüßung ist herzlich und klar. Er steht neben Hank, und ich stelle mir das Bild von den beiden als Veranschaulichung des Begriffes *Gegensatz* im Wörterbuch vor.

Hanks Gesicht leuchtet auf. „Hast du eine Tüte von diesen in Honig karamellisierten Erdnüssen mitgebracht?"

„Tut mir leid, Hank, zurzeit haben sie nur etwas, das sie *Salzbrezelcocktail* nennen."

Hank schüttelt den Kopf.

„Seit wann haben denn Brezeln Cocktail-Status?", fragt Carlos. „Den Cocktail-Status muss man sich verdienen, Mann. Fruchtcocktail – also das ist ein richtiger Cocktail. Erinnert ihr euch? Da waren Birnen drin, Trauben, Pfirsiche und Maraschinokirschen und was weiß ich noch alles! Und das alles schwamm in irgendwas herum, so was wie Mangosaft oder so. *Das* ist ein Cocktail. Und da werden zu den Brezeln einfach ein paar Salzstangen gepackt, und plötzlich nennen die Marketing-Anzugtypen es *Cocktail*. Ich finde, das ist kein echter Cocktail."

Andy schaut wehmütig in die Ferne. „Ich bin so alt, dass ich mich noch daran erinnern kann, als es auf den Flügen echtes Besteck zum Essen gab. In der Kabine."

„Man hat im Flieger Essen bekommen? Wann haben sie *damit* aufgehört?", schnaubt Hank.

Keith setzt sich neben Cynthia. „Das war ungefähr zur gleichen Zeit, als sie angefangen haben, Plastikabzeichen für die Uniform zu machen, damit wir sie den Kindern zum Spielen schenken können."

Ich gebe Keith die Hand. „Hallo. Ich bin Steven, und das ist meine Frau Lindsey."

„Freut mich, Sie kennenzulernen", sagt Keith und schüttelt mir die Hand. „Tut mir leid, dass es so lange gedauert hat, bis wir uns mal treffen. Ich bin an drei von vier Donnerstagen unterwegs, verpasse also wirklich viel von dem, was hier oben auf der Terrasse so läuft."

Keith umarmt Cynthia fest. „Ich hab dich vermisst! Wie kommst du mit dem Buch voran? Wirst du damit reich werden?"

„Ich würde an deiner Stelle lieber deinen Job behalten." Und dann umarmen sie sich noch einmal.

Schon bald sitzen wir alle am Tisch. Es gibt reichlich Gefrotzel und Geplänkel, aber Lindsey kommt mir ungewöhnlich bedrückt und still vor. Na ja, das ist ja eigentlich auch klar. Beim ersten Mal ist es sicher ziemlich anstrengend, sich auf all die unterschiedlichen Leute einzustellen. Sie wird sich schon einfinden und hier richtig Spaß bekommen.

Cynthia unternimmt ein paar Mal den Versuch, Lindsey ins Gespräch einzubeziehen, aber aus irgendeinem Grund macht meine Frau – die normalerweise sehr gesellig ist – nicht mit.

Was ist los? Versucht sie bewusst, das hier nicht zu mögen? Vielleicht schweigt sie und tut so, als ob sie keinen Spaß hat, weil ich das alles hier so toll finde und weil das hier meine Freunde sind?

Ist es das, was hier gerade abläuft?

„Lindsey", flüstere ich. „Ist alles in Ordnung?"

„Ja, alles toll. Wirklich. Mir geht's gut." Mehr bekomme ich nicht aus ihr heraus.

Irgendwas stimmt nicht. Das spüre ich genau. Ich bin schon zuvor an diesem Punkt gewesen. Ich kenne das Gefühl. Aber ...

Cynthia lächelt und legt ihre Hand auf meinen Arm, spricht aber Lindsey dabei an. „Diese Typen hier sind alle ziemlich abgedreht. Ich versuche gar nicht erst mitzuhalten, sondern lasse sie einfach quatschen."

Cynthia muss es auch merken. Sie merken alle, was Lindsey hier abzieht.

„Was meinst du denn mit quatschen?", widerspricht Carlos. „Mein Kumpel Hank hier und ich, wir quatschen niemals."

„Klar." Cynthia verdreht die Augen. Jetzt legt sie ihre Hand auf Lindseys Arm. „Kurz bevor ihr gekommen seid, haben sie mehrere Minuten darüber diskutiert, ob die Felsen auf den Hügeln außerhalb von Temecula vielleicht in Wirklichkeit versteinertes Riesengemüse sind. Damit ist meine Beweisführung abgeschlossen."

„Das ist aber *wichtig*", verteidigt sich Carlos. „So hat doch die Naturwissenschaft überhaupt erst angefangen. Mit Typen wie uns!"

Ein Kellner serviert meiner Frau einen Shrimps-Cocktail. Lindsey schaut sich das Essen an und sagt: „Der ist ja wirklich auf einem Teller! Ich dachte, du hättest einen Scherz gemacht!"

Ich glaube einfach nicht, dass sie das jetzt gerade gesagt hat.

„Komm schon, Lindsey. Das ist doch cool. Es ist halt anders. Probier doch mal."

Am Tisch herrscht jetzt unbehagliches Schweigen.

„Probier ihn doch mal“, sage ich lauter, und das Ganze ist mir total peinlich.

Ich sage nur, was alle anderen denken. Meine Güte, es ist, als ob sich nichts geändert hätte. Da versuchst du, ein bisschen Spaß zu haben und etwas Ungewöhnliches zu tun, und wenn es nicht ihre Idee war, dann macht sie nicht mit.

„Ich habe mich doch gar nicht beschwert, Steven.“ Sie probiert einen Bissen. „Der ist toll. Ich dachte nur, dass du einen Witz gemacht hast, als du gesagt hast, er würde auf einem Teller serviert, das ist alles. Und dann bringen sie ihn tatsächlich auf einem Teller ... ich wollte damit wirklich gar nichts sagen. Ich habe nur noch nie einen Shrimps-Cocktail auf einem Teller gesehen.“

Carlos tätschelt ihr den Rücken. „Der ist super, was? Ich liebe es, wie sie diese lila Zwiebeln um die Shrimps herum legen. Sichert meinen Leuten die Jobs. Jetzt, wo Sie ihn probiert haben, werden Sie immer wieder herkommen. Das geht allen so.“

Also wirklich! Jetzt hat sie Carlos dazu gebracht, sich um sie zu kümmern, weil sie so einen unsensiblen Mann hat. Klar, ich bin ein echt übler Typ. Und übrigens, Carlos, genau denselben Satz hast du auch gesagt, als ich zum ersten Mal hier war. Wortwörtlich. Denk dir mal was Neues aus, ja?

„Lindsey“, sagt Andy plötzlich, „erzähl uns doch mal, wie lange du es jetzt schon mit diesem Kerl hier aushältst!“

Lindsey sieht mich an, und dann schlägt sie den Blick rasch nieder, als sich unsere Blicke begegnen. „Wir haben uns in meinem letzten Jahr auf der Highschool kennengelernt.“

„Ach“, hilft Carlos weiter. „Also habt ihr beiden schon eine ganze Weile auf dem Buckel. Das ist toll.“

Er versucht dabei zu helfen, dass es irgendwie läuft, aber meine Frau macht kein bisschen mit. Sie blickt kaum auf.

Andy schaut aufs Meer hinaus. Die Situation ist ihm offenbar ein bisschen peinlich. Vielleicht meint er, dass das hier keine so besonders gute Idee war, und genau das habe ich befürchtet. Lindsey kapiert gar nicht, was hier läuft.

Ein Gespräch, das voller Witz und Spontaneität war, ist ganz schnell unbehaglich und gezwungen geworden, weil meine Frau sich nicht entspannen und Spaß an etwas haben kann, das ein bisschen anders ist als ihr ganz normaler Alltag und das, was sie kennt.

Der Kellner serviert Cynthia einen Krabbensalat.

Jetzt schaltet sich auch Andy ein. „Ich freu mich wirklich, dass ihr beide heute dabei sein könnt."

Ich merke, wie er versucht, das Ganze irgendwie zu glätten. Lindseys seltsames Verhalten hat mich völlig aus dem Gleichgewicht gebracht. Ich sollte sie einfach beiseitenehmen und ihr sagen, wie enttäuscht ich bin, aber das würde wahrscheinlich noch blöder aussehen.

„Das sind tolle Leute hier, Lindsey. Sie sind echte Freunde für mich geworden."

Wieder nur ein Nicken als einzige Reaktion.

Es erstaunt mich immer wieder, wie meine Frau es ständig schafft, dass alle ihr zur Hilfe eilen, indem sie einfach das verschreckte, unglückliche Kind spielt. Ich habe das jetzt schon so oft miterlebt, aber noch nie so drastisch und offensichtlich wie jetzt gerade. Ich wollte doch nur, dass sie die Leute hier kennenlernt, über die ich mich freue und mit denen ich Spaß habe, und genau die Tatsache, dass ich Spaß mit ihnen habe, ist für sie anscheinend das Signal, mir den Tag zu ruinieren.

„Warum sagst du nicht wenigstens was, Lindsey?", frage ich. „Die Leute reden mit dir, und du machst kein bisschen mit."

„Sie isst halt ihre Shrimps", sagt Hank und sieht mich mit gerunzelter Stirn an.

Nein, Hank, sie versucht gerade, mir den Tag zu verderben.

Ich seufze und schaue auf meine Hände hinunter. „Tut mir leid. Ich dachte, es würde dir hier gefallen."

Sie blickt auf und sieht verletzt aus. Dadurch versucht sie, allen anderen am Tisch zu signalisieren, was für ein übler Typ ich bin. „Was hast du eigentlich, Steven? Mir gefällt es hier sehr gut."

Ich merke, wie mehrere Augenpaare sich in mich bohren. „Du weißt ganz genau, was ich meine, Lindsey."

„Was? Was soll das heißen? Hör auf damit, Steven. Du fängst schon wieder an."

Ihre Stimme ist jetzt laut und durchdringend.

Na toll. Jetzt bist du wütend und lässt es auch noch jeden merken. Jetzt habe ich was ganz Schreckliches getan, und du bist wütend, und deshalb hast du natürlich recht, oder? Du hast gewonnen. Du machst hier deine Show und teilst die Karten aus. Ja, sieht ganz so aus, als ob du wieder mal kriegst, was du wolltest ...

„Steven, ich glaube nicht ...", setzt Cynthia an, aber ich unterbreche sie.

„Worüber regst du dich jetzt eigentlich schon wieder auf, Lindsey? Wieso fällt es dir eigentlich dermaßen schwer, einfach mal Spaß zu haben und das alles hier zu genießen? Du benimmst dich, als wäre das alles nur eine schwere Last für dich."

„Eine was?" Sie starrt mich verblüfft an, und dann geht ihr Blick zu den anderen am Tisch.

Nein, das machst du jetzt nicht. Heische nicht nach ihrem Mitgefühl. Wenn du so unschuldig bist, dann regele das hier jetzt selbst. Das ist eine Sache zwischen dir und mir.

„Erinnerst du dich, dass du mich gebeten hast, dir zu sagen, wenn es wieder losgeht, Steven? Also: Es geht gerade wieder los."

„Nein, tut es nicht."

„Bitte! Hör einfach auf." Den letzten Teil zischt sie nur noch.

Die folgenden Momente sind wie verschwommen. Ich

mache irgendeine patzige Gegenbemerkung, und Andy versucht plötzlich, mich zu beruhigen wie ein Kind, das außer Kontrolle ist.

Nein, Andy. Das ist nicht richtig. Das ist es nicht, was hier los ist.

Und dann explodiere ich einfach. Ich sage ein paar wirklich dumme und wirklich gemeine Sachen, die mir in dem Augenblick alle unbedingt nötig scheinen. Dann steht Lindsey plötzlich auf. Sie weint. Sie versucht wegzugehen, merkt aber dann, dass in der Richtung, in die sie gerannt ist, kein Ausgang ist. Immer noch weinend ist sie gezwungen, umzukehren und auf dem Weg zur Treppe noch einmal an uns allen vorbeizugehen. Ich stehe auf, um ihr zu folgen, aber Hank zerrt an meinem Arm und verstellt mir dann den Weg.

Ich höre Cynthia sagen: „Hey, Steven, ich gehe runter und versuche, sie zu finden, okay? Warum wartest du nicht erst noch ein bisschen ab, mein Lieber?"

Alle geben sich große Mühe, mich nicht anzustarren. Und in dem Augenblick schlägt sie bei mir ein, die Lawine der Erkenntnis. Die kristallklare Erkenntnis, was man getan hat, den Bruchteil einer Sekunde, nachdem es unwiderruflich geschehen ist. Ich habe auf die „Senden"-Taste gedrückt, die E-Mail ist abgeschickt, und ich kann sie nicht wieder zurückholen. Innerhalb von Sekunden sehe ich das gesamte Gespräch, die gesamte Szene aus drei, vier unterschiedlichen Blickwinkeln, die mir bis zu diesem Moment gar nicht in den Sinn gekommen sind.

Ich bin wieder ausgerastet.

Ich schaue mich auf der Terrasse um. Alle stehen wie erstarrt an ihren Plätzen. Plötzlich erfasst mich eine Welle der Scham, und ich bin wütend auf mich selbst. Wütend, dass ich mich selbst so bloßgestellt habe. Wütend und voller Angst, weil ich mein Versprechen gebrochen habe. Schon wieder.

Hank steht immer noch neben mir. Einen Moment zuvor

hat er mir noch den Weg versperrt, jetzt merke ich, dass er mir den Arm um die Schulter gelegt hat.

„Alles in Ordnung?", fragt er mich und sieht mich direkt an – mit unglaublicher Zuneigung und Fürsorge. Zum ersten Mal spüre ich, dass Hank mein Verbündeter ist.

„Das hab ich wohl vermasselt" ist alles, was ich herausbringe.

Behutsam dreht er mich um und führt mich zurück zu meinem Platz. Carlos beugt sich über den Tisch. „Alles klar, Mann?", fragt er ganz ruhig. „Was ist denn los?"

Was los ist? Ich hab keine Ahnung. Ich habe keine Erklärung für das, was sich da gerade abgespielt hat. Wie konnte ich bloß nicht erkennen, was vor sich ging, und es in den Griff bekommen?

Hank ist auf Lindseys Platz aufgerückt. Er nimmt einen Shrimp von ihrem verwaisten Teller und sagt: „Hast du geglaubt, du würdest es jetzt nie mehr vermasseln? Das wirst du nämlich noch oft tun, weißt du?"

„Ja, das weiß ich."

Ich will aufstehen, aber Andy, der auf der anderen Seite von mir sitzt, legt seine Hand auf meine Schulter und drückt mich sanft, aber bestimmt zurück auf meinen Stuhl.

„Ich muss zu ihr", erkläre ich.

„Ich möchte, dass du mir jetzt ganz genau zuhörst", sagt Andy mit Nachdruck, steht auf und stellt sich vor mich. „Lindsey hat für heute genug gehabt."

Cynthia taucht wieder an der Treppe auf. „Ich kann Lindsey nach Hause bringen. Ich würde mich sehr freuen, wenn ich das für dich tun dürfte. Sie ist jetzt in meinem Auto."

Ich nicke nur.

„Es wird alles wieder gut werden, Steven", ruft Cynthia mir noch zu. „Solche Dinge brauchen ihre Zeit, weißt du?" Und dann ist sie weg, die Treppe hinunter und draußen bei ihrem

Wagen, in dem meine Frau sitzt.

Und wieder ist es still am Tisch.

„Also, es sieht ganz so aus, als ob Sie mich jetzt nach Hause fahren müssen, Mr Badillo", sagt Keith zu Carlos.

Das Nächste, woran ich mich erinnere, ist, dass ich auf dem Beifahrersitz von Andys Electra sitze und von „unserer" Stelle an den Klippen aufs Meer hinunterschaue.

Da wäre ich also wieder ... wieder mal. Jetzt wird sie mir nie wieder glauben.

Andy ist mit seiner Zigarre beschäftigt und hört unglaublich traurige Musik, ich glaube, die traurigste, die mir jemals zu Ohren gekommen ist. Wir sitzen hier schon so lange, dass in der Zeit mindestens vier Flugzeuge über uns hinweggeflogen sind.

Schließlich fange ich an zu reden. „Eins sag ich dir, das hier ist ganz schön schwer. Ich weiß ja, dass du für mich ... für uns ... da bist, aber es ist schrecklich, sich zu fühlen, als ob Lindsey und ich das Loser-Ehepaar sind, mit dem alle Mitleid haben. Ich bin es nicht gewohnt, bemitleidet zu werden."

Andy zündet ein Streichholz an, hält es vorn an seine Zigarre und entfacht sie sorgfältig, bevor er das Streichholz wieder auspustet. Erst danach, als er die erste Qualmwolke ausgestoßen hat, sagt er: „Was du sagen willst, ist, dass du es nicht gewohnt bist zu *wissen*, dass du bemitleidet wirst."

„Willst du damit etwa sagen, dass ich bemitleidet worden bin und es gar nicht gemerkt habe?"

Andy nickt. „Wahrscheinlich, und zwar nicht nur im Café, sondern sogar von Leuten bei deiner Arbeit, wo du meinst, dass sie da alle gegen dich sind. Da sind viele Leute, die dir gute Freunde sein könnten, aber das kannst du nicht zulassen aus Angst, dass sie dich bedauern und bemitleiden könnten, wenn sie dein inneres Chaos entdecken. Das Tragische daran ist, dass sie es auch so schon tun. Du kriegst jede Menge Mitleid, aber keine Freundschaft. Eines steht jedenfalls fest: Sie betrachten deine Fassade nicht als Zeichen für Stärke oder eine intakte Persönlichkeit."

„Was soll ich denn tun, Andy?"

„Was du tun sollst? Na ja, du könntest umziehen ... vielleicht an die Ostküste. Ich glaube nicht, dass dich dort jemand bemitleiden würde, jedenfalls noch nicht."

„Ich meine das ernst."

Er pafft wieder an seiner Zigarre. „Na gut, dann lass uns mal eine Bestandsaufnahme machen. Was hat sich seit unserem Gespräch im Jachthafen geändert?"

„Anscheinend gar nichts."

Er macht ein Geräusch wie diese Buzzer in einer Quizshow. „Möööööp! Tut mir leid. Das war leider die falsche Antwort. Aber wir haben einen wunderschönen Trostpreis für Sie ..."

„Andy, ich meine es ernst. Ich bin wieder genau da, wo ich das letzte Mal war. Ich bin sogar noch schlimmer dran, weil ich Lindsey all diese Versprechen gegeben und diese klaren Aussagen darüber gemacht habe, dass ich jetzt die Wahrheit erkenne. Und dann habe ich bei der erstbesten Gelegenheit alle Sicherheitsabsperrungen überrannt und es so richtig monstermäßig vergeigt. Was kann ich denn jetzt noch sagen, worauf sie hören würde? Was? Dass ich es dieses Mal *wirklich, wirklich* ernst meine?"

„Moment mal", sagt er, und seine Augenbrauen gehen nach oben. „Hast du ernst gemeint, was du neulich gesagt hast, oder war das nur 'ne Masche? Ich war mir nämlich eigentlich sicher, dass du es ernst gemeint hast, als du gegangen bist."

„Das habe ich auch selbst gedacht", sage ich.

„Dann hast du es ernst gemeint, was du gesagt hast? Du hast ihr die Wahrheit gesagt?"

„Ja."

„Also, wenn du ihr die Wahrheit gesagt hast und es keine

Masche war, warum solltest du ihr dann nicht einfach *noch mal* die Wahrheit sagen?“

Es sind genau diese Augenblicke, in denen ich tief durchatmen und mich selbst daran erinnern muss, dass das, was Andy sagt, meistens irgendwann einen Sinn ergibt.

Ich schaue zu ihm hinüber. „Wie oft kann ich ihr denn die Wahrheit sagen und ihr dann direkt danach *beweisen*, dass es eigentlich doch nicht wahr war?“

„Deine Ernsthaftigkeit und dein Wunsch *waren* doch echt und wahr; deine Erkenntnisse waren wahr und deine Liebe auch. Dass du dich heute wie ein tobsüchtiger Wahnsinniger aufgeführt hast, ändert doch daran nichts.“

Ich nicke. Okay, so langsam komme ich dahinter, was er meint. „Ich soll also einfach zurückgehen und zugeben, dass ich wieder alles falsch gemacht habe?“

„Hast du eine bessere Idee? Hör mal, Steven. Die Wahrheit ist alles, was du hast. Du kriegst nichts anderes oder Besseres. So ist das nun mal. Und du wirst dich nicht auf wundersame Weise von jetzt auf gleich von Attila, dem Hunnenkönig, in Mr Wonderful verwandeln, nur weil du ihr gesagt hast, dass du dir das wünschen würdest. Tatsache ist – nur falls du es noch nicht bemerkt haben solltest –: Du neigst ein wenig zum Jähzorn. Und wenn du eines Tages gern diese Neigung überwinden möchtest, dann gibt es eigentlich nur eine Möglichkeit: Du musst es immer wieder zugeben und anfangen zuzulassen, dass Gott und ein paar Menschen, die dich lieben, anfangen, dich zu verändern. Das ist alles, was du hast.“

„Aber wie oft wird sie sich das noch bieten lassen?“

„Ach“, sagt er und stößt eine dicke Rauchwolke aus, „das kann ich dir auch nicht sagen. Ich weiß ja nicht, wieweit du sie in dieser Sache schon überstrapaziert hast. Vielleicht ist sie auch längst fertig mit dir. Aber das glaube ich eher nicht. Wenn sie dir letzte Woche geglaubt hat, was du gesagt hast, und wenn sie dich so liebt, wie es den Anschein hat, dann lautet meine Antwort: wahrscheinlich so oft, wie du brauchst, um damit aufzuhören, dich so zu verhalten. Hoffentlich kommst du dahin, bevor sie daran zerbricht. Und hier kommt mein Trumpf bei der ganzen Sache – für sie und für dich –: Wenn du ihr weiter die Wahrheit sagst, egal wie peinlich die ist, dann wird das grundlegende Auswirkungen auf dich haben. Es wird anfangen, dich zu befreien und zu heilen. Und dann wirst du dich tatsächlich immer ein bisschen weniger wie ein Neandertaler aufführen, und ich glaube, das wird sie sofort merken. Unklar ist also noch, ob sie so lange durchhalten kann und ob sie so lange durchhalten *sollte.*"

„Ich muss also wieder zu ihr gehen und ihr die ganze Sache noch einmal sagen?"

„Sag ihr, wieso du ausgerastet bist. Sag ihr, was du gedacht hast, und zwar den ganzen Ablauf." Er schaut sehr lange seine Zigarre an, als würde er sie untersuchen, indem er sie zwischen den Fingern hin- und herrollt. „Weißt du denn selbst, wieso du ausgerastet bist?"

„Ich ... also, mir kam es in dem Augenblick so vor, als ob sie das Café gar nicht gut finden wollte."

Andy zieht ein weiteres Mal an der Zigarre. „Bist du bereit, dir noch mal was Hartes anzuhören, Steven?"

„Hab ich denn eine Wahl?"

„Nein, eher nicht."

„Na, dann schieß los."

„Weißt du eigentlich, Steven, dass wir anderen alle großen Spaß an deiner Frau hatten? Weißt du, dass keiner von uns sie für etwas anderes gehalten hat als eine wirklich sehr nette, sympathische Person? Wenn es zu einer Wahl käme, würden die meisten wahrscheinlich deinen Platz am Tisch gegen einen für sie tauschen, ist dir das klar?"

„Du willst mich verarschen, oder?"

„Sehe ich so aus?“, antwortet er mit einem Gesichtsausdruck, der keinen Zweifel zulässt.

„Nein.“

Andy rückt seine Baseballkappe zurecht. „Kann es sein, dass es wieder mal nur um dich ging? Darum, dass du wolltest, dass wir alle tief beeindruckt sind von ihr, damit wir dann auch wieder mehr von *dir* beeindruckt sind? Kann das sein?“

Ich kann ihm nicht in die Augen sehen.

„Steven, ich bin ein Fan von dir – im Moment vielleicht sogar dein größter Fan. Aber diese Sache hat von Anfang an nie eine Chance gehabt. Du hattest so total überzogene Erwartungen an Lindsey ... sie hatte doch gar keine Chance, sie *selbst* zu sein, sondern sie sollte nur das Bild bestätigen, das du dir von ihr geschaffen hast – eine idealisierte Person mit genau dem richtigen Humor, der richtigen Intelligenz und genau dem richtigen Charme, um deine originellen neuen Freunde zu beeindrucken. Eine solche Person gibt es nicht, und so eine Person wäre auch nicht annähernd so nett und toll wie die echte Lindsey. Und das wird alles inszeniert und erschaffen durch diese Geschichte der Scham, die besagt, dass du um jeden Preis bewundert und geachtet sein und alles unter Kontrolle haben musst. Also versuchst du, jeden in deiner Welt in diese Form zu zwängen. Aber die Menschen, die nicht in deiner inszenierten Geschichte über dich selbst mitspielen, die lassen sich nicht so leicht in diese Form zwängen. Ja, sie wissen noch nicht mal, was du eigentlich jeweils von ihnen erwartest.“

„Nur immer raus damit. Halte nichts zurück“, sage ich und versuche zu lächeln.

„Und wenn Lindsey nicht das *Richtige* tut, dann glaubst du, dass sie versucht, dich zu sabotieren. Das macht dich noch wütender, noch irrationaler und noch dümmer. Das Traurigste daran ist, dass Lindsey sich so sehr anstrengt, um die zu sein, die sie glaubt, für dich sein zu müssen. Aber sie durchblickt einfach die Regeln dieses Spiels nicht. Also enttäuscht sie dich immer wieder. Und irgendwann fliegen sogar diejenigen, die wahrhaft lieben können, aus dem Spiel. Weil in einem solchen Spiel für die Liebe kein Platz ist."

Andy lässt seine Worte erst einmal auf mich wirken. Er schaut in den Rückspiegel und wischt sich etwas aus dem Augenwinkel. Dann schaut er auf seinen Zeigefinger, um zu sehen, was er gerade entfernt hat, und sagt: „Kann es sein, dass ich mit dem, was ich gerade gesagt habe, recht habe?"

Nachdem ich lange am Knopf des Handschuhfachs herumgefummelt habe, sage ich: „Ich glaube, ich geh jetzt lieber nach Hause. Ich muss mit meiner Frau reden. Vorausgesetzt, sie lässt mich."

Der Electra fährt an und zuckelt gemütlich den Hügel hinunter zu mir nach Hause.

„Warum wirst du immer so wütend?“

(Donnerstagabend, 22. Mai)

Andy setzt mich gegen 14:30 Uhr bei mir zu Hause ab. Es ist niemand da, also fahre ich nach Santa Monica und arbeite lange. Ich schreibe Lindsey eine SMS, dass ich im Büro einen Happen essen werde, und versuche gar nicht, ihr sonst noch etwas mitzuteilen. Es ist schon nach 22:00 Uhr, als ich dann schließlich nach Hause komme. Ich sehe ein leichtes Flackern im Wohnzimmer. Es ist wieder Jennifer, die im Dunkeln fernsieht.

„Hallo, Mädel.“

„Hallo, Papa.“ Sie blickt nicht auf, um mich anzusehen.

„Ist Mama noch auf?“

„Ich glaub’ nicht.“

„Und, hast du alle Hausaufgaben gemacht?“

Sie seufzt und schüttelt den Kopf. „Merkst du eigentlich, dass das fast immer das Erste ist, was du mich fragst, Papa?“

„Ach, wirklich? Tut mir leid. Das liegt wahrscheinlich daran, dass ich ein Vater bin. Das tun Väter doch, oder?“

„Mama tut es nicht.“

„Na ja, sag ich doch.“

Irgendetwas stimmt nicht mit Jennifer. Sie ist schroffer und noch distanzierter als sonst.

„Willst du mir irgendwas sagen, Jennifer?“

„Warum hat Mama geweint, als sie mich abgeholt hat?“

Da haben wir's. „Was hat sie denn gesagt?", frage ich.

„Sie hat gesagt, dass ihr in einem Restaurant Streit gekriegt habt. Sie wollte aber nicht weiter darüber reden." Ich warte, dass sie weiterspricht. „Stimmt das, Papa? Habt ihr euch gestritten?"

„Eigentlich war es gar kein richtiger Streit. Aber, na ja, ich hab mich mal wieder wie ein Idiot benommen."

„Was ist los, Papa? Warum bist du so? Warum wirst du immer so wütend?"

Ich deute auf den Fernseher. „Kann ich ...?" Sie nickt. Ich nehme die Fernbedienung und schalte den Fernseher aus. Dann setze ich mich auf die Couch. Sie richtet sich auf. Jetzt sitzen wir beide nebeneinander auf der Couch, mit fast einem Meter Abstand zwischen uns, und schauen beide nach vorn zum ausgeschalteten Fernseher.

„Was glaubst du denn, Jennifer? Was glaubst du, warum ich immer so wütend werde?"

„Ich weiß es nicht. Aber ich finde es ganz schrecklich, wenn du so wütend wirst. Dann möchte ich einfach nur weglaufen und woanders sein."

Ohne es zu wollen sacke ich in mich zusammen und seufze. „Es tut mir leid, Jennifer. Ich finde es selbst auch immer schrecklicher. Ich glaube, in mancherlei Hinsicht wird es schon besser, aber es dauert so verdammt lange. Ich liebe deine Mama wirklich, und sie hat an all dem absolut keine Schuld."

Wir schauen immer noch beide nach vorn.

„Warum redest du eigentlich nicht mit mir, Papa?"

„Wie meinst du das? Wir reden doch."

„Nein, nicht wir. *Du* redest. Du sagst mir Vater-Sachen, von denen du glaubst, dass du sie sagen musst."

„Autsch", sage ich.

„Wir kennen uns gar nicht, Papa. Mama und ich, wir reden andauernd miteinander. Sie kennt auch alle meine Freunde."

Ich weiß nicht, was ich sagen soll. „Worüber würdest du denn gern reden, Jennifer? Ich möchte das nämlich eigentlich auch."

„Wirklich, Papa? Manchmal glaube ich nicht, dass du das willst. Du könntest doch mal abends bei mir anklopfen und in mein Zimmer kommen, aber das tust du nicht. Manchmal versuche ich, mit dir zu reden, aber normalerweise bist du mit den Gedanken ganz woanders. Dann habe ich das Gefühl, dass ich dich nur störe oder dass du irgendwie enttäuscht bist von mir."

„Das empfinde ich aber gar nicht so, Jenny. Wow. Da habe ich dich aber wohl ziemlich missverstanden. Ich habe immer gedacht, dass du mich gar nicht in deinem Leben haben willst. Du willst also wirklich was mit mir zu tun haben?"

„Ja klar, so wie gerade im Moment. Da ist ein Junge, der mich gut findet, glaube ich, und ich habe keine Ahnung, wie das jetzt läuft. Manchmal sagt Mama: ‚Frag doch deinen Vater. Der ist auch ein Junge', aber ich habe nie das Gefühl, dass das wirklich geht."

„Ich bin echt ein Idiot."

„Nein, bist du nicht. Manchmal möchte ich auch gar nicht reden, weißt du?"

„Das habe ich gemerkt." Ich sehe sie jetzt an. Sie schaut immer noch geradeaus.

„Merkst du eigentlich, dass du mich gar nicht ansiehst, wenn wir miteinander reden?"

„Doch, schon."

„Was meinst du, woran das liegt?"

„Keine Ahnung", sagt sie und schaut weiter stur geradeaus.

„Kann es sein, dass du verhindern willst, dass man dir wehtut, und deshalb verhältst du dich, als ob dich nichts wirklich interessiert?"

„Kann sein."

„Kann also sein, was? Weißt du was? Das Komische daran ist, dass ich glaube, du und ich, wir sind uns da ziemlich ähnlich. Ich bin nämlich gerade dabei zu entdecken, dass ich ganz vieles von dem, was ich tue, nur tue, um zu verhindern, dass mir wehgetan wird. Vielleicht hast du das ja auch ein Stück weit von mir. Das tut mir leid."

„Ach, ist schon gut."

Und ganz plötzlich kommt mir eine Idee. „Weißt du was, Jennifer? Du könntest mir wirklich helfen, und vielleicht kann ich auch dir helfen. Ich meine, wenn wir komisch werden und uns zurückziehen. Weißt du, was ich meine?"

„Ja."

„Vielleicht könnte der andere ja was sagen, wenn er es beim anderen merkt. Oder wenn wir mit anderen Leuten zusammen sind, könnten wir doch ein Codewort vereinbaren oder ein Geheimzeichen. Du könntest zum Beispiel dreimal husten oder so."

Sie lacht. Zum ersten Mal heute Abend schaut Jennifer mich an, und sie lächelt.

„Ich glaube, ich verstehe jetzt, was du gerade gemeint hast, Jennifer. Wir haben noch nie so miteinander geredet, oder?"

„Nein, Papa."

„Würdest du das für mich tun, Jennifer? Würdest du das tun, wenn du merkst, dass ich wieder anfange, komisch zu werden? Weißt du, was ich meine?"

„Klar. Dann kriegst du so einen ganz doofen Gesichtsausdruck, und du presst die Kiefer ganz fest aufeinander."

„Das habe ich auch schon gehört, aber aus irgendeinem Grund fällt es mir schrecklich schwer, mir das von deiner Mutter sagen zu lassen. Ich habe es auch heute Abend wieder vermasselt, als sie versucht hat, es mir zu sagen und mich aufzuhalten. Es fühlt sich dann so an, als ob ich irgendwie ... verliere. Vielleicht glaube ich in solchen Situationen nicht, dass sie wirklich hinter mir steht. Und dann werde ich laut. Aber du ..."

„Du willst wirklich, dass ich das mache?"

„Wahrscheinlich wird es mir am Anfang nicht so besonders

gefallen, aber es würde mir echt helfen. Was hältst du davon?"

„Klar, das kann ich machen. Aber du musst mir versprechen, dass du auf mich hörst ... auch wenn ich mich mal irre."

„Ich werd's versuchen, Jennifer."

„Nein, nicht versuchen. Versprich's mir, Papa. Versprich mir, dass du mir zuhörst und dann damit aufhörst."

Und so gebe ich meiner Tochter ein Versprechen, das ich gerade heute erst bei meiner Frau gebrochen habe.

„Ich verspreche es. Aber es kann sein, dass ich am Anfang nicht begeistert, sondern sauer reagiere."

„Solange du zuhörst und dann aufhörst ..."

Ich nicke. „Das kann ich."

„Ach", sagt sie, „und dreimal husten geht nicht, das mache ich nicht."

„Was könnte denn dann das Zeichen sein?"

„Ich könnte pfeifen."

„Na gut. Was würdest du pfeifen?"

Sie überlegt kurz und sagt dann: „Ich pfeife ‚Happy Birthday'."

„Ja, das ist gut, das ist ziemlich unauffällig. Also gut, immer wenn ich dich jetzt ‚Happy Birthday' pfeifen höre, muss ich mich beruhigen und versuchen, die Situation wieder objektiver zu sehen. Ja, das gefällt mir. Ich bin dabei."

Mit einer übertriebenen Geste klatschen wir uns ab. Wir sehen uns grinsend an und sind jetzt beide ganz dabei.

„Also, Jennifer, dann ..."

„Was?"

„Welches ist mein Zeichen, wenn ich dich fragen will, ob du deine Hausaufgaben gemacht hast?"

„Gar keins. Dein Signal wird es nicht geben, weil ich meine Hausaufgaben nämlich immer mache und du nie, nie zu fragen brauchst."

„Okay. Hab ich kapiert. Das werde ich dann also machen:

Ich werde ... gar nichts tun. Und wenn ich gar nichts mache, dann weißt du, dass das heißt, ich brauche mir keine Gedanken um deine Hausaufgaben zu machen."

„Genau." Wir lachen beide. Sie hat inzwischen ihre Füße auf meine Knie gelegt.

Eine Weile sitzen wir einfach so da und sagen nichts, sondern genießen es nur, Vater und Tochter zu sein.

Irgendwann breche ich schließlich das Schweigen. „Na gut, dann werd ich mal gehen und deiner Mutter einen Zettel schreiben."

„Das ist eine gute Idee, Papa."

„Hey, Jennifer. Danke, dass du das für mich tust."

„Kein Problem, Papa."

Wir stehen beide gleichzeitig auf, und sie umarmt mich. Ich kann mich nicht erinnern, dass sie das schon jemals getan hat, seit sie ein ganz kleines Mädchen war. Es dauert lange, bis ich sie wieder loslassen kann.

„Gute Nacht, mein Mädel."

„Gute Nacht, Papa." Und sie hüpft beinahe die Treppe hinauf zu ihrem Zimmer.

Eine Weile stehe ich einfach nur im Dunkeln da. Wie lange sie mir das alles wohl schon sagen wollte? Lindsey und ich haben eine unglaubliche Tochter. Noch ein Teil meines Lebens, den ich aufs Spiel gesetzt habe. Du liebe Güte.

Mir kommen die Tränen. *Ich war gerade meiner Tochter gegenüber offen.* Und dann, fast ohne es zu wollen, flüstere ich: „Ich schaff das, Lindsey. Ich schaff das."

Ich finde meinen Weg ins Wohnzimmer, ohne Licht zu machen, und schalte die gedämpfte Leselampe auf Lindseys Schreibtisch an. Ich krame in den Schubladen und finde schließlich hübsches Briefpapier. Die Worte fließen nur so aus mir heraus.

Liebe Lindsey,

normalerweise stehst du ja vor mir auf, also hoffe ich, dass du dies hier liest, bevor du mich siehst.

Jetzt hab ich es also schon wieder gemacht, was? Ich hab dich wieder verletzt. Ich hab dein Vertrauen verraten ... genau in dem Augenblick, als du wieder bereit warst, es noch mal mit mir zu riskieren. Ich weiß, dass es nicht reichen wird, „Tut mir leid" zu sagen. Ich weiß, dass ich dich immer wieder werde bitten müssen, mir zu verzeihen, wenn ich immer wieder dasselbe tue. Ich hasse mich wirklich für das, was ich dir heute wieder angetan habe, Lindsey.

Ich glaube, das hier wird eine ganze Weile brauchen. Vorausgesetzt, du lässt es überhaupt noch dazu kommen und machst mit. Ich merke, dass da in meinem Inneren jede Menge Müll ist – Wut, verdrehtes Denken, ein Haufen Mist von ganz früher –, der eine ganze Weile braucht, bis er bearbeitet ist und heilen kann.

Ich habe es heute nicht kapiert ... erst, als es zu spät war. Ich habe wirklich gedacht, dass du versuchst, dieses gemeinsame Essen im Café zu sabotieren. Ich weiß, das ist verrückt. Und hinterher haben auch alle, die da waren, mir deutlich gemacht, dass ich völlig, völlig falsch gelegen habe. Andy hat vor einiger Zeit mal gesagt: „Wenn dir sieben Leute sagen, dass du betrunken bist, dann ist es vielleicht ganz gut, wenn du dir ein Plätzchen suchst, um dich hinzulegen."

Ich weiß, dass ich sogar immer noch nichts kapiert hatte, als du mit Cynthia schon unten in ihrem Auto warst. Es tut mir so leid, Lindsey. Du warst einfach nur du, und das ist wunderbar. Sie mögen dich alle sehr. Ich war es, von dem sie nicht ganz so entzückt waren.

Ich habe heute über meiner Arbeit gesessen, aber nichts geschafft, weil ich wirklich Angst habe, dass ich dich heute endgültig verjagt habe. Ich bitte Gott, dass es nicht zu spät ist. Und Folgendes ist alles, was ich dir versprechen kann: Ich glaube, dass Gott mir vergibt, sogar diesen verrückten Ausbruch heute. Das ist für mich ganz neu. Selbst jetzt noch fällt es mir schwer zu wagen, das zu glauben.
Andy ist so ungefähr der klügste Mensch, den ich jemals kennengelernt habe, und Cynthia ist seine Mentorin gewesen. Sie mag dich sehr. Wenn du dich mit ihr treffen möchtest, dann fände ich das gut. Und du kannst ihr alles sagen, was du willst.

So, genug jetzt. Nur noch das: Es tut mir leid, dass ich dich so blamiert habe und dir das Gefühl gegeben habe, nicht gut genug zu sein. Du bist mein Ein und Alles. Ich bin derjenige mit der Macke. Du bist die Seele dieser Familie. Übrigens würdest du nicht glauben, was für ein Gespräch deine Tochter und ich gerade geführt haben. Sie ist ein unglaubliches Mädchen. Es geht um dich und um Gott.

Ich bitte dich noch einmal und schon wieder um Verzeihung, Lindsey. Ich vertraue Gott, dass er mir hilft, Dinge in Ordnung zu bringen und richtig zu machen. Mehr weiß ich nicht.

In Liebe,
Steven

Ich falte den Brief zusammen, stecke ihn in einen Umschlag, schreibe Lindseys Namen darauf und lege ihn auf die Kaffeemaschine in der Küche. Dann krieche ich leise neben meine

Frau ins Bett.

Am nächsten Morgen warte ich, bis sie genügend Zeit gehabt hat, Kaffee zu kochen und den Brief zu lesen. Dann gehe ich die Treppe hinunter. Sie hat immer noch meinen Brief in der Hand, als sie mich bemerkt. Sie rührt sich nicht, aber ganz langsam breitet sich eine Art Lächeln auf ihrem Gesicht aus.

„Danke, Steven. Das ist schön, was du schreibst." Die nächsten Worte sagt sie so, als ob sie dabei viel riskiert. „Ich stecke in dieser Geschichte mit dir drin ... also, hast du die Telefonnummer von Cynthia? Ich glaube, ich würde sie gern anrufen."

„Es gibt keine Menschen, die alles im Griff haben – nur manche haben weißere Zähne als andere!"

(Donnerstagnachmittag, 4. Juni)

Lindsey und Cynthia haben den gesamten letzten Donnerstag zusammen verbracht und sich auch diese Woche ein paar Mal getroffen. Mir wird jedes Mal ein bisschen unbehaglich zumute, wenn ich daran denke, über was sie wohl reden. Aber ein paar Anrufe bei Carlos und Andy haben mir geholfen, innerlich wieder einigermaßen auf Kurs zu kommen.

Jetzt sind wir also wieder im Café. Diesmal war es Lindseys Idee. Sie informiert die Gruppe über das, was wir in der vergangenen Woche durchgesprochen haben.

„Steven und ich haben schon lange ziemlich große Probleme in unserer Ehe. Vor drei Wochen habe ich ernsthaft an Scheidung gedacht. Ich habe auch zuvor schon daran gedacht, aber dieses Mal habe ich es auch richtig konkret durchgespielt – wohin Jennifer und ich ziehen würden, was für einen Job ich mir suchen könnte. Es war schrecklich."

Ich höre zu und stelle mir vor, wie schwer es mir – sogar noch letzte Woche – gefallen wäre, zuzulassen, dass sie so etwas vor der gesamten Gruppe erzählt. Jetzt kommt es mir gar nicht mehr so schrecklich vor.

Cynthia lacht leise. „Merkst du eigentlich, wie erstaunlich es ist, dass du Lindsey das vor der ganzen Gruppe aussprechen lassen kannst, Steven?"

„Ja, das ist wohl so. Aber es fällt mir auch ziemlich schwer, hier zu sitzen und ... bemitleidet zu werden", sage ich.

„Mann", sagt Carlos. „Keiner an diesem Tisch hier bemitleidet dich, wirklich keiner. Wir sind alle nur sehr traurig darüber, dass Lindsey solchen Müll fühlen und denken musste. Aber seht doch mal, wo ihr gerade seid! Am Tisch mit einem Haufen Freunde, die euch lieben und achten, wie ihr es noch nie erlebt habt. Du lässt uns an dich heran, Mann. Das ist es doch! Das ist das, was wirklich zählt. Wir sind so stolz auf dich!"

Andy nickt. „Jeder von uns hier an diesem Tisch hat genau solche Geschichten von Versagen und Unreife zu erzählen wie du. Denk daran, dass wir alle erst lernen müssen, einen Raum zu haben, wo wir sicher und geschützt sind, wo das Schlimmste über uns bekannt sein darf, wo der Kreislauf der Scham über tote alte Probleme durchbrochen werden kann."

Cynthia fügt hinzu: „Ich glaube wirklich, dass es einen großen Lohn gibt für diejenigen, die sich von anderen hinter ihre Maske schauen lassen." Sie ist wieder einmal viel zu nah an meinem Gesicht. „Man stellt fest, dass das, was man am meisten gefürchtet hat, gar nicht eintritt. Ja, es geschieht sogar das Gegenteil: Man wird *gekannt*. Im Moment der größten Verletzlichkeit findet man heraus, dass das *echte* Ich angenommen und geliebt wird."

Keith beteiligt sich jetzt auch. „Als ich mich noch versteckt habe, da musste jeder dafür bezahlen, selbst wenn er oder sie es gar nicht wusste. Und jedem wurde dadurch das Gute vorenthalten, das ich ja auch in mir hatte. Ich konnte anderen nicht das Echte zeigen, das Gott in mich hineingelegt hat, damit ich es an andere weitergebe. Die Leute wollten mich lieben, aber ich habe es nicht zugelassen. Menschen wünschten sich von mir, dass ich sie liebte, aber ich konnte es nicht. Bei dem Spiel kann jeder nur verlieren."

Jetzt mischt auch Carlos sich ein. „Das Ziel ist doch nicht, dass jemand bloßgestellt wird, sondern dass man frei wird – damit jeder das Beste von einem bekommt. Das ist der Deal."

Lindsey sagt: „In der Gemeinde habe ich oft das Gefühl, dass diejenigen, die wie Saubermänner wirken, am meisten bewundert werden. Wenn man es wagt, irgendjemandem anzuvertrauen, dass bei einem selbst was nicht stimmt, dann ist das, als wäre man plötzlich irgendwie ein Mensch zweiter Klasse. Wisst ihr, was ich meine? Und wer will schon andere an sich heranlassen und sich öffnen, wenn das so riskant ist?"

„Du musst vor ungefähr fünf Jahren zu meiner ehemaligen Gemeinde gehört haben", sagt Carlos und lacht. „Vielleicht erkennst du mich nur nicht. Ich war damals dünner." Er steht auf und zieht den Bauch ein.

„Nein, Carlos, es war nicht deine Gemeinde."

„Deine Beschreibung", antwortet Carlos, „passt auf viele Gemeinden. Aber wie schon mein Vater immer zu sagen pflegte: ‚Keiner kriegt's perfekt gebacken – nur manche haben weißere Zähne.'"

Cynthia steht auf. „Ich glaube, ich habe auch zu den Leuten gehört, die einem dieses Gefühl geben, und wenn wir nicht aufpassen, kann das hier auch passieren. Eine gut gekleidete, reife Frau wie ich kann leicht den falschen Eindruck erwecken, dass sie über den ganz normalen Fehlern und dem Versagen der Normalos steht. Ich nehme also an, dass jetzt ich an der Reihe bin, dieses Bild zurechtzurücken."

Sie trinkt einen großen Schluck aus ihrem Wasserglas. „Es ist jetzt fast fünfundzwanzig Jahre her." Cynthia stellt ihr Glas auf den Tisch zurück. „Keith und ich hatten schon eine ganze Weile Probleme mit uns selbst und unserer Beziehung. Wir hatten jung geheiratet und so gut wie keine Unterstützung oder Anleitung gehabt. Keith war ein Spitzenpilot bei der Luftwaffe, und unsere ersten zwei oder drei Jahre verbrachten wir an einigen Orten auf der Welt, an denen es ganz besonders schwierig ist, eine Ehe zu führen."

„Cynthia und ich hatten keine Ahnung", sagt Keith und greift nach der Hand seiner Frau, sodass die Armreifen klimpern. „Wir sind in derselben Stadt in Kansas aufgewachsen, und ich kannte Cynthia schon, seit ich sechs war. Irgendwann, als wir beide mal in den Semesterferien zu Hause waren, haben wir uns dann ineinander verliebt."

„Er hat mir damals gesagt, er hätte schon seit der fünften Klasse gewusst, dass wir mal heiraten würden."

„Nach dem College haben Cynthia und ich dann auch tatsächlich geheiratet, und dann wurden wir sofort in Norfolk, Virginia stationiert, danach in Annapolis, San Diego, wieder Norfolk und dann an der Golfküste – und das alles innerhalb von zwei Jahren. Wir dachten immer, dass sich schon alles irgendwie finden würde."

„Das tat es aber nicht", fügt Cynthia schnörkellos hinzu. „Ich war unglücklich und depressiv, und ich sorgte dafür, dass Keith das auch keinen Augenblick vergaß. Ich wusste nicht, wie ich Kontakte mit den anderen Ehefrauen der Soldaten knüpfen sollte. Die meisten von ihnen waren so ... na ja, so *militärisch* eben. Sie hielten mich für eine Art Hippie. Und Keith war ständig unterwegs."

Keith fährt fort: „Ich verbrachte immer mehr Zeit mit Offizieren, die genauso jung waren wie ich und auch so dumm, so rastlos und so frustriert. Ich fing an, Cynthia zu erzählen, dass ich länger arbeiten müsse, Dienstbesprechungen hätte, na, all das übliche Zeug eben."

Cynthia schaut auf Keith hinunter. „Nach einer Weile wusste ich, dass er mich anlog, aber ich konnte mich dem nicht stellen. Heute weiß ich, dass ich zu vielen seiner Lügen meinen Teil beigetragen habe. Der arme Kerl hatte eigentlich immer den Schwarzen Peter. Wenn er nicht nach Hause kam, ging es mir elend, was ich ihn auch deutlich spüren ließ. Wenn er kam, dann ging es mir auch elend, und ich ließ es ihn ebenfalls spüren. Ach, ich war eine echte Plage."

„Na ja, und den Rest der Geschichte kennen ja die meisten von euch", fährt Keith fort. „Es war eine Nacht, ein dummer Fehltritt. Es ging dabei nicht um Liebe, nicht einmal um Verliebtsein. Ich war einfach schrecklich unreif und so enttäuscht vom Leben. Ich erlaubte mir selbst, etwas zu tun, das total falsch war, und irgendwie, zumindest für den Augenblick, fand ich es sogar beinah gerechtfertigt, es zu tun. Und natürlich verheimlichte ich es ihr."

Kaum zu glauben, dass ich hier sitze und zuhöre, wie die beiden etwas so Persönliches weitergeben.

„Wir drifteten immer weiter auseinander", erklärt Cynthia. „Unser Doppelbett kam mir vor wie zwei Kontinente." Sie hält ganz kurz inne, bevor sie weiterspricht. „Eines Abends dann, auf einer Abschiedsparty vor einer weiteren Versetzung, hörte ich eine unbedachte Äußerung eines betrunkenen Pilotenfreundes von Keith mit. Als wir wieder zu Hause waren, konfrontierte ich Keith damit, und er gestand mir alles. Die Illusionen, die ich mir bis dahin immer noch über unsere Ehe gemacht hatte, platzten in diesem Moment. Ich empfand Wut, Ekel und Angst, und es war mir unsagbar peinlich. Plötzlich war ich ein Opfer. Und Keith stand für all das, was mir meine Mädchenträume zerstört hatte. Und ich war so verletzt. Ich war also ein Opfer, das noch nicht mal jemanden hatte, zu dem es sich flüchten konnte."

Keith hat Tränen in den Augen. „Mich zerriss es förmlich, mit anzusehen, was ich ihr angetan hatte", sagt er. „Ich bin in einer christlichen Familie groß geworden, aber ich glaube, das war das erste Mal, dass ich Gott wirklich ernst genommen habe.

Jeden Tag habe ich ihn um Hilfe angefleht. Die bekam ich dann von einem Militärseelsorger und seiner Frau. Ich tat Buße vor Gott und Cynthia. Es war eine unglaublich zehrende Erfahrung. Doch mit der Zeit konnte ich immer mehr glauben, dass Gott mir vergeben hatte. Cynthia und ich versuchten, in unserer Ehe zu einer Art Normalität zurückzugelangen, aber auch nach ziemlich langer Zeit war da immer noch etwas, das nicht stimmte."

„Und was war das?", fragt Lindsey.

„Ich war irgendwie überzeugt, dass ich ein besserer Mensch war als Keith. Ich war der Meinung, dass ich so etwas wie er niemals getan hätte, es *niemals* hätte tun können. Ich war ein besserer Mensch."

Sie geht zu Keiths Stuhl und stellt sich dahinter. „Und das habe ich ihm vorgehalten. Gott erlöste ihn von der Schuld, aber ich knüpfte all die gelösten Knoten ganz schnell wieder fest. Ich dachte, dass ich die Kontrolle haben müsse, um mein Leben wieder zurückzubekommen. Auch deshalb hielt ich es für meine Aufgabe, ihn in einem permanenten Zustand der Reue zu halten. Es funktionierte. Er war irgendwann überzeugt davon, dass er sich meine arrogante Überlegenheit gefallen lassen müsse, um wieder mein Vertrauen zu gewinnen. Ich übte diese Kontrolle über ihn auf hunderterlei Weise aus. Ich benutzte sie, um sein Verhalten zu manipulieren und so dafür zu sorgen, dass er niemals vergaß, was er mir dafür schuldig war, dass ich bei ihm geblieben war."

Sie setzt sich und ihre klimpernden Armreifen sind auf der ganzen Terrasse zu hören. „Und ganz langsam entwich alles Leben aus meinem Mann. Er wurde ein braver, gefügiger Junge, der stets versuchte, sich von Schwierigkeiten fernzuhalten. Ich merkte nicht, dass ich mich gerade selbst zum zweiten Mal meines Ehemannes beraubte."

Cynthia sieht jetzt Lindsey direkt an. „Meine liebe Freundin, ich fürchte, es gibt Tausende von Ehepaaren, die in ganz ähnlichen Gefängnissen leben. Einer von beiden macht einen Fehler oder versagt, und der andere übt Kontrolle aus, indem er dem anderen nie das Gefühl gibt, dass er rehabilitiert und frei ist. Und dadurch werden dann zwei Leben zerstört. Der eine wird ständig klein gemacht und geduckt, und der andere sitzt in der Falle seiner arroganten Blindheit, durch die er seine eigenen Probleme übersieht."

Lindsey hat sich das alles ganz still angehört. „Und was hat sich geändert?"

Cynthia sieht die ganze Zeit unverwandt Keith an, während sie antwortet. „Eines Abends habe ich meinen Mann richtig angeschaut. Er saß mir im Wohnzimmer gegenüber und sah fern. Ich war gerade dabei, mir ein Album anzuschauen mit Fotos von uns beiden. Eines der Fotos stammte aus der Zeit kurz nach unserer Hochzeit. Er war darauf voller Leben, hatte den Schalk im Blick und eine verspielte Zärtlichkeit. Und du liebe Güte, sah er gut aus! Auf dem Foto wuschelte er mir gerade durchs Haar und sah mich mit einem so selbstbewussten Entzücken an. Es sah so aus, als ob er gerade etwas Lustiges sagen wollte oder mich in die Arme schließen oder mir etwas über einen exotischen Ort erzählen wollte, wohin wir fahren würden, wenn er freihätte ... Dann habe ich das Album hingelegt und den Fremden da auf meiner Couch angesehen. Er sah alt, verbraucht und müde aus. Als wäre alle Farbe aus ihm gewichen. Ich hatte es im Laufe der Zeit geschafft, ihn davon zu überzeugen, dass er nicht der Mann auf dem Foto war. Ich hatte ihm vermittelt, dass er ein Versager war, dessen oberstes Ziel darin bestehen musste, sich sein Leben lang den Weg zurück zu meiner Gunst zu verdienen. Jahrelang hatte ich ihn als schwach betrachtet und geglaubt, er bräuchte meine Kontrolle. Und in dem Augenblick erkannte ich ein wenig, wie sehr ich dazu beigetragen hatte, dass aus ihm dieser ausgezehrte Mann geworden war.

Aber ich konnte nicht zulassen, mich dem zu stellen, denn ich hatte die Fähigkeit verloren, seinen Schmerz nachzuempfinden. Um das zu können, hätte ich mich meiner eigenen Schuld stellen und sie anschauen müssen, aber dazu war ich leider nicht bereit. Doch von dem Moment an begann es mich zu verfolgen. Irgendwann hat Gott mir dann eine ältere Frau über den Weg geschickt, die den Mut hatte, mich zu fragen: ‚Was glaubst du, Cynthia, welches Licht Keiths Fehltritt auf dich wirft?' In dem Augenblick wurde mir meine tiefe innere Scham bewusst, die dazu geführt hatte, dass ich mich öffentlich für meinen Mann schämte. Der Schmerz über sein Verhalten war schon längst weg. Ich war gar nicht mehr das Opfer seines sexuellen Fehltritts, sondern ich war das Opfer *meiner eigenen Scham.* Diese Frau half mir, die Lügen aufzudecken, die eine so verzerrte, neun Jahre andauernde Reaktion hervorgerufen hatten."

Ein Kellner hat die Eisteegläser am Tisch wieder aufgefüllt. Er lässt sich Zeit, weil ihn die Geschichte offenbar auch interessiert.

„Danke, Cynthia", sagt Lindsey und greift nach meiner Hand. „Einen solchen Weg möchte ich nicht gehen müssen."

Cynthia legt ihre Hand auf unserer beider Hände. „Deshalb sind wir ja hier."

Ich verspüre eine unglaubliche Dankbarkeit für diesen Ort und diese Menschen. „Ich glaube, dass es ziemlich viele Menschen gibt, die solche Freunde brauchen."

„Keine Frage", sagt Andy. „Die Verfasser des Neuen Testaments haben viel darüber geredet. Sie haben sich eigentlich auch vorgestellt, dass Gemeinden so sein sollten."

Ich antworte rasch: „Das ist aber wohl eher unwahrscheinlich. Ich habe jedenfalls noch nie solch eine Gemeinde gesehen."

„Ich schon", sagt Hank und saugt mit einem Pommes-Frites-

Stäbchen Ketchup aus der Flasche auf.

„Da machst du dir doch selbst was vor, Hank", sage ich. „So funktioniert Gemeinde nicht. Das sind doch Institutionen. Und welcher Pastor mit auch nur einem Hauch von Selbstachtung würde sich wohl mit solchen Leuten wie uns blicken lassen? Da würde er doch sofort seinen Ruf aufs Spiel setzen."

Andy legt seinen Kopf ein wenig schräg und sagt: „Na ja, aber das ist seltsam, weil ich schwören könnte, dass ich *Carlos* jede Woche hier treffe."

Carlos sagt nichts, sondern grinst mich nur an.

„Tut mir leid, Carlos. Das war eine blöde Verallgemeinerung. Manchmal vergesse ich, dass du Pastor bist."

„Ich auch", sagt er. „Aber daran arbeite ich."

„Aber in deiner Gemeinde bist du doch nicht so, oder?"

„Wie meinst du das?", fragt er und ist ehrlich irritiert.

„Na ja, wie bringst du das zusammen, ich meine, wie viel weiß deine Gemeinde von dem, was du mir vor einiger Zeit erzählt hast? Du weißt schon ... sie wissen doch nicht, wie du bist, wenn du hier bist ... oder?"

Carlos ist plötzlich sehr ernst. „Glaubst du eigentlich, dass wir hier irgendwas tun, das nicht richtig ist, Steven?"

„Wie bitte?"

„Freut Jesus sich wohl über das, was hier passiert? Ist das, was wir hier machen, richtig und gut?"

„Ich glaube, es ist das Richtigste, was ich je gemacht habe."

„Dann sag mir doch mal, wieso das nicht zu einer Gemeinde passen sollte, Steven. Der Gemeinschaft der Kinder Gottes."

Ich halte jetzt lieber den Mund, weil ich mich nicht zu einem noch größeren Idioten machen will.

„Mann, Steven, das hier ist kein Spiel!", sagt Carlos und beugt sich in meine Richtung. „Wir spielen hier nicht Schuleschwänzen, weißt du? Carlos in einem kleinen Lokal an der Straße ist genau derselbe Kerl wie sonntags im Gottesdienst auf der Kanzel. Sonst würden wir nämlich nur Verkleiden spielen, Mann. Ich bin ich, Steven. Frömmer als so, wie ich jetzt und hier bin, werde ich nicht. Es gibt bestimmt viele Leute, die es sich anders wünschen würden. Ich glaube nur nicht, dass auch Gott einer davon ist, weißt du? Wir brauchen solche Orte wie den hier, damit wir Gemeinde werden. Wir brauchen Gemeinden, die mehr so sind wie das hier."

„Ich glaube, das verstehe ich, Carlos. Was ich vorhin gesagt habe, tut mir wirklich leid. Ich habe noch nie einen Pastor mit so viel Selbstachtung und Ehrlichkeit kennengelernt wie dich."

„Danke, Mann. Das bedeutet mir viel." Carlos lächelt mich strahlend an.

„Und gehören alle hier auf der Terrasse zu deiner Gemeinde?", frage ich.

„Oh nein, Mann. Soll das 'n Witz sein? Wer will denn schon mit Hank zusammen zur Kirche gehen?"

Alle lachen, und Hank nickt verschmitzt.

Wir werden von Bo unterbrochen, der einem Angestellten irgendetwas zuruft und dann sein dröhnendes Lachen ertönen lässt, das tief aus seinem gewaltigen Brustkorb aufsteigt. Es signalisiert anscheinend das Ende unserer Zusammenkunft. Carlos verabschiedet sich. Hank nimmt unseren Stapel mit Bargeld und Kreditkarten und geht zum Bezahlen nach vorn zur Kasse. Cynthia steht auf, umarmt Andy und mich, geht dann zu meiner Frau hinüber und setzt sich neben sie.

„Wie fühlst du dich jetzt, Lindsey?"

„Hoffnungsvoll, würde ich sagen", antwortet sie.

„Vertrauen lässt sich nicht über Nacht zurückgewinnen, Lindsey. Es werden auch noch schwere Zeiten kommen. Steven wird wieder versagen. Er wird wieder ausrasten, und dann wirst du wieder genau dieselbe Angst haben. Aber es passiert auch noch etwas anderes. Ich glaube, dein Mann fängt an, innerlich demütig zu werden. Also hat Gott jetzt die Möglichkeit, das Neue über seine alten Erfahrungen siegen zu lassen. Und genau das wird alles verändern."

Ich stehe hinter meiner Frau, als Cynthia das sagt. Ich lege meine Hände auf Lindseys Schultern. „Ich möchte das vor euch allen sagen, Leute. Lindsey, ich erlaube dir, dass du Cynthia oder Hank oder Andy oder sonst jemandem Bescheid sagen darfst, wenn du meinst, dass ich wieder dabei bin auszurasten. Keine Geheimnisse mehr. Kein Versteckspiel mehr."

Und Cynthia fügt noch hinzu: „Du wirst dir auch noch andere Leute suchen müssen, die dir beistehen können, wenn du immer mehr das Risiko eingehst, dich innerlich zu öffnen. Es wäre mir eine Ehre, wenn ich zu diesen Leuten gehören dürfte, auf die du zählen kannst. Das hier muss keine neun Jahre dauern. Wir hatten damals nur niemanden. Ihr habt ja noch alles vor euch. Aber ihr müsst zulassen, dass andere euch unterstützen und euch zur Seite stehen."

Lindsey greift nach Cynthias Hand. „Danke, Cynthia, das hast du großartig gesagt. Das ist alles noch so neu. Ich weiß nicht, wie es jetzt mit unserer Familie weitergeht. Ich habe zwar Hoffnung, aber auch Angst."

Einen Moment lang sind wieder diese seltsame Stimmung und Fremdheit da. Und das alles wegen mir. Alle treten auf den Plan und wollen meiner Frau helfen, aufgrund dessen, was *ich* getan habe. Ich fühle mich wie ein genesendes Monster, das immer noch durchaus in der Lage wäre, mit einem Wisch eine ganze Stadt auszulöschen. Es ist schwer, an meine neue Identität zu glauben, wenn ich tagtäglich mit den Folgen der alten konfrontiert bin.

Aber ich schaue zu Andy hinüber, und er lächelt mich an. Ich weiß jetzt, was dieses Lächeln zu bedeuten hat. *Hab keine Angst. Ich weiß, wer du bist. Du weißt inzwischen zu viel, als dass du noch die alten Lügen glauben könntest. Daran kann nichts etwas ändern.*

Ich lächle zurück.

Danke. Danke, dass du mein Freund bist.

„Ich habe mit dir gespielt wie auf einer *Gibson Hummingbird.*“

(Freitag, 4. Dezember)

In den letzten Jahren war es zunehmend so, dass ich die Weihnachtszeit kein bisschen leiden konnte. Diese Wochen waren eine Zeit, in der besonders krass deutlich wurde, wie unglücklich Lindsey und ich waren. Wochen der Wehmut, Wochen des Bluffens.

Aber dieses Jahr ist es anders. Der Druck und die Spannungen sind weitgehend weg.

Vergangenen Samstag habe ich sogar höchstpersönlich die Weihnachtsbeleuchtung am Haus und im Garten aufgehängt! Zum ersten Mal überhaupt. Als ich noch ein Kind war, hat mein Vater das immer gemacht. Wenn ich wollte, durfte ich ihm zuschauen, aber ich hatte immer das Gefühl, dass ich ihm eher im Weg stand. Ich konnte ihm den Hammer reichen oder die Leiter festhalten, aber ich durfte ihm nie richtig beim Aufhängen der Beleuchtung helfen. Als ich auf die weiterführende Schule kam, ging ich dieser ganzen mühsamen Prozedur dann einfach aus dem Weg. Ich glaube, er war bei der ganzen Angelegenheit einfach nur unsicher. Mr Magnusson von gegenüber hatte immer solche unglaublichen Leuchtgebilde, die sich bewegten. Er hatte schon diese Rentiere, die den Kopf bewegen konnten, bevor es sie irgendwo im Laden zu kaufen gab.

In den letzten Jahren habe ich immer irgendwelche Jugendlichen in der Nachbarschaft gefunden, die für ein Taschengeld die Weihnachtsbeleuchtung aufgehängt haben. Aber dieses Jahr nicht. Dieses Jahr habe ich es selbst gemacht. Es hat sicher schon mal besser ausgesehen, und man erkennt definitiv, dass da ein Anfänger am Werk war, aber mir gefällt es so: ein bisschen unregelmäßig und schief, aber fröhlich. Ein bisschen so, wie unser Leben gerade ist. Nicht mehr so zugeschnürt – so wie unsere alte Beleuchtung. Die war zwar hübsch anzusehen für die Nachbarn, aber unpersönlich und kalt, wenn man näher herankam. Und ich habe nicht diese trendigen bläulichweißen Blinklichter genommen. Ich hab mich auf den Weg gemacht und noch die großen, gelblich leuchtenden Glühbirnen der alten Schule aufgetrieben.

Andy dekoriert damit ein paar der Boote im Jachthafen. Er meint, dass schon die Apostel damals vermutlich solche Glühbirnen für ihre Weihnachtsbeleuchtung verwendet haben.

Heute Nachmittag gehen Andy und ich mal wieder in seinem Electra auf Tour. Wir fahren auf die 405 und dann hinauf in die vertrauten Hügel, von denen aus man den tollen Blick auf Marina del Rey und Venice hat. Wieder einmal parkt er dort den Wagen auf demselben Felsvorsprung wie beim ersten Mal, als wir zusammen hier waren. Er schaltet die Scheinwerfer aus und dann den Motor. Dann nimmt er einen langen Zug aus seiner halb gerauchten Zigarre und bläst einen beeindruckenden Rauchkringel in die Abendluft. Ich habe seine Aufwärmjacke von den Dodgers an, sein Zugeständnis an das kühlere Wetter ist ein langärmeliges T-Shirt unter seinem unvermeidlichen Hawaii-Hemd.

„Und ...?“, schnauft er in die Abendluft hinaus, so als ob er jetzt von mir erwartet, dass ich den Satz beende.

Ich schlucke den Köder. „Erinnerst du dich noch an den Abend, als wir zum ersten Mal zusammen hier oben waren, Andy? Ich wusste nicht so genau, wer du eigentlich warst oder was du vorhattest. Ich dachte: *So passiert es dann. Man hört doch dauernd von solchen Fällen: ‚Vielversprechender Jungmanager von Serienmörder zerstückelt ...'*"

Nach einem weiteren Rauchkringel antwortet er: „Weißt du eigentlich, dass ich mir an diesem ersten Abend gar nicht sicher war, ob ich mit dir nicht nur meine Zeit vergeude? Du warst echt ein harter Brocken, mein Freund, und ziemlich anstrengend."

„Ich? Ich war ja wohl nicht derjenige, der sich aufgeführt hat wie Nostradamus persönlich. Du hättest ja auch gleich sagen können, dass ich noch mein Namensschild am Hemd hatte, aber oh nein – du nicht. Du wartest ja so lange, bis ich damit drohe, den Geschäftsführer zu holen."

„Ach das, ja, das war einfach herrlich!" Andy klatscht sich auf die Schenkel. „Ich habe mit dir gespielt wie auf einer *Gibson Hummingbird,* echt wahr."

Dann schweigen wir beide und sind damit zufrieden, einfach den Blick über das nächtlich beleuchtete Los Angeles zu genießen. Als ich da über die Tiefebene in Richtung Meer blicke, versuche ich zu schätzen, welche der Lichter wohl zu *Bo's Café* gehören. In den vergangenen sechs Monaten, seit wir uns dort auf der Dachterrasse kennengelernt haben, hat sich meine gesamte Welt radikal verändert. Es war das beste halbe Jahr meines Lebens.

Andy und ich treffen uns immer noch, und ich gehöre im Café zu den Stammgästen. Manchmal bringe ich sogar einen Kollegen aus der Firma mit. Lindsey und ich sind inzwischen Mitglieder in Carlos' Gemeinde in Hermosa Beach. Und ganz langsam lerne ich dieser neuen DNA, die Gott in mich eingebaut hat, zu glauben. Lindsey lernt Schritt für Schritt wieder, mir zu vertrauen. Ich bin immer noch ziemlich anfällig dafür, wieder zu den alten Lügen zurückzukehren, und wenn ich das tue, kann ich dadurch immer noch meiner Frau und jedem anderen in meinem Umfeld sehr wehtun. Aber es hat keinen einzigen Tag mehr gegeben, an dem ich nach der Arbeit zu meinem Auto gegangen bin und das Gefühl hatte, nicht nach Hause fahren zu können.

Ich verschränke meine Hände hinter dem Kopf und suche nach den passenden Worten. Ich möchte etwas sagen, das zum Ausdruck bringt, wie wichtig Andy für mich ist und wie viel er mir bedeutet. Aber alles, was mir durch den Kopf geht, klingt trivial und unzulänglich.

„Und – was hast du gelernt, seit wir das erste Mal hier oben waren?", fragt er.

Ich reiße mich vom Anblick des Lichtermeeres los und sehe ihn an. „Das ist jetzt nicht dein Ernst, oder?"

„Na gut. Dann sag mir etwas, das du jetzt gerade lernst."

„Also, erst mal bin ich dir ungefähr zweihundert Entschuldigungen schuldig für all die arroganten Sachen, die ich zu dir gesagt und über dich gedacht habe. Ich habe dich echt lange für einen exzentrischen, aber ganz netten Loser gehalten. Faszinierend zwar und mit vielen tollen Erkenntnissen, aber trotzdem ein Loser. Ich habe mir herausgenommen, die Hälfte von all dem, was du zu mir gesagt hast, abzuwerten, Andy, und zwar nur aufgrund deines Jobs, der Art, wie du dich anziehst, und der Gegend, wo du wohnst. Wie konnte da irgendwas von dem, was du sagtest, auf mich zutreffen, habe ich mich gefragt."

Andy nickt und grinst. „Ich glaube, das habe ich vom ersten Abend an gemerkt."

„Hey, Andy, hast du noch einen Moment Zeit? Es gibt da bei mir in der Firma eine Frau, der ich versuche zu helfen."

„Klar hab ich Zeit, ich bin doch nur ein Loser, der in einem Jachthafen arbeitet. Was hab ich denn sonst schon zu tun? Nach Hause gehen und Wiederholungen von alten Krimiserien angucken?"

„Du tust aber auch alles, dass ich meine miesen Dünkel ja

nicht vergesse, oder?"

„Jepp."

„Also, sie heißt Megan und ist so eine Art Überfliegerin. Bis vor Kurzem war sie noch Grafikdesignerin bei uns, aber das Mädchen hat wirklich unglaubliches Talent. Sie war maßgeblich an unseren beiden letzten Videospiel-Bestsellern beteiligt. Letztes Jahr hat sie mit ihrem Team ein Grafik-Konzept für ein Eishockey-Spiel entwickelt, das schon auf dem Markt war. Es hat im Grunde die Art der Abbildung von Bewegungen im Animationsbereich revolutioniert. Und das Mädel ist noch keine fünfundzwanzig."

Andy richtet sich ein bisschen auf. „Das wurde auch langsam Zeit, dass irgendjemand das mal verbessert. Die Animation bei den meisten Spielen sieht aus wie diese Abraham-Lincoln-Kopie in Disneyland vor einigen Jahren. Dieser Plastik-Lincoln hat seinen Arm beim Winken auf eine anatomisch unmögliche Weise gebeugt. Ich bin ganz sicher, dass es kleinen Kindern richtig Angst gemacht hat. Sogar mich hat es immer in Angst und Schrecken versetzt."

„Äh ... kannst du mir bis zu Ende zuhören, Andy? Jedenfalls steckt dieses Mädchen knietief im Psycho-Matsch. Sie ist noch arroganter als ich, und wenn sie nicht so ein Riesentalent hätte, wäre sie schon längst weg vom Fenster. Megan hat schon etliche heftige Zusammenstöße mit mehreren Leuten aus der Geschäftsleitung hinter sich, und letzten Monat hat sie öffentlich den Abteilungsleiter aufgefordert, ein ‚lächerlich fehlerhaftes System' zu verbessern, sonst würde sie sich was anderes suchen. *Visratech* möchte sie zwar gern halten, aber das wird immer schwieriger."

„Und?"

„Also kommt das Mädchen vor zwei Wochen in mein Büro geschneit und sagt: ‚Mr Kerner, ich glaube, ich brauche Ihre Hilfe!' Innerlich denke ich: *Meine Hilfe? Ich bin genau derjenige, der drauf und dran ist, dich zu feuern.* Und das Gespräch geht ungefähr folgendermaßen weiter:

‚Ich weiß nicht, ob Sie es schon gehört haben', sagt sie, ‚aber ich komme mit den hohen Tieren nicht besonders gut zurecht.'

‚Ja, das ist mir vielleicht so im Vorbeigehen schon mal zu Ohren gekommen.'

‚Jedenfalls beobachte ich Sie irgendwie, Mr Kerner.'

‚Ach, ja?'

‚Ja, das mache ich. Sie sind früher nicht oft in die erste Etage zu uns runtergekommen, und wenn doch, dann hatten Sie immer dieses herablassende, gezwungene Lächeln drauf. Als ob Sie denken würden: *Na, was müssen die kleinen Leute hier schwer arbeiten, die armen Malocher, Gott segne sie!*'

‚Sprechen Sie sich nur aus. Halten Sie nichts zurück, Megan.'

‚Was ich sagen will, ist, dass sich da irgendwas verändert hat. Sie sind nicht mehr so gehetzt, halten sich auch mal länger bei uns auf und haben nicht mehr so oft dieses künstliche Lächeln drauf. Sie kommen nicht mehr so rüber, als ob Sie was Besseres wären. Sie fragen nach, und Sie fangen an, uns wirklich zuzuhören.'

‚Danke, Megan.'

‚Also hab ich gedacht: *Wenn ich eine Chance haben will, es hier zu schaffen, dann kann mir der Typ vielleicht helfen.*'

‚Sie wollen *meine* Hilfe?'

‚Ich weiß ja, dass Sie schwer beschäftigt sind und so, aber ich habe hier die Chance, etwas zu tun, was ich schon mein ganzes Leben lang tun möchte. Und jetzt bin ich hier und vermassle alles! Das war schon immer so, Mr Kerner. Helfen Sie mir? Ich darf hier einfach nicht versagen.'"

Andy hört aufmerksam zu, während er ein paar Zentimeter von seiner Zigarre genießt.

„Und dann erzählt sie mir von ihrer Beziehung zu ihrem Vater. Sie reden schon seit sechs Jahren nicht mehr miteinander. Sie sagt, dass er nicht einmal etwas von ihrem Erfolg mit den Videospielen weiß, und das bringt sie förmlich um. Ich mag das Mädchen wirklich, Andy. Ich erkenne viel von mir in ihr wieder, aber ich habe keine Ahnung, was ich ihr sagen soll. Ich möchte einfach das Richtige sagen, um ihr zu helfen, aber ich weiß nicht, wie. Das Allerletzte, was sie brauchen kann, ist noch eine Autoritätsperson mehr, die sie hängen lässt. Hast du mit so was irgendwelche Erfahrungen?"

„Du meinst, außer mit dem Marketingchef der Firma, für die sie arbeitet? Äh, nee."

„Du weißt genau, was ich meine. Würdest du mir helfen?"

„In meinem Büro im Jachthafen habe ich einen Satz an der Wand hängen, Steven, der lautet: *Integrität beweist sich darin, dass man zugibt, was man nicht kann, und das einlöst, wovon man behauptet, dass man es kann.*"

„Was glaubst du, was das bedeutet?"

„Ich wiederhole noch mal für mich selbst: *Wenn man zugibt, was man nicht kann ...*"

„Ich glaube, du willst mir sagen, dass Bluffen und Megan den Eindruck zu vermitteln, dass ich auf alles eine Antwort habe, nur dazu führt, dass sie den Antworten, die ich tatsächlich habe, nicht traut."

„Gute Antwort. Sehr gute Antwort." Er macht eine kurze Pause. „Erinnerst du dich noch an das erste Mal, als ich dich mit ins Café genommen habe, Steven? Du hast mich gefragt, was eigentlich die Wurzel meiner Probleme wäre. An dem Tag habe ich dir darauf nicht geantwortet."

„Das habe ich wohl bemerkt."

„Mein Problem ist mein Vater, und zwar schon, seit ich siebzehn war, Steven. Nein, wahrscheinlich schon, seit ich fünf war. Ein klassischer Vater seiner Generation. Es ist, als ob die damals alle denselben Kurs besucht haben, in dem ihnen dieselbe

Faustregel beigebracht wurde: Enthalte deinen Kindern Bestätigung vor, erwarte das Unerreichbare, und dann vermittle ihnen nonverbal deine Missbilligung. Nichts, was ich tat, war gut genug, schnell genug oder erfolgreich genug für ihn. Als ich noch klein war, durfte ich ihm beim Autowaschen helfen. Eines Tages, da war ich vielleicht sieben, hat er mich gefragt, ob ich den Wagen trocken reiben wolle. Das war ganz toll für mich. Das ließ er mich nämlich sonst nie machen. Ich habe mir solche Mühe gegeben, mich so angestrengt, alles richtig zu machen, aber als ich fertig war und ganz stolz noch ein bisschen da stehen geblieben bin, *hat er alles noch mal selbst gemacht.*“

Andy schaut ins Nichts und sieht aus, als wäre er noch einmal in diesen Augenblick zurückversetzt worden.

„Es ist verrückt, dass ich mich immer noch so glasklar daran erinnere. Der Gartenschlauch war rot. Ich hatte ein grünes Hemd mit Streifen an. Was auch immer ich tat, wer auch immer ich war, es war nie gut genug für ihn. Von frühster Kindheit an gab es diese Botschaft, die seitdem eigentlich ständig in meinem Kopf ablief: *Wenn du nur dies schaffen oder das erreichen würdest, dann könnte Papa endlich stolz auf dich sein!* Irgendwann tat ich dann Dinge nicht mehr aus Liebe zu ihm, sondern um ihm zu beweisen, dass ich sein Lob verdient hatte und es wert war. Das war wie einprogrammiert. Eltern sind ein Wertbarometer für das Kind – egal, ob Vater oder Mutter. Wenn wir keine Bestätigung oder Annahme bekommen, dann gehen wir durchs Leben und greifen überall danach und fordern es von allem und jedem ein. Autoritätspersonen haben keine Chance bei uns. Wir verlangen so viel von ihnen in dem Versuch, endlich das zu kriegen, was wir nicht bekommen haben. Sie sind im Grunde von vornherein dazu verurteilt, uns zu enttäuschen. Also habe ich gelernt, nie zu versagen. Dabei verwischten dann auch hin und wieder die Grenzen der Integrität, damit ich nur ja nicht an Status verlor. Ich war wie gezwungen, um jeden Preis genial zu sein. Das führte dazu, dass ich andere entweder als meinesgleichen betrachtete oder als Feinde, die besiegt werden mussten. Und es war eigentlich vorauszusehen, dass mich das irgendwann charakterlich scheitern lassen würde.

Jahrzehntelang war ich sicher, dass mein Vater das Problem meines Lebens war. Wenn ich ihn nur dazu bringen könnte, sich zu ändern, mich zu verstehen. Wenn ich nur lernen könnte, dass mir seine Kritik nichts mehr ausmachte; wenn ich irgendwann etwas leisten könnte, wodurch dieses Thema ein für allemal beigelegt sein würde ... Aber letztlich war nicht er mein Problem, sondern *ich* selbst. Ich war es, der sich wie ein Tyrann seinen Weg durchs Leben boxte in dem Versuch, gut genug zu sein, um die Beurteilung meiner Person durch andere zu überwinden. Und das haben Cynthia und Keith gemerkt. Megan unterscheidet sich gar nicht so sehr von allen anderen. Sie ist nur eine mehr auf einem endlosen Fließband derer, die in die Falle getappt sind, die Lügen über sich selbst zu glauben."

Während Andy seine eigene Geschichte erzählt, sehe ich mich selbst, sehe ich Megan, sehe ich Hunderte von Menschen. Lügen, die wir als Kinder tief in uns aufgenommen haben, können uns ein Leben lang begleiten und behindern.

Ich schaue zu Andy hinüber und schüttle den Kopf.

„Was ist?", fragt er.

Ich antworte: „Danke, das ist alles."

„Wofür?"

„Dafür, dass du du bist. Du hättest mich auch total verkorksen können, aber das hast du nicht getan. Du hilfst mir dabei, ein paar ziemlich tief eingeprägte Verhaltensmuster zu durchbrechen, einfach indem du tatsächlich der bist, der du behauptest zu sein."

„Na ja, gern geschehen, Junge. Das war eine gute Tour."

Andy startet den Electra wieder. Und dann sind wir auch

schon wieder unterwegs, rumpeln langsam den Berg hinunter. Wieder ist mir das Gefühl, auf Ledersitzen zu sitzen, sehr bewusst, und ich spüre, wie mir der Wind unters Hemd fährt. Andy nimmt eine CD aus dem CD-Player, den ich ihm vor Kurzem eingebaut habe.

„Ich liebe diese Dinger!“, ruft er mir zu, das Rauschen des Windes und das Motorengeräusch übertönend. „Die glänzen so schön! Was soll's denn sein? B. B. King?“

Ich ziehe die Sonnenblende herunter und nehme *The Joshua Tree* von U2 aus dem CD-Halter. „Dieses Mal suche ich was aus“, sage ich, reiche ihm die CD und stecke die andere zurück.

Er grinst und pafft einmal kräftig an seiner Zigarre, als die Musik beginnt.

Ich liebe das. Ich hoffe, dass die Fahrten in diesem lächerlichen Riesenschiff von einem Auto nie aufhören.

... und wieder zurück ...

(Samstagmorgen, 19. Dezember)

Lindsey und ich werden von einem lauten Klopfen an der Haustür geweckt. Die Uhr zeigt 6:22 Uhr an. Ich torkele nach unten und öffne die Haustür. Verdeckt von mehreren großen braunen Tüten mit Lebensmitteln steht dort ... Andy.

„Lässt du mich jetzt rein, oder soll ich da draußen bei euch auf dem Rasen Frühstück machen?"

Weil ich so früh noch nicht in der Lage bin, Worte, geschweige denn vollständige Sätze zu artikulieren, zeige ich ihm mit einer Geste einfach den Weg in die Küche.

Als er etwas auspackt, was wie eine Cappuccinomaschine aussieht, sagt er: „Ich wusste nicht so genau, ob ihr hier Kaffee trinkt, also war ich so frei. Ich habe immer gedacht, dass diese ganzen überteuerten Aufschäum-Schicki-Micki-Kaffee-Teile nur ein Marktgag sind, aber wenn ihr noch nie einen richtig aufgeschäumten Latte mit einem Hauch Zimt genossen habt, dann, liebe Leute, werdet ihr heute eine Offenbarung erleben!"

Kurz darauf kommt Lindsey in die Küche. Inzwischen ist Andy dabei, Saft einzugießen.

„Guten Morgen, Lindsey", sagt Andy. „Ist Jenny schon auf?"

„Hallo, Andy." Sie geht zu ihm hinüber und umarmt ihn. „Jenny schläft noch. Darf ich fragen, was du hier treibst?"

„Na ja, ich bin über die Feiertage nicht in der Stadt. In dieser

Jahreszeit wird es für einen Witwer stimmungstechnisch immer ein bisschen brenzlig, und einsam ist ein bisschen weniger einsam, wenn man sich irgendwo aufhält, wo nicht von einem erwartet wird, dass man Familie hat. Also begebe ich mich jedes Jahr woanders unter Leute. Dieses Jahr in Palm Springs. Aber ich wollte nicht abreisen, ohne einer meiner Lieblingsfamilien frohe Weihnachten zu wünschen. Meine Familie stammt übrigens ursprünglich aus Norwegen", sagt er und öffnet dabei die Backofentür. „Dieses Rezept für Kirschstreuselkuchen wird seit Generationen in unserer Familie weitergereicht. Ich mache ihn jedes Jahr zu Weihnachten, und dieses Jahr mache ich ihn für euch."

Lindsey begreift sofort die große Bedeutung dieses Augenblicks. „Oh, Andy. Danke." Sie umarmt ihn noch einmal.

Innerhalb von Minuten wuseln die beiden in der Küche herum wie ein altes Ehepaar. Sie decken den Tisch, falten Servietten und bereiten Eier und Speck zu. Irgendwann werde ich dann zu Tisch gebeten.

Die beiden sitzen schon, als Andy seine Baseballkappe abnimmt, sich räuspert und fragt: „Darf ich?"

Lindsey antwortet: „Es ist uns eine Ehre, Andy."

„Lieber Gott", betet er, „danke für das hier. Du bist der Geber alles Guten, und du gibst uns ein wirklich gutes Leben. Du hast uns Jesus geschenkt. Und so vieles hat sich wunderbar verändert. Ich weiß nicht, wo ich ohne seine Liebe wäre."

Er macht eine Pause, als ob er sich ein Leben ohne Gott vorstellt. „Und danke, dass du mich an dem Abend damals im *Fenton's* Steven hast kennenlernen lassen. Danke, dass du mich Teil dieser tollen Familie sein lässt. Wir lieben dich und danken dir dafür, dass du Jesus unsere Luft hier hast atmen lassen und dass er uns zerbrochene Menschen zurück nach Hause bringt. Amen."

Im Lauf der folgenden Stunde spielen wir bei Streuselkuchen

und vielen Lattes noch einmal durch, wie es zu diesem Tag gekommen ist. Lindsey erinnert sich an den Tag, als sie Andy vorgestellt wurde, und wir lachen über ihre Sonnenbrille, die als Vintage durchging. Wir lachen über Bo und seine unnachahmliche Art. Dabei haben wir diese Art von freiem und offenem Spaß und eine Lockerheit, die es bei uns zu Hause schon so lange nicht mehr gegeben hat.

Irgendwann fragt Andy: „Und, Lindsey, wie geht es dir? Mit Steven rede ich ja öfter, aber ich würde auch von dir gern wissen, wie es deiner Meinung nach so läuft mit euch beiden."

Lindsey dreht sich vom Küchentresen weg, auf dem sie gerade Kuchen schneidet, und tritt hinter mich. Sie legt ihre Hände auf meine Schultern und sieht über den Tisch Andy an.

„Das ist gar keine einfache Frage. In mancherlei Hinsicht ist es noch schwerer als früher. Ich merke, dass ich manchmal anfange zu glauben, dass ich jetzt nie mehr verletzt werde, dass Steven seine Wut ein für allemal besiegt hat. Aber er kann immer noch ausrasten. Nicht annähernd so oft und so schlimm wie früher, aber wenn er es tut, dann ist es fast noch schlimmer als früher, weil ich offener geworden bin und dadurch auch verletzlicher. Verstehst du, was ich meine?"

„Absolut", sagt Andy und nickt.

„Aber unsere Beziehung ist so viel besser, auch in Bezug auf Dinge, mit denen ich niemals gerechnet hätte. Sie ist echter und lebendiger und aufrichtiger geworden."

Ich greife nach ihrer Hand und drücke sie.

„Weißt du, was meine Lieblingsmomente sind? Wenn Steven selbst merkt, wie seine Anspannung wächst, und er eine Auszeit nimmt. Er bricht dann tatsächlich das Gespräch ab und sagt zum Beispiel: ‚Das ist jetzt wieder meine alte Sache, oder?' Und dann sage ich: ‚Ja, irgendwie schon.' Und er: ‚Ich glaube, ich wollte recht haben und war da auch ganz sicher, aber jetzt muss ich das erst mal loslassen und brauche ein bisschen Abstand. Danke.'"

„Manchmal", füge ich noch hinzu, „unterbreche ich auch wegen Jennifer. Sie und ich haben ja dieses Signal vereinbart, Andy. Es ist wirklich erstaunlich. Sie setzt es tatsächlich erst dann ein, wenn ich schon aussehe wie Hulk."

„Cool, wirklich cool", sagt Andy und lehnt sich auf dem Stuhl zurück, unsere Schilderung sichtlich genießend.

„Jedenfalls", fährt Lindsey fort, „fragt er mich dann einfach, ob er mich in den Arm nehmen kann. In diesen Augenblicken wird alles stärker. Ich gewinne mehr Hoffnung und Vertrauen, er fängt an zu glauben, dass er so leben kann, und ich wiederum lerne, seine Verletzlichkeit nicht auszunutzen. Das habe ich früher schon irgendwie getan. Und damit sind wir dann auch schon bei meinem Part in der ganzen Geschichte, oder, Andy?"

„Ja, ich glaube schon."

Lindsey redet weiter: „Ich kann nicht von Steven verlangen, dass er nie wieder versagt. Ich kann nicht jeden Schritt und jedes Verhalten von ihm kontrollieren, denn dann werde ich jemand, der ich nicht sein will. Und Steven würde zu einer leeren Hülle mit gutem Benehmen verkümmern. Und er hat so viel mehr zu bieten."

„Lindsey hat in der Gemeinde ein paar gute Freunde gefunden", ergänze ich noch. „Und wir haben auch ziemlich engen Kontakt zu ein paar Ehepaaren. So langsam fangen wir an, offener über uns zu sprechen. Ich glaube, für Lindsey ist das auch ein Sicherheitsnetz."

„Ja, das sollte eine Gemeinde im besten Fall auch sein. Wenn ihr nicht diesen geschützten Raum bei Freunden habt, um euch offen zu äußern, dann wird es für Steven wirklich schwer, heil zu werden. Im Vakuum der eigenen Privatsphäre wird alles irgendwie verzerrt."

Lindsey schlingt ihre Arme jetzt fester um mich und drückt

ihren Kopf an meinen.

„Ich möchte, dass du weißt, was ich sonst noch in meinem Mann sehe, Andy. Ich sehe großen Mut. Mir ist klar, dass all diese Probleme nicht allein bei ihm angefangen haben. Das ist ein Muster, das weit in die Kerner-Familie zurückreicht. Aus Liebe zu mir und Jennifer setzt Steven sich mit einigen Dingen auseinander, die sehr schwierig für ihn sind."

Sie setzt sich auf den Stuhl neben mir und berührt mein Gesicht. „Steven, weißt du eigentlich, dass du deiner Tochter ein intakteres Leben ermöglichst, weil du das Risiko eingehst, dich Gott und anderen Menschen anzuvertrauen? Ist dir das klar? Du kannst dir gar nicht vorstellen, wie viel mir das bedeutet. Jenny wird aufwachsen mit einer klaren Vorstellung davon, wie ein guter Mann ist. Dass ein richtiger Mann sich beispielsweise seinen Problemen stellt. Sie bekommt mit, dass du kritikfähig und demütig bist und dass du dich von mir lieben lässt." Staunend schüttelt sie den Kopf. „Ihre Kinder werden einmal viel gesünder sein als wir, und sie werden wahrscheinlich nie erfahren, weshalb. Aber ich werde es wissen, Steven. Ich werde es wissen."

Und dann erscheint ein verschmitztes Grinsen in Lindseys Gesicht. „Weißt du, was ich gern machen würde?", sagt sie und klatscht dabei in die Hände wie ein kleines Mädchen. „Ich würde heute Abend gern auf ein Date mit dir ausgehen. Du lädst mich in ein schickes Restaurant ein, und wir verspeisen ein sündhaft teures Essen. Ich bestelle den besten Rotwein, und dann werden wir die anderen Paare um uns herum verlegen machen mit unserer offensichtlichen Verliebtheit. Danach fährst du mich wieder nach Hause, und ich zünde ein paar Kerzen an, während du für romantische Musik sorgst. Ich erzähle dir, wie stolz ich auf dich bin, und dann sagst du mir, wie schön ich bin." Sie kichert. „Das musst du übrigens den ganzen Abend ununterbrochen tun."

Andy zwinkert mir zu.

„Dann bedankst du dich bei mir dafür, dass ich all die Jahre immer zu dir gehalten habe, und dann kommt noch mal der Teil, wie schön ich bin."

Lindsey ist wirklich schön. Attraktiv war sie schon immer, aber im Laufe der vergangenen sechs Monate ist sie in meinen Augen einfach unglaublich schön geworden.

Ich stehe auf, ziehe sie von ihrem Stuhl hoch und nehme sie in die Arme. „Weißt du, was *ich* mit dir tun möchte? Wir sollten heute Abend ausgehen. In ein richtig sündhaft teures Restaurant. Was hältst du davon?"

Und endlich sagt auch Andy etwas. „Habt ihr schon mal das Gefühl gehabt, dringend eine kalte Dusche zu brauchen, nur weil ihr einem Paar dabei zuhört, wie es ein Date plant?" Er lockert eine imaginäre Krawatte und fächelt sich Luft zu. „Wisst ihr was? Ich habe eine Idee. Wenn ihr wollt, könnten wir doch für ein paar Tage die Autos tauschen. Das wäre doch passend. Als wir unsere Reise angetreten haben, Steven, habe ich dir gesagt, dass der Electra dich an Orte bringen könnte, an die du dringend müsstest. Im Moment klingt es ganz so, als wäre das gerade ein romantischer Rückzugsort am Meer, irgendwo ganz hoch über dem Highway 1."

„Jaaaa!!", ruft Lindsey und umschlingt Andy mit beiden Armen.

„Und", fügt er noch hinzu, „ich werde den Mercedes fahren. Die Leute in Palm Springs werden mir hinterherstarren, wenn ich dort die Promenade entlangfahre, und sich fragen, welcher Schauspieler ich wohl bin."

Zwanzig Minuten später stehe ich auf unserer Auffahrt und habe die Schlüssel eines Buick Electra, Baujahr 1970, in der Hand, während ein Mann, der in seinen Flip-Flops und dem Hawaii-Hemd ein bisschen wie ein Penner aussieht, sich hinter das Lenkrad meines Mercedes klemmt.

Er fährt in meinem Wagen davon und jubelt dabei so laut,

dass jetzt mit Sicherheit die gesamte Nachbarschaft wach ist. „Viel Spaß mit dem Electra. Ich bin Anfang der Woche nach Weihnachten zurück. Stell ihn einfach morgens auf dem Weg zur Arbeit bei mir zu Hause wieder ab. Frohe Weihnachten! Ho, ho, ho!“

In der Zeit, in der ich mich umdrehe, um Lindseys Reaktion zu beobachten, ist er schon weg.

„Ich habe die ganze Woche auf diesen Augenblick gewartet."

(Dienstagmorgen, 29. Dezember)

Ich fahre zu Andys Haus und bin traurig, dass ich seinen Wagen wieder hergeben muss. Es ist eine Sache, in einem Buick Electra Cabrio mitzufahren; aber es ist noch mal etwas ganz anderes, ihn selbst zu lenken. Apropos alte Schule: Hinter dem gigantischen Lenkrad, das so viel Spiel hat und einen lächerlich riesigen Wendekreis zulässt, kann man sich entscheiden, ob man lieber ein paar Kumpels zusammentrommeln und eine Bank ausrauben oder die Abschlussballkönigin in den Fond setzen und mit ihr ein paar Runden um den Sportplatz drehen will.

Heute, in Schlips und Kragen, fühle ich mich wie eine Figur aus einem alten Sinatra-Film, der auf dem Vegas Strip spielt. Der Held ist unterwegs, um jemanden mit seinen eisernen Fäusten aufzumischen.

Aber leider tauschen Andy und ich heute wieder die Wagen.

Zumindest glaubt er das.

Ich habe die ganze Woche auf diesen Augenblick gewartet. Vielleicht habe ich sogar mein ganzes Leben lang auf diesen Moment gewartet. Manche bezeichnen das, was jetzt gleich passieren wird, als *Konvergenz.* Andy nennt es *das wahre Vermächtnis des Austauschs.* Das ist der Stoff, den man eigentlich nur aus Filmen kennt, und jetzt passiert es in der real existierenden

Welt. Wie verrückt!

Schon vor Anbeginn der Welt hat Gott den Engeln diese Szene gezeigt, und jetzt findet sie auf der Erde tatsächlich statt. Darauf hat Andy die ganze Zeit gewartet. Er hat das Ziel genau der Beziehung vorgegeben, die er initiiert hat. Er wusste, dass eines Tages der Schüler in manchen Bereichen zum Lehrer werden müsste, damit die Beziehung wirklich echt wird; dass derjenige, der beschützt werden musste, selbst zum Beschützer wird. Das ist das Leben, an das mich Andy herangeführt hat. Zu einem solchen Mann reife ich heran. Genau darauf arbeitet er hin seit dem Tag, an dem wir uns kennengelernt haben! Nur, dass jetzt das hier passieren würde, damit hat er bestimmt nicht gerechnet.

Ich kann es kaum erwarten, sein Gesicht zu sehen.

Ich habe meine Oakley-Sonnenbrille auf, die mit den verspiegelten Gläsern und dem unzerbrechlichen Gestell. Ich habe ihn vorher angerufen und ihn gebeten, draußen auf mich zu warten. Ich bin wirklich gut, wenn ich mich mal selbst loben darf.

Ich biege in seine Straße ein und entdecke ihn sofort, wie er neben meinem Mercedes vor dem Haus steht.

So, jetzt geht's los.

Ich halte neben dem Mercedes mitten auf der Straße an. Den Motor lasse ich laufen.

Er sieht mich irritiert an. „Was ist los?"

Wir schauen einander nur an. Ich sage nichts. Ich lächle nur und lege meinen rechten Arm auf die Rücklehne des Beifahrersitzes. Plötzlich überrollt mich wie ein Film eine Reihe von Erlebnissen, die er und ich auf unserem gemeinsamen Weg gehabt haben.

Wie ich ihm im Fenton's *gedroht habe. Wie er mit mir nach oben auf den Hügel über der Stadt gefahren ist und dort oben dann Rauchkringel geblasen hat. Wie ich seine Stimme höre, wie eine Art Soundtrack für das, was ich dort unten zum ersten Mal sehe. Wie er mich am Telefon überredet, aus meinem eigenen Haus zu verschwinden. Wie er mich auf meinem ersten Besuch in* Bo's Café *begleitet. Wie ich ihm zuhöre, als er von seinem beruflichen Scheitern erzählt. Wie er bei mir in der Firma dabei ist, als ich mir selbst eine Falle stelle und auch noch hineintappe. Wie er mir im Jachthafen den Becher Kaffee hinhält. Wie er auf dem Meer das Steuer des Bootes loslässt. Wie er mich mit meinen eigenen Lügen konfrontiert, nachdem ich Lindsey bei dem gemeinsamen Essen so verletzt habe. Wie ich neben ihm sitze, als er mir von seinem Vater erzählt. Wie ich ihn frühmorgens mit großen Einkaufstüten mit Zutaten für norwegischen Streuselkuchen vor unserer Haustür antreffe.*

„Steven?"

Ich bin so aufgeregt, dass ich es beinahe nicht mit ernstem Gesicht sagen kann.

„Guten Morgen, Andy. Steig ein."

Er ist verblüfft. „Was soll denn das? Wohin fahren wir?"

„Wir fahren zu deinem Vater."

Andy weiß nicht, was er sagen oder tun soll.

„Die wirst du brauchen", sage ich und werfe ihm eine meiner Oakley-Sonnenbrillen zu.

Andy versucht, etwas zu sagen, um Zeit zu schinden. „Äh, was willst du ... du meinst, jetzt sofort? Ich wollte nämlich gerade ..."

„Hör mal, ich bin ziemlich sicher, dass uns dieses Auto an Orte bringt, an die du dringend musst. Aber ich kann dich nicht zwingen, einzusteigen."

„Aber ich dachte, wir würden heute die Autos wieder tauschen."

Und an dieser Stelle gebe ich ihm die Antwort, die ich mir die ganze Woche zurechtgelegt habe: „Das kann ich nicht, Andy. Jedenfalls nicht zu deinen Bedingungen. Steigst du jetzt ein oder soll ich dir ein Pfund Kaffee kaufen und dich deiner Wege schicken?“

Kawumm!

Er sieht mich sehr lange an. Dann blickt er hinunter, mit den Händen in den Hosentaschen, und tritt mit der Fußspitze in die Erde. Es findet ein Austausch statt, nur jetzt umgekehrt. Wie ein Bumerang finden all die Liebe und das Engagement, die Andy als ein Geschenk in meine Richtung geworfen hat, jetzt endlich den Weg zu ihm zurück.

Dann blickt er wieder auf und lächelt. Beinahe. „Du bist gut. Du bist sogar sehr gut. Okay, Steven, fahren wir also meinen Vater besuchen.“

Da sieh mal einer an. Andy lässt sich also von mir beistehen.

Andy öffnet die Beifahrertür, indem er innen den Griff betätigt, setzt meine Oakley auf und nimmt auf dem Beifahrersitz Platz. Mit der Hand fährt er über den Sitz, setzt sich dann, so weit er kann, zurück und macht es sich bequem für die Fahrt an der Küste entlang.

Er zückt eine Zigarre und fängt an, sie auszuwickeln. „Hast du was dagegen, wenn ich rauche?“, fragt er.

„Ja, hab ich.“ Eigentlich stimmt das gar nicht. Aber ich warte schon so lange auf eine Gelegenheit, das mal zu sagen.

Mit meiner Antwort habe ich ihn auf dem falschen Fuß erwischt, genau so, wie ich gehofft hatte. „Äh, klar, tut mir leid.“ Er steckt sich die Zigarre wieder in seine Hemdtasche und fährt fort: „Du hast recht. Ich hab schon so oft versucht, damit aufzuhören. Und jetzt mach ich’s wirklich.“

Und damit röhrt der riesige Electra aus seiner Wohngegend weg.

Zwei verlorene Söhne mit völlig unterschiedlichen Lebenswegen sind wieder zusammen und finden gemeinsam ihren Weg zurück nach Hause.